探偵少女アリサの事件簿
今回は泣かずにやってます

東川篤哉

幻冬舎文庫

探偵少女アリサの事件簿

今回は泣かずにやってます

【主な登場人物】

橘良太（たちばな・りょうた）
地元・武蔵新城で『なんでも屋タチバナ』を営む。
三十一歳、独身、趣味はなし、特技は寝ること。
孝三郎の依頼で、しぶしぶ有紗のお守り役を務める。

綾羅木有紗（あやらぎ・ありさ）
両親が探偵という探偵一家のお嬢様。
十歳にして探偵を名乗るロリータ服の毒舌美少女。
良太を従え、天才的な推理力で事件を次々解決。特技はミサイルキック。

長嶺勇作（ながみね・ゆうさく）
神奈川県警溝ノ口署の刑事。
良太とは高校時代からの腐れ縁。

綾羅木孝三郎（あやらぎ・こうざぶろう）
有紗を溺愛する父。日本中を飛び回る名探偵。
世界的に有名な探偵のケイコ・アヤラギを妻に持つ。

目次

第一話

名探偵、夏休みに浮かれる

1

いきなりでナンだが、いま俺はびしょ濡《ぬ》れだ。Tシャツもジーンズも、まるで回転中の洗濯槽から取り出したばかりのように、ぐっしょり水浸し。両肩には申し訳程度に乾いたスポーツタオルが掛けられているものの、身体《からだ》の震えはなかなか収まらない。

それが冷えた身体のせいなのか、それとも恐怖によるものなのかは、俺自身にもよく判《わか》らなかった。

場所は樹木が鬱蒼《うっそう》と茂る山あいの道路。路肩には数台のパトカーが停車中だ。周囲には制服巡査たちの姿。偶然通りかかったバイクの集団が、速度を緩めながらパトカーの脇を通り過ぎていく。ライダーたちの目に、俺の姿はどう映っているのだろうか。

——どうか、ずぶ濡れの犯罪者だと思われていませんように！

まあ、願ったところで無駄ってものだ。どうせ、まともな人間には映らなかったに違いない。俺はバイクの集団を見送ると、溜《た》め息を漏らしながらガードレールの向こう側を見下ろした。道路から下りの斜面がなだらかに続いている。樹木が立ち並ぶその斜面を下りきったところには、一本の川が流れている。大きな岩と岩の間を縫うように流れる清流だ。

川岸には数名の巡査とワイシャツ姿の男たち。きっと私服刑事だろう。そして――

多くの警官たちに囲まれながら、地面に長々と横たわっているのは、ひとりの男性だ。

カーキ色のシャツに黄色いベスト。その身体は先ほどからピクリともしていない。

やがて警官たちの輪が解けると、ひとりの中年男が斜面を上ってきた。俺のいる車道までたどり着いた彼は、慣れた仕草で警察手帳を示す。奥多摩署の南郷《なんごう》刑事。そのことを確認した俺は、こちらから積極的に問い掛けた。「やっぱり死んでたんですね、あの男の人」

「ああ、残念ながら」南郷刑事は額の汗を拭《ぬぐ》いながら頷《うなず》く。

「ただの溺死《できし》じゃありませんよね」

男の首には絞められたような跡があったはず。俺は確信を持って尋ねた。

「殺人ですよね？」

南郷刑事は肩をすくめるポーズで俺の問い掛けをスルーしながら、「ところで、あの死体の第一発見者は君だそうだね。君、このキャンプ場のお客さんかい？」

はい、と答えると、刑事は事務的な口調で続けた。「名前と年齢、それに職業を」

「名前は橘《たちばな》良太《りょうた》。年齢は三十一歳。職業は、ええっと、なんていったらいいのかな……」

起業家。青年実業家。ベンチャー企業の経営者。素敵な肩書きが脳裏を駆け巡る中、俺はもっとも適切な表現を選択して伝えた。「職業は、いわゆる便利屋ってやつです」

正確にいうと『なんでも屋タチバナ』。それが俺の掲げる看板であり会社の正式名称だ。神奈川県は川崎市中原区新城《しんじょう》のオンボロアパートに自宅を兼ねた事務所を構え、電話一本でなんでも引き受け、最大限の誠意と努力でもって皆様にご奉仕する。それが『なんでも屋タチバナ』のポリシーでありモットーだ。嘘《うそ》ではない。悪ガキの子守や壊れた屋根の修理、運転代行、買い物代行、煙突掃除に浮気調査、果ては草野球のピンチヒッターまで、基本なんでもウェルカム。NGなのは犯罪の手伝いだけだ。

じゃあ、なぜそんな俺が全身ずぶ濡れの恰好《かっこう》で、刑事から事情聴取を受ける羽目になったのかって？　もちろん、そこには深い訳があるんだな。まあ、聞いてくれよ――

「折り入って君に頼みたいことができたんだ。いますぐ我が家にきてくれたまえ。――あ、そうそう、泊まりがけの仕事になるから、旅行の支度をしてくるように。頼んだよ」

そんな謎めいた電話があったのは、暑さ厳しい八月某日の午前九時のことだった。

事情はよく判らないが、とにかく仕事は断れない。さっそく鞄《かばん》に荷物を詰め込んだ俺は、Tシャツにジーンズ姿でアパートを飛び出す。愛車の軽ワゴン車に乗り込んで、中原区新城を出発。十分もしないうちに、俺は高津区溝口《みぞのくち》の住宅街に車を停めていた。

目の前に建つのは西洋風の大豪邸だ。門扉は全開になっている。門柱には『綾羅木《あやらぎ》』の文字。この屋敷の主、綾羅木孝三郎《こうざぶろう》こそは、我が便利屋にとっての最大のお得意様。今回、俺を呼びつけたのも彼だ。「――にしても、こんな真夏の暑いさなかに、電話一本で溝ノ口くんだりまで呼び出しやがって。金持ちって奴《やつ》は人使いが荒いぜ、まったく！」

車を降りた俺は門柱のインターフォンのボタンを怒りとともに強く押した。

一瞬の間があって、『どちら様でしょうか？』と冷たく響く女性の声。綾羅木邸のベテラン家政婦、長谷川《はせがわ》さんだ。インターフォンに向かう俺は一転して愛想の良い声で、

「どーもーッ、毎度お世話になっておりまーす、『なんでも屋タチバナ』でーす」

変わり身の早さには自信がある。長谷川さんは何の不審も抱いていない声で、『お待ちしておりました、橘様。少々お待ちを』とスピーカー越しに畏《かしこ》まった台詞《せりふ》。

すると、その言葉に被《かぶ》せるように「待ってたよ、良太ァ」と可愛《かわい》らしい少女の声。弾むようなその響きは、しかしスピーカーからではなくて、なぜか門柱の背後から聞こえたような気がする。――ん、門柱の背後？　ギクリとして唾を飲み込む俺。

恐る恐るそちらを覗《のぞ》き込むと、いきなり門柱の陰から飛び出してきたのは小動物のごとき青い影だ。俺は思わず「わッ」と驚きの声。その目の前で青い影の小動物は、赤い靴の爪先

でくるりとターン。白いエプロンドレスの裾を翻しながら可憐《かれん》な姿を現した。

「あ、有紗《ありさ》……」俺は唖然《あぜん》として、少女の名前を呼んだ。

綾羅木有紗、十歳。私立衿糸《えりいと》小学校に通う四年生であり、このお屋敷に暮らす箱入り娘。すなわち正真正銘のお嬢様だ。

キラキラと光沢を放つ青いワンピース。ヒラヒラのフリルで飾られた純白のエプロンドレス。そしてピカピカに磨かれた赤い靴。ツヤツヤの黒髪を顔の左右で二つ結びにした姿は、まるで不思議の国から抜け出てきた可憐なアリスのよう。だが、これは有紗にとってコスプレでも何でもなく、ただの普段着。なにゆえ彼女がこのようなロリータファッションに強いこだわりを持つのか、その経緯はいまだ本人からも聞いたことがない。

そんな有紗はワンピースの裾を指先で軽く摘《つま》むと、小さく膝を折りながら、「いらっしゃいませ、橘さん」と舞台女優のごとき気取った挨拶《あいさつ》を披露。そしていきなり小悪魔的な笑みを浮かべると、「暑い中、電話一本で溝ノ口くんだりまで、ようこそ……」

「わ、馬鹿馬鹿！」俺はいきなり顔面蒼白《そうはく》だ。「な、なにいってんだ有紗！　俺が『溝ノ口くんだり』だなんていうわけないだろ。新城に暮らす、この俺が！」

「えー、いってたよ、良太ァ」と少女はいきなりタメ口になりながら、「絶対いってた。有紗、聞いてたもん。『溝ノ口くんだり』とか『溝ノ口ごとき』って……」

「いってない。『溝ノ口くんだり』とはいったが、『溝ノ口ごとき』とはいってない！」

　判らない人には判らないと思うが、新城と溝ノ口は隣同士ながら溝ノ口のほうが歴然と栄えた街。新城の便利屋ごときが『溝ノ口くんだり』などといえた立場ではないのだ。

「いいな、いまの話は絶対パパには内緒だぞ。俺は大喜びでここへきたんだからな」

「判った判った。パパには黙っといてあげるから、さっさとその車、中に停めたら？」

　意地悪そうな笑みを浮かべながら、有紗は俺に指図する。

「コイツ、偉そうに……」と歯嚙《はが》みする俺は、再び運転席に乗り込み、愛車を広い庭の片隅に停める。鞄を持って車を降りると、俺はあらためて彼女にいった。「――にしても、まさかおまえが門前で待ち構えていたとはな。俺がくるってパパから聞いたのか？」

「ううん、有紗ね、パパが良太のところに電話しているのを盗聴していたの。それで良太がくるって判って、門の陰に隠れて張り込みしていたの。気付かなかったでしょ？」

「…………」可愛く喋《しゃべ》っているけど、話の内容は最低だな。盗聴とか張り込みとか、小学生女子が使う単語じゃないぞ。「相変わらず探偵ごっこにかぶれてるな、有紗」

　すると俺の言葉が癇《かん》に障ったのだろう。少女はつぶらな眸《ひとみ》で俺のことを睨《にら》み付けると、小さな唇を尖《とが》らせながら、「探偵ごっこじゃないもん。有紗は探偵だもん」

　怒ったように頰《ほお》を膨らませてロリータ服の腰に手を当てる。その表情は真剣そのものだ。

俺は彼女の機嫌を損ねないよう、適当に頷いてやることにした。

「ああ、そうだったな。そうそう、有紗は探偵だ。だってパパとママも探偵だもんな」

「うん、そーいうこと！」一気に機嫌を直した有紗は広い庭を元気よく駆け出す。

俺は、やれやれ、と頭を掻《か》きながら、彼女の小さな背中を追って歩き出した。


広々としたリビングに一歩足を踏み入れると、見た目まあまあ立派な中年男性の姿が、そこにあった。男は俺の姿を認めるなり、片手を挙げた。「やあ、橘君、よくきたね」

彼こそは綾羅木孝三郎。有紗の父親にして、我が便利屋の発展の鍵を握るお得意様だ。

突き出たお腹と短い手足。丸い顔に丸い目鼻がユーモラスな印象を与える。糊《のり》の利いたワイシャツの胸元には洒落《しやれ》た蝶《ちよう》ネクタイ。綺麗《きれい》に折り目の入った麻のズボンは、赤いサスペンダーによって、なんとかウエストの位置をキープしている。全体に丸みを帯びたフォルムは良くいえば貫禄《かんろく》充分な中年紳士、悪くいえば風船細工の人形のよう。針で突っつけばパチンと割れて弾《はじ》けちゃうかも――そんな想像を掻き立ててくれる愉快な外見だ。

だが癒し系のルックスに騙《だま》されてはいけない。

綾羅木孝三郎の職業は正真正銘の私立探偵。しかも、その腕前を見込んで日本中から依頼が殺到するという、全国的に有名な名探偵なのだ。

そんな孝三郎は俺の隣に佇《たたず》む愛娘《まなむすめ》に、とろけるような笑顔を向けながら、

「おや、なんだ有紗、橘君と一緒だったのかい？」

「そうよパパ、さっき、お庭で偶然会ったの」

偶然じゃありませんよ。彼女が俺と一緒にいるのは、あなたの電話が盗聴されていたからですよ。そういってやりたい衝動を、俺は懸命に抑え込んだ。

我が娘こそは誰からも愛される理想の女の子。そう信じて疑わない父親と、そう信じ込ませようとする健気《けなげ》な娘（？）。二人の絶妙な親子関係を粉砕したところで、便利屋には一円の得にもならない。

俺は素知らぬ顔を父親のほうに向け、早々と本題に移った。「ところで孝三郎さん、今回のご用件はなんです？　例によって有紗ちゃんのお守《も》り役ですか」

名探偵綾羅木孝三郎は、その名声ゆえに日本中を飛び回る日々。その間、娘のことが心配でならない彼は、便利屋である俺に娘のお守り役を任せる――というのが毎度お決まりの依頼内容。だが今回は少し様子が違うようだ。「電話の話だと、旅行の用意をしてくるようにとのことでしたね。僕をどこかに出張させるつもりですか。――はッ、まさか！」

突然あることに思い当たった俺は、孝三郎の肩を抱きながら窓際まで誘導。そして小声で彼の耳元に囁《ささや》いた。「ひょっとして、逃げた奥さんの行方《ゆくえ》を捜してきてくれ、なんていう話

じゃないでしょうね。もしそうなら、かなりの大仕事になりますけど……」

「君はどうしても私のことを、『妻に逃げられた哀れな男』にしたいようだな！」

「はあ、違うんですか⁉」俺は疑惑の目を孝三郎に向けた。というのも、この春以降、頻繁に綾羅木邸を訪れるようになった俺だが、いまだ彼の奥さんには一度も会ったことがないのだ。不審を拭えない俺は念のため聞いてみた。「では、奥さんはいまどちらに？」

「慶子《けいこ》か。彼女なら現在イギリスに出張中だ。スコットランドの古城の主人から招かれてね。なんでも、炎を吐きながら夜な夜な人を襲うという巨大な犬を追っているそうだ」

孝三郎の妻、綾羅木慶子の職業もまた夫と同じく私立探偵。しかも、その腕前を見込んで海外からも依頼が殺到するという、世界的に有名な名探偵なのだ。ならば世界の名探偵ケイコ・アヤラギが、探偵として明らかに格下である孝三郎に愛想を尽かして屋敷を出ていった――という推理も、充分に成り立つと思えるのだが。

まあ、出張中といわれれば仕方がない。便利屋としてはお得意様の言葉に頷くだけだ。

「ねー、なに二人でコソコソ話してるのー」

腕組みした有紗が、密談する大人たちに不審そうな目を向ける。

「ああ、ゴメンゴメン。犬の話をしていたんだよ」俺は何食わぬ顔でリビングの中央に戻り、あらためて孝三郎に尋ねた。「――で、今回のご用件はいったい何です？」

「うむ、用件というのは他でもない。実は今日から明日にかけて、娘と一泊二日の小旅行を計画していたのだよ。川崎市の中心街に住む高橋《たかはし》さん一家に誘われてね。娘はその旅行をたいそう楽しみにしていたし、もちろん私も大いに羽を伸ばすつもりでいた。せっかくの夏休みだからね。ところが例によって、こんなときに限って……ハァ」

孝三郎がガックリと肩を落とす。それを見て、俺はおおよその事情を察した。

「さては事件ですね。今度はなんです？　悪魔が来りて笛でも吹きましたか？」

冗談めかして尋ねると、意外にも孝三郎は重々しく頷いた。

「うむ、戦前は華族だったという名家で起こった連続殺人だ。殺人のたびに謎めいたフルートの音が響き渡るという、実に不気味な事件らしい」

「え、マジで、そういう事件っすか！」冗談のつもりが図星だったようだ。

「ああ、そうだ。この名探偵綾羅木孝三郎が乗り出さない限り、おそらく解決は不可能に違いない」

――あなたが乗り出したところで、やっぱり事件解決はおぼつかないのでは？

そんな身も蓋もない言葉が口を衝《つ》いて飛び出しそうになる。慌てて口を押さえた俺は、代わりに精一杯真剣な表情を彼に向けた。「なるほど、それで孝三郎さんは旅行にいけなくなったというわけですね。――えッ、じゃあ、僕があなたの代わりに有紗ちゃんと!?」

「うむ、仕方あるまい。高橋さん一家に娘をひとり預けるというのは申し訳ないし、娘だって心細いだろう。かといって旅行を延期してもらうのも悪い。君が一緒にいってくれるなら娘も心強いだろうし、私も安心して仕事に精が出せるというものだ」

「はあ、そういうことですか……」

「なに、心配はいらない。高橋さん一家は絵に描いたような仲良し一家だ。ご主人の高橋栄《えい》一《いち》さんは川崎市内で貿易会社を切り盛りする経営者。奥さんの芳江《よしえ》さんは専業主婦。ひとり娘の愛美《まなみ》ちゃんは女子大に通う学生さんだ。それともうひとり、宮元秀行《みやもとひでゆき》さんという男性が参加する。この人とは私も面識がないが、栄一さんのいとこに当たる人で、会社では社長室に勤める優秀な部下でもあるらしい。いずれにせよ、高橋さん一家は誰もが気さくで陽気な人たちだから、君も一緒にいて嫌な思いをすることはあるまい。それに——」

といって孝三郎は自慢のひとり娘に、再びとろけるような視線を向けた。

「君もすでに知っていると思うが、うちの有紗はお行儀が良くて礼儀正しくて真面目《まじめ》で素直で優しくて控えめで物静かな女の子だから、旅先でいっさい誰にも面倒は掛けないはずだ」

「…………」相変わらずですね、親馬鹿探偵さん。

冷ややかに見詰める視線の先で、探偵はポンと手を打ち、「あ、そうそう」と重大な事実を付け加えた。「君のことは有紗の親戚だと、そう先方に伝えてあるから問題はないよ」

「え、そんな嘘まで!? しかも、もう伝えたって……」

だったら選択の余地ナシじゃないか。あまりに一方的な話に俺はウンザリした表情。

すると孝三郎はギロリとこちらを睨み付けながら、「ん、何か不満でもあるのかね？」

その隣では有紗が、「良太お兄ちゃん、旅行いきたくないのー？」と小学生らしくあどけない口調。だが、その眸の奥には、『いかないなんて絶対許さないんだから！』という無言の圧力が見て取れる。俺は小さく溜め息をついて、綾羅木親子の前に白旗を掲げた。

「いーえ、僕はべつに不満なんて……むしろ嬉《うれ》しいです、はい……」

こうして俺は渋々ながら、綾羅木家の親族という偽りの立場を引き受けたのだった。

2

「それじゃあ、有紗、パパは先に出かけるからね。旅先では車に気を付けるんだぞ」

綾羅木邸の開いた門の手前。鞄を手にした孝三郎が手を振ると、「うん、パパもお仕事、頑張ってね」と有紗も小さな掌《てのひら》を振り返す。名残《なごり》惜しそうな孝三郎はさらに大きく手を振りながら、「食べ物に気を付けてな」「知らない人に付いてっちゃ駄目だぞ」「風邪ひくなよ」「宿題やったか」「歯磨けよ」と一通りの心配事を並べた挙句、「それじゃあ橘君、娘のことはよろしく」と最後に念押ししてから、ようやく屋敷の門を出ていった。彼の退場シーンはいつも必要以上に長い。気が付けば時計の針は午前十時に差しかかろうとしていた。

「おっと、もうこんな時刻か。そろそろ高橋さん一家が車で迎えにくるころだぞ」

俺たちはそれぞれの旅行荷物を持って、庭先で待機。すると数分後――

「あッ、きたみたいだよ、良太」有紗が門の向こうを指で示す。

俺も門から顔を覗かせながら、そちらを見やる。視界に飛び込んできたのは、意外な光景だった。俺はてっきり高橋さん一家が普通の車、つまりセダンやミニバンなどで訪れるものと思い込んでいたのだ。だが実際に門前に現れた車は赤いＳＵＶ。四輪駆動車だ。その後ろには銀色に輝く四角い車両を牽引《けんいん》している。

「ん、あれってキャンピングトレーラーってやつか!?」

啞然とする俺の隣で、有紗も「わぁ、凄《すご》ぉーい！」と目を丸くする。

ＳＵＶに牽引されたトレーラーは、綾羅木邸の門を少し行き過ぎて停車。そこから巧みなバックでゆっくりと敷地内へと進入してくる。有紗はバスガイドさんの真似《まね》だろうか、車の後ろに立ちながら「オーライ、オーライ！」と大きな身振り。その甲斐《かい》もあってか、ＳＵＶとキャンピングトレーラーは屋敷の庭先にきっちりと収まった。

するとＳＵＶの運転席のドアが開き、精悍《せいかん》な顔つきの中年男性が庭に降り立った。

ベージュのサマージャケットに茶色のチノパン姿。お腹はすっきりとしていて若々しい身体つきだ。そんな彼は片手を挙げながら、「やあ、迎えにきたよ、有紗ちゃん」と少女に向かって優しい笑顔。そしてすぐさま俺のほうを向くと、にこやかに握手の右手を差し出した。

「君が橘良太君だね。有紗ちゃんの親戚の」

「はい、橘良太です。有紗ちゃんの親戚の」

つい先ほど、そういう設定を与えられました――心の中でそう呟《つぶや》きながら、俺は彼の右手を握った。「高橋栄一さんですね」

「ああ、そうだ、よろしく」といって握手を終えた栄一は、俺と有紗の顔を交互に見やる。そして感心したように頷いた。「なるほど、親戚だけあって、どことなく似ているようだね」

「んなわけありませんよ！」

「んなわけないじゃない！」

咄嗟《とっさ》に俺と有紗の声が揃《そろ》う。

「…………」思わぬ反論に栄一は一瞬ポカンとした顔。だがすぐに「あはは」と声をあげて笑い飛ばすと「まあ、確かに大人の男性と小学生女子だものね。それほど似てるわけないか。――あ、そんなことより、紹介しとこう。彼は僕のいとこの宮元秀行君だ」

栄一は赤い車のほうを指で示した。助手席からは黄色いポロシャツにジーンズ姿の若い男が、ひょろりとした長身を現したところだった。男は身体と同じく縦に長い顔を俺へと向けながら、「どうも、宮元です」と小さく頭を下げる。

「今回の旅行では僕と宮元君が交互に運転手を務めるんだ。なにせ特殊な車両だからね」

栄一が銀色のキャンピングトレーラーを指で示す。ちょうどそのときトレーラーのアルミ製の扉が開き、中から二人の女性が姿を現した。

ひとりは豹柄《ひょうがら》ブラウスを着たパンツルックのふくよかな中年女性。もうひとりは花柄ワンピースがよく似合うスレンダーな若い女性だ。背中に掛かるストレートロングの黒髪が美しい。豹柄の女性が栄一の妻の芳江、花柄ワンピのほうが娘の愛美に違いない。

俺は芳江には「どーも」と頭を下げ、愛美に対しては「橘良太です。三十一歳です。自営業を営む青年実業家です。独身です。中原区在住です。有紗の親戚です」と若干誇張したプロフィールを語って、自ら握手の右手を差し出した。つまり愛美はそれほどに魅力的な美女だったということだ。

俺のプロフィールを鵜呑《うの》みにした愛美は、俺の右手をやんわり握り返すと、柔らかな笑みを覗かせながら、「ああ、有紗ちゃんのご親戚の方ですか。いわれてみれば、どことなく似てらっしゃいますね」

「ええ、よくいわれます。だって親戚ですから！」

調子よく頷く俺。その背中を小さな拳《こぶし》がゴツンと叩《たた》く。「うッ」と呻《うめ》き声をあげて後ろを振り向くと、不満そうな有紗は「似・て・な・い」と唇を動かしてプイと横向く仕草。

そのまま少女は俺のことを無視すると、トコトコとトレーラーへと歩み寄り、素朴な質問を口にした。

「ねえ、愛美お姉ちゃん、この車、どうしたのー？」

「これはね、パパが数年前に買ったキャンピングトレーラーよ。うちの家族はこの車にキャンプ道具を積んで、いろんなところに出掛けるの。どう、有紗ちゃん、気に入った？」

「んーとねー、まだ判んない。中を見るまでは、気に入るかどうか……」

──そりゃまあ、確かにそうだろうけど、そこは素直にウンと頷いとけよ、有紗！

俺は有紗の言葉にヤキモキ。その隣で栄一は苦笑いを浮かべながら、「よし、だったら、さっそく乗ってもらおうか。僕と宮元君は前のSUVに乗るから、橘君と有紗ちゃんは芳江たちと一緒に後ろのトレーラーのほうに」

「うん、乗りたい乗りたいー」

無邪気な歓声をあげながら、有紗は自分の荷物を手にして、銀色の扉に手を掛ける。

だが次の瞬間、栄一の口から「あ、待って」と少女を制止する声。そして彼は有紗の特徴的な服装を指差しながら戸惑いがちに問い掛けた。「えーっと、有紗ちゃん、ひょっとしてその恰好でいくつもりかな？　行き先は奥多摩方面なんだけど……」

なるほど、いわれてみれば確かに彼の指摘はもっともだ。有紗のロリータファッションは溝ノ口の街中でこそ違和感がないが——いやいや、街中でさえ充分浮いて見えるが——これが山あいのリゾート地ともなれば、それこそ違和感ハンパないはず。野球場をタキシード姿で訪れるようなものだ。そのことに有紗もようやく気付いたらしい。

「そっか。じゃあ、あたし着替えてくるね」くるりと踵《きびす》を返した有紗は、「長谷川さーん、着替え着替えー」と叫びながら、ツインテールを揺らして屋敷の玄関へと消えていった。

それから数分後——

再び姿を現した有紗は、ピンクの衿に特徴がある白いセーラー服風のブラウスに青いショートパンツ、白いハイソックスに赤いスニーカーという装い。いつものロリータ服よりは、かなり一般的なファッションだ。「あら、可愛らしい」「まあ、素敵」と目を細めながら誉《ほ》めそやす芳江と愛美の親子。その隣で俺は、「そういう服を持っているなら、普段からそういう恰好してりゃいいじゃんか」と密《ひそ》かに本音を呟く。ともかくこれで出発の準備は整った。

栄一がパンと手を叩きながら、「よし、じゃあ、さっそく出発しよう。——宮元君、ここからは君が運転するかい？」

栄一の提案に宮元は素直に頷いた。「そうですね。では次の休憩場所までは、僕が」

そういって宮元はＳＵＶの運転席へ。栄一は助手席に回る。

俺と有紗は愛美たちに促されながら、キャンピングトレーラーへと乗り込んだ。

トレーラーの内部は狭いながらも効率的な空間だった。対面式の四人掛けシートがあり、テレビや冷蔵庫、ミニキッチンなどが備えられている。旅行荷物を収納スペースに仕舞い込んだ四人は、対面式の座席に腰を落ち着ける。すると間もなく車はゆっくりと動き出し、綾羅木邸をスタート。溝ノ口の街を北西へ向けて走りはじめた。しばらくすると向かいの席に座る愛美が、あらためて先ほどと同じ質問。「どう、有紗ちゃん、この車、気に入った？」

「うん、凄く素敵！　まるで走るお部屋みたい」有紗は眸を輝かせる。

――よしよし、それでいいぞ、有紗。やればできるじゃないか。

と妙に監督気分の俺。すると今度は芳江が質問の口を開く。

「有紗ちゃんは向こうに着いたら、何が楽しみなのかしら？」

「ん～とね～」有紗は腕組みして考えた挙句、「アメリカンドッグとタコ焼き、それからもし行列が短いなら名物のメロンパンも……」と、なぜか突然の珍回答。

メロンパン!?　と間抜けな空気が流れる中、愛美が鋭く指摘した。「有紗ちゃん、それって東名高速の海老名《えびな》サービスエリアだよね。ごめん、今日は海老名にはいかないの。調布インターから中央道に入って、奥多摩のほうへいく予定なのよ。そこに車で泊まれるキャンプ場があるの。バーベキューや川遊びが楽しめるわ。有紗ちゃん、水着持ってきた？」

「うん、持ってきたー。お姉ちゃんも水着、持ってきたのー？」

「もちろんよ」

「わあ、じゃあ、一緒に川で泳げるね。楽しみー」

「うん、楽しみだねー」と、にっこり微笑《ほほえ》む愛美。

「うひ、楽しみだなー」と、うっかり微笑む俺。

母親の芳江はそんな俺のことを、警戒するような鋭い目で睨み付けていた。

3

車は一般道を順調に走り続けると、調布インターから中央自動車道に入って西へ。すると間もなく右に見える東京競馬場、左にはビール工場。この道はまるで滑走路のように八王子方面へと続いている——というわけでキャンピングトレーラーの俺たち四人は、車内でカラオケなど楽しみながら、ご陽気な旅を続けていた。

やがて溝ノ口を出発してから一時間ほどが経過。車はようやく八王子付近に差し掛かり、俺の胃袋もアメリカンドッグを恋しがりはじめた、ちょうどそのころ——

車は休憩地点である石川パーキングエリアへと入っていった。ＳＵＶに牽引されたキャンピングトレーラーは、大型車両専用の駐車場へと向かう。夏休みということもあってか、駐車場はなかなかの混雑。そんな中、駐車中の大型トラックとマイクロバスの間に、ちょうど一台分のスペースがあった。車はその狭い空間に頭から突っ込む形で停車した。

「やったー、着いた着いたー」

と、有紗はまるで最終目的地に到着したかのような歓声をあげて車を降りる。大人三人は苦笑いしながら少女の後に続く。ＳＵＶの高橋栄一と宮元秀行は、すでに車から降りていた。

「二十分ほど休憩にしよう」栄一が時計を見ながらいう。

「お姉ちゃん、いこう」有紗は愛美の手を引き、パーキングエリアの建物へと駆け出す。

　彼女の目的はトイレではなく、明らかにパーキングエリアグルメにある。俺は一本釘《くぎ》を刺しておくことにした。「おい有紗、トイレいっとけよ。まだ先は長いんだからな」

「大丈夫です。あたしが付いていますから」

　愛美はそう言い残して、有紗とともに建物へと駆け出していった。

　栄一は二人の後ろ姿に目を細めながら、「あの二人、まるで歳の離れた姉妹のようだな」

「ええ、本当だわ」頷いた芳江は栄一と肩を並べて歩き出す。

　結果的に俺と宮元が並んで歩く恰好になった。俺たち二人はそのまま男性トイレへ。揃って用を足し、無料休憩所へと向かう。自販機コーナーで缶コーヒーを飲みながら、俺は宮元に対して当たり障りのない質問を口にした。

「キャンピングトレーラーの運転って難しそうですね。特殊な免許とか必要なんですか」

「ああ、大型のトレーラーなら牽引免許が必要になるよ。だけど高橋さんのトレーラーは、そこまで大きくないから牽引免許は必要ないタイプだ。たぶん君でも運転できるよ」

「え、そうなんですか。意外だなぁ」

「とはいえ、トレーラーならではの難しさがなくはない。多少の練習は必要だろうね」

へえ、どんなところが難しいんですか、と聞こうとした、ちょうどそのとき――

「ねえ、良太ァ、これ買ってよー」と、いきなり響く少女の声。

見れば、軽食コーナーを指差す有紗の姿。その隣では愛美も小さく右手を振っている。

俺は宮元との会話を中途で切り上げると、「はいはい、判った判った」といって有紗たちのもとへと駆け出した。「なんだよ、何が欲しいんだ……はあ、タコ焼き!? そんなの溝ノ口でも売ってるだろーに……まったく！」

結局、俺は有紗に無理やりタコ焼きを買わされ、愛美には自分の好意でソフトクリームを買ってやり、そして俺自身は念願のアメリカンドッグを購入した。それにしてもパーキングエリアという空間は、なぜこんなにもジャンクフードが恋しくなるのかと思わずにはいられない。新城の街中でアメリカンドッグを食いたくなることなんて絶対ないのに！

だがまあ、それはともかく――

二十分間の休憩を終えると、一行は揃って駐車場へと戻った。

狭いスペースに頭から突っ込んだ車を前にして、栄一が宮元に右手を差し出した。

「ここからキャンプ場までは僕が運転しよう。宮元君、車のキーをくれないか」

宮元は「お願いします」といって栄一にキーを差し出す。受け取った栄一はSUVのドアを開けて、運転席へと滑り込む。一方の宮元は助手席のドアを開けた。

俺と有紗は、芳江と愛美の親子とともに再びキャンピングトレーラーに乗り込む。

対面式の四人掛けシートに腰を落ち着けると、車はゆっくりとバックを始めた。両側の大型車両に気を付けながら、少しずつ後退。徐々に右方向にカーブを切りながら駐車スペースを出る。そうして完全に駐車スペースから抜け出た車は、今度は前進を開始する。

そのとき俺の隣で有紗が、「あれえ？」と不思議そうな声をあげた。「ねえねえ、パーキングエリアの出口はアッチなんじゃないの？」

有紗は車の進行方向とは逆の方角――トレーラーのお尻のほう――を指差す。

窓から覗くと、確かに彼女の示す方角に出口を示す看板が見える。実際、多くの車がそちらへ向かって走行しているようだ。にもかかわらず、この車だけが出口とは逆の方角へと向かっている。窓の外を眺めながら、愛美が首を傾《かし》げた。

「なにやってるのかしら、パパったら……」

「きっと、入口と出口を間違えたのよ」平然とした顔で芳江がいう。「でも大丈夫よ。入口から出ていって高速道路を逆走するなんてことは、絶対あり得ないから」

当たり前だ。あってもらっては困る。そう思いながら見ていると、どうやら栄一も間違いに気付いたらしい。車はパーキングエリアの広い駐車場をぐるりと半周して進行方向を変えると、あらためて正規の出口へと向かった。そして石川パーキングエリアを後にすると、何事もなかったかのように中央道を再び西に向かって走りはじめた。

「なんだったんだろうね」有紗が首を傾げると、

「なんだったのかしらね」愛美は肩をすくめた。


それからしばらくは、また快適なドライブが続いた。だが相模湖《さがみこ》を過ぎて、中央道の上野原インターに差し掛かるころになると、車は徐々に速度を落とし、やがて完全にその動きを止めた。お決まりの渋滞に巻き込まれたのだ。

「車、ちっとも進まないねー」窓の外を眺めながら有紗が退屈そうに呟く。

「夏休みだもの。多少の渋滞は仕方がないわよ」愛美が有紗をなぐさめる。

おそらくは奥多摩方面に涼みにいこうとする連中が、大勢このインターチェンジに押し寄せているに違いない。ウンザリしながら、俺は座席の背もたれに身体を預ける。

身動きできなくなったトレーラーをあざ笑うように、その脇を数台のバイクがすり抜けるように通り過ぎていった。

結局、十数分の時間をロスしたものの、車は無事に料金所を通過。一般道へ降りると、今度は北へ向かって走りはじめる。車の速度は目に見えて落ちた。だが、それも無理はない。山間部を走る道路は自動車専用道ではないし、おまけに坂道とカーブの連続だ。大人三人と子供一人が乗るトレーラーを牽引しながらでは、四輪駆動のＳＵＶといえども、そうそうスピードが出せるわけがない。いっそノロノロ運転と呼びたくなるような速度で、車は一路、奥多摩方面へ向けて地道な走行を続けた。そうして三十分ほど走り続けたころ——

芳江の携帯が着信音を奏でた。芳江はガラケーの液晶画面を見るなり呟いた。

「あら、主人からだわ。運転中に携帯なんて駄目なのに……」そういって芳江は携帯を耳に押し当てる。「はい、あたしよ……あら、宮元さん!?　えッ、主人に代わるって……あ、代わらなくていいわよ、運転中でしょ……」

どうやら助手席の宮元秀行が栄一の携帯を操作して、芳江に掛けたらしい。その携帯を宮元は運転席の栄一に手渡したのだろう。

芳江は咎《とが》めるような声で、電話の向こうの夫にいった。

「ああ、あなた、なによ？　運転中に携帯なんていけないわ。事故でも起こしたらどうするつもり……え、こっちはべつに何も問題はないわ。ええ、有紗ちゃんも車酔いしている様子はないし……そう、あと十分ほどで着くのね。判ったから、もう電話はしないで運転に集中してちょうだい。だいたい、あなたは普段から集中力に欠けるところがあるのよ。いいえ、間違いないわ。あなたは気付いていないかもしれないけど、あたしはいつもあなたの運転を見ながら、内心ハラハラしているんだから。本当に気を付けてちょうだい。あ、そういえば、さっきもあなた、パーキングエリアで入口と出口を間違えて……」

「お母さん、いつまで喋ってるの！　マジで事故るから、もうやめて！」

娘のマジな叱責を受けて、芳江はようやく携帯の通話を終えた。

俺の耳元で有紗が小声で「この二人、意外とオモシロ親子だね」と囁く。「こら、そんな言い方するな」と俺は囁き返して有紗を横目で睨む。有紗はペロリと舌を出して「へへへ」と頭を掻いた。

ともかくキャンプ場まで、あと十分程度。もう何事も起こるまいと油断したころ、俺たちの乗る車は何の前触れもなく路上で急停止した。目的地に到着したわけではない。キャンプ場までは、まだ数キロの距離を残しているはずだ。トレーラー内の俺たち四人が首を傾げていると、前方で運転席のドアの開閉音が響く。窓の外を見やれば、そこには頭を掻く栄一の姿。その表情には困惑の色が見える。俺は窓を開けて問い掛けた。

「どうかしましたか、栄一さん？」

「うん、どうやら道を間違えたらしい。さっきの三叉路《さんさろ》で違う道に入ったんだな」

見渡してみると確かに、いまいる道は先細りの小道だ。主要道路を外れていることは一目《いちもく》瞭然《りょうぜん》だった。「どうするんですか。ここでUターンできます？」

「いや、この道幅じゃUターンは無理だな。バックして戻るしかなさそうだ。——おい、宮元君、後ろで誘導してくれないか。さっきの三叉路のところまで戻るんだ」

そういって栄一は運転席に乗り込む。代わって助手席を飛び出した宮元は、トレーラーの背後に回ると、「オーライ、オーライ」と大きな声で栄一に指示を送る。ゆっくりと後退を始めた車は、カーブした道を五十メートルほど後戻りして、三叉路まで無事にたどり着いた。

誘導を終えた宮元は、「OKでーす」とひと声叫んで、助手席に戻った。

その姿を窓から見やりながら、「いろいろ起こるものねえ」と芳江が愉快そうに呟く。

「ホントですね」と俺は苦笑しながら答えた。

間もなく車は再スタート。それから、ほんの五分ほど快調なドライブが続いた。

すると突然、窓から見える景色に変化が訪れた。バンガロー風の施設が点々とする中に、様々な種類の車や色とりどりのテントが見える。正面ゲートには『奥多摩キャンプ村』の巨大な看板。ここが今回の小旅行の最終目的地だ。どうやら無事に到着したらしい。胸を撫《な》で下ろす俺の隣では、有紗がワクワクした表情で外の光景に見入っている。

俺たちのトレーラーはゲートをくぐり、広大な敷地へと入っていった。

『奥多摩キャンプ村』の管理事務所は大きなログハウス風の建物。キャンピングトレーラーはその建物の正面に横付けする恰好で停車した。利用者は、ここで車を降りてから入村手続きを済ませる決まりらしい。要するにホテルでいうところのチェックインだ。

トレーラーの四人はいったん外へ。地面に降り立った瞬間、有紗は「着いたぁ！」と歓声をあげる。「まるで月面に着陸した宇宙飛行士みたいだな」と皮肉を呟きながら、俺は腕時計を確認する。

時刻はちょうど正午だった。溝ノ口を出てから約二時間の小旅行だったわけだ。

俺は「あーやれやれ」と大きく背伸びをする。その傍らでは、四輪駆動車の運転を続けてきた栄一と宮元の二人が、俺と同じように「あーやれやれ」といいながら拳で腰を叩いていた。長距離の運転で腰に疲労が溜まったのだろう。

「どうもお疲れさまでした」俺が小さく頭を下げると、

「なーに、たいしたことないよ。座りっぱなしだったから、ちょっと腰が痛むけどね」
栄一は両手を腰に当てながら、先頭を切って管理事務所へと入っていった。
木の温《ぬく》もりを感じさせる玄関ロビー。正面には大きな木製のカウンター。その向こう側は
デスクやパソコンやキャビネットなどが置かれた、ごく普通の事務所の風景だ。
数名の男女が机に向かって作業する中、カントリーシャツを着た中年男性が栄一の姿を見
つけて歩み寄ってくる。
「やあ、高橋さん。ようこそいらっしゃいました」中年男性はカウンター越しにこちらを見
やりながら、「奥さんもようこそ。ああ、愛美ちゃん、また一段と綺麗になったねえ。宮元
さんもお元気そうで。おや、そっちのお嬢ちゃんは初めて見る顔だねえ。お名前は？　お歳
はいくつかな？」
「綾羅木有紗、十歳！」
有紗が答えるその横で、俺は密かに透明人間になった気分を味わっていた。
見えていないのだろうか……この人には俺の姿が……俺はここにいるのに……
「またお世話になりますよ、篠塚《しのづか》さん」にこやかな笑みを浮かべた栄一は、俺と有紗のため
に説明してくれた。「この人は篠塚貞男《さだお》さんといってね、このキャンプ場のオーナーさんだ。
あるいは『奥多摩キャンプ村』の村長さんといってもいい。このキャンプ場を何度も利用す

るうちに、いまではすっかり顔見知りになってね」

篠塚はいま初めて気付いたように、俺に対して「どうも」と頭を下げる。そして彼は全員に向かっていった。「では、さっそく入村手続きを、お願いできますかな」

篠塚から渡された『村人カード』に必要事項を記載する。要は宿帳みたいなものだ。有紗も自分の手で名前と住所を書き込んでいった。

俺たちがペンを走らせる傍らでは、若い従業員が篠塚に駆け寄り、小声で会話を交わしている。二人の間に何やら深刻な雰囲気を察したのだろう。芳江が不安げに尋ねた。

「どうかなさったんですか、篠塚さん。なんだか慌ただしいみたいですけど」

「なに、たいしたことではありませんよ、奥さん」篠塚は作り笑いで応じた。「スタッフのひとりが、ちょっと見当たらなくなっていましてね。さっきから捜させているんですが、どうも見つからないようでして。まったく、どこで油を売ってるんだか……」

「あら、それはお困りですねえ。どういう方なのかしら。男の方、それとも女の方?」

「男です。奥さんもご記憶ありませんかねえ。一年ほど前に、別のキャンプ場からここに移ってきた若林《わかばやし》という中年男なんですが、どうも勤務態度に問題のある奴でしてね。いや、こんなこと、お客さんの前でする話でもないか。まあ、どこかそのあたりで煙草《たばこ》でもふかしてサボっているんでしょう。気にしないでください」

篠塚はあまり愉快とはいえない話題を無理やり終了させる。そして、その場の全員に向かって陽気な声をあげた。「それでは、みなさん、どうぞ良い休暇を！」

こうして俺たちは、晴れて『奥多摩キャンプ村』の村民となったのだった。

4

『奥多摩キャンプ村』には自動車専用のキャンプ施設がある。この場所をオートサイトと呼ぶらしい。オートサイトには多くのキャンピングカーやキャンピングトレーラーが駐車されていて、家族連れや仲間同士のキャンパーたちが思い思いにアウトドア気分を満喫している。

そんな中、高橋一家のトレーラーとSUVも、指定された駐車スペースに無事収まった。するとと到着早々、いきなり始まったのは昼食の準備だ。

「お昼はバーベキューだぞ。楽しみにしていてくれよ」

高橋栄一と宮元秀行が慣れた手つきでバーベキューコンロを組み立てる。芳江と愛美の親子はトレーラーに備え付けの冷蔵庫から食材を取り出し、ミニキッチンで下ごしらえ。見る間にバーベキューの用意が整えられていく。その様子をポカンと眺める俺は、

――そこまで頑張らなくても、とりあえず売店の弁当でもいいのでは？

などと余計な感想を抱く。だが、高橋家の人々にそのような安易な考えはないらしい。芳江は炭火をおこしたコンロの上に分厚い肉を広げながら、「なにしろ今回の旅行は一泊二日の短期決戦ですもの。初日の昼食といえども手を抜くことはできないわ。短い時間でアウトドア気分を目一杯楽しまないとね」と意外に貧乏臭い考え方を披露する。

なるほど、と頷く俺。聞けば、今夜の夕食は定番のカレーで、明日の朝は自家製パンケーキ、でもって昼はまたバーベキューなのだとか。ふと俺の脳裏に《愚者の献立》という言葉が浮かんだが、失礼なので口にはしない。そうこうするうちに、俺の口の中は次々に放り込まれる焼肉や野菜で、たちまち大忙しとなった。俺は分厚い肉を嚙み切りながら、

「あいさ、いっはいくへよ。こうなっはら、くはなひゃそんらぞ（有紗、いっぱい食えよ。こうなったら、食わなきゃ損だぞ）」

とセーラールックの少女に肉の塊を勧める。すると有紗も額に汗を浮かべながら、

「んふ、そうらね、りょほた、へっかくのごひそうらもんね（うん、そうだね、良太、せっかくのご馳走《ちそう》だもんね）」

といって、小さな口をモグモグさせる。

そんな中、愛美が素敵な提案を口にした。「ねえ、有紗ちゃん、食事が終わったら川にいきましょ。森の中を流れるとっても綺麗な川なの。水遊びにはうってつけの場所よ」

「うわぁ、いくいくー」と有紗は無邪気に眸を輝かせる。

「うひゃ、いくいくー」と俺は邪気のある眸を輝かせた。

こうしてバーベキューを終えた俺たちは満腹になったばかりの腹を抱えながら、さっそく川へと泳ぎに出掛けようとしたのだが――

「君たち、それは自殺行為だぞ！」

「溺れて死んじゃったら、大変！」

「少し休んでからのほうがいい！」

と良識ある大人たちが制止の言葉を口にした。良識ある大人たちとはすなわち高橋夫妻と宮元秀行のことだ。良識ない大人（俺）としては、返す言葉がない。

結局、俺たちはしばしの間、食後の休憩。それから、あらためて川へと向かった。

もちろんこの時点では、俺の胸の中にあるのは期待だけ。不吉な予感も不安の影も、いっさいありはしなかったのだが――

その川はオートサイトから歩いて数分の場所にあった。鬱蒼とした森の中を流れる天然の清流だ。両岸はゴツゴツした巨岩が並び、その岩肌を縫うように清らかな水が流れている。川面を撫でる風は、天然の涼風となって周囲を快適な温度にしてくれていた。

時刻は午後三時を回ったころ。日差しはまだまだ強く、水遊びには絶好の時間帯。にもかかわらず、俺はなぜか川岸から少し離れた大きな岩陰に身を置きながら、ひとりボンヤリと川面を眺めていた。「……くそ、つまらん」と思わず呟く俺。

眼下を流れる清流では家族連れやカップルたちが、歓声をあげながら水遊びに興じている。水の深いところで上手に泳ぐ若者たち。川岸ではしゃぐ子供たち。

そんな中、有紗は愛美とともに浅瀬で水しぶきを上げながら「きゃっきゃっ」「うふふ」と華やかな歓声をあげている。

有紗はヒラヒラのスカートが付いたセパレート水着。色は鮮やかなピンクだが、そんなもの見たって意味がない。問題なのは愛美のほうだ。上は青いビキニトップに白いラッシュガードを羽織った恰好、下は赤い短パン姿だ。女性は海で泳ぐときはビキニ姿を堂々と披露するくせに、なぜ川で泳ぐときは、こんなにも奥ゆかしく控えめな露出に留《とど》めるのだろうか。有紗は出さなくてもいいおへそまで出して大はしゃぎだというのに！

だが、そんな疑問はさておくとして——

有紗とバシャバシャ水を掛け合いながら、愛美はとても楽しそう。その笑顔を見れば、いますぐにでも駆け寄って、一緒にバシャバシャやりたいと思うのが、健康な男子の健全な欲望というものだろう。

だが、そんな愛美の隣には水着にTシャツを重ね着した、ふくよかなオバサン——芳江の姿が纏《まと》わり付くように存在している。しかも、俺の愛美に対する下心をとっくに見抜いている彼女は、必要以上に俺のことを警戒する構え。お陰で俺は、なんとなく愛美の傍《そば》からはじき出されてしまい、こうして離れた岩陰で指をくわえながら、その姿を眺めているのだった。

「……まあ、それも仕方がないか。そもそも俺は遊びにきたのではなくて、有紗のお守り役としてここにきているんだからな……」

そう自分に言い聞かせると、俺は双眼鏡を目に当てて、お守り役としての任務に励もうとする。だが双眼鏡越しの視線はいつしか有紗のもとを離れて、愛美へと引き寄せられていく。

「くそー、愛美ちゃん、いいスタイルしてんなー、ラッシュガード脱がねーかなー。あ、おいコラ有紗、邪魔だぞ、どけよ。愛美ちゃんが見えねーだろ……」

有紗には絶対聞かせられない発言だが、距離があるから大丈夫。すると、そんな油断した俺の肩を誰かの手がいきなりポンポンと叩く。「あー、ちょっとちょっと、お兄さん」

「あん!?」不機嫌な顔で振り向くと、そこに佇むのは若い男だ。カーキ色のカントリーシャツに黄色いベスト。キャンプ場のスタッフの服装だった。「——なんですか?」

首を傾げながら尋ねると、若い男は感情のこもらない口調でいった。

「川で遊ぶ女性たちの姿を、双眼鏡で覗いている気持ちの悪い男がいるから、ぜひ注意してほしい。──そんな苦情が管理事務所に寄せられましてね」

「気持ちの悪い男⁉」誰のことだ、と一瞬考え込んでから、「──え、俺のこと⁉」

自分の顔を指差して聞くと、黄色いベストの男は、他に誰がいるのですか、といわんばかりに真っ直ぐ頷いた。「そうですよ。あなたいま、あの白いラッシュガードを着た若い女性のことを、その双眼鏡で覗いていましたよね」

そういって男は川岸に佇む愛美の姿をズバリと指差す。俺は慌てて両手を振りながら、

「ち、違う違う、違いますってば！　ぼ、僕は彼女のことなんか見ていません。僕が見ていたのは、そう、あの子です！　ほ、ほら、あそこにピンクの水着を着た十歳ぐらいの女の子がいるでしょ。ね、ツインテールの可愛い女の子。僕はあの子のことを見ていたんですよ、この双眼鏡で──」って俺はいったい何を口走っているのだ？

ハタと気付いて男のほうに目をやると、彼はまさしく『変態ロリコン男ここに発見！』という顔で俺を睨み付けていた。「ほぉぉ、あの少女を双眼鏡でねぇぇ……」

「い、いや、違います、違いますって。女の子じゃありません。お、おばさんです。ほら、女の子の隣にぽっちゃりしたおばさんがいるでしょ。僕はあのおばさんの姿を……」

くそ駄目だ！　もはや何をどういっても俺の言葉は変態男の言い訳にしか聞こえない。

事実、男は警戒心あふれる目で、俺のことを見据えながら、

「すみませんが、管理事務所のほうまで一緒にきていただけませんか」

「……はあ」俺はその要求におとなしく頷くことにした。ここでこの男と押し問答をしても埒《らち》が明かない。そう判断したからだ。「判りました。では連れていってもらえますか」

「ご協力ありがとうございます。では、こちらへ」

俺の従順な態度に男は油断したのだろう。俺の前で踵を返して背中を向ける。

だが次の瞬間――「よし、いまだ！」

俺は反対方向へと脱兎《だっと》のごとくに駆け出した。岩場をぴょんぴょん飛び回りながら、川上へと必死の逃走を図る。もちろん男も黙ってはいない。異変に気付くと、すぐさま血相変えて俺の背中を追ってくる。「こら、待ちやがれ、この変態ロリコン野郎！」

「誰が、変態ロリコン野郎だ。くそ、捕まってたまるかってーの！」

逃げる俺と、追いかける黄色いベストの男。馬鹿げた追いかけっこがしばらく続くうちに、俺たちはいつしか遊泳区域から、かなり離れた場所に足を踏み入れていた。水遊びの子供たちの歓声もここまでは聞こえない。すると、背後から男が俺に警告を発した。

「おーい、そっちは遊泳禁止区域だぞ。戻ってこーい！」

冗談じゃない、戻ってたまるか！

俺はアッカンベーをしながら、目の前の大きな岩へとよじ登る。なるほど遊泳禁止というだけあって、このあたりは象のように巨大な岩が並ぶ危険地帯だ。

――そう思った次の瞬間！

隣の巨岩に跳び移ろうとした俺の右足が、岩肌でつるりと滑る。アッと叫ぶ間もなく、俺は岩の上から水面に向かって数メートルほど転落。激しい水音を立てながら水中に没した。

直後に浮かび上がった俺は「ぷはッ」と大きく口を開けて水面に顔を覗かせた。

「大丈夫か！」と大きな岩の上から男の呼びかける声。「無茶するからだぞ」

「あ、ああ、なんとか大丈夫……」

そう答えた俺は立ち泳ぎの恰好で水面を漂いながら周囲を見回した。遊泳禁止区域なので、当然のことながら水遊びに興じる子供たちはいない。子供どころか大人の姿だって、俺以外には誰ひとりとして見当たらない――かと思いきや！

「あれ!?」なぜか目の前に男性の姿。大きな岩と岩の間、水の流れが緩くなったところに、うつ伏せの恰好で浮かんでいる。俺は頭上に向かって大声で呼びかけた。「おい、ここって遊泳禁止なんだろ。だったら、なんで、あんたのお仲間がこんなところで泳いでるんだ？」

「はあ!? お仲間ってなんだ。キャンプ場のスタッフってことか」

「ああ、そうだ。あんたと同じ黄色いベストの男が泳いでるぜ……いや、泳いでるんじゃないのか……ひょ、ひょっとして溺れてる……お、おい、マジかよ！」

俺は水面を漂う男に手を掛け、その身体を仰向《あおむ》けにする。四十代ぐらいの中年男性だ。浅黒い肌に彫りの深い顔。なかなか整った顔立ちだが、その表情からはすでに生気が失われている。肌に触れると、その表面は川の水よりも冷たいように感じられた。首筋には絞められたような痕跡も見て取れる。思わず俺の口から引《ひ》き攣《つ》った声が漏れた。

「う、嘘だろ……そんな馬鹿な……」

「おい、よく見せろ！」と、そのとき岩の上から叫び声。見上げると、俺を追ってきた若い男が巨岩の上から身を乗り出しながら、こちらの様子を見下ろしている。俺は中年男の顔がよく見えるように身体をずらしてやる。たちまち岩の上から叫び声が降ってきた。「お、おい、その人、若林さんじゃ……そうだ、間違いない。若林さんだ」

若林、という名前に聞き覚えがあった。管理事務所の篠塚所長が捜していた男だ。勤務態度が悪く、おおかたサボって煙草でもふかしているのだろうと思われていた男。

だが事実はそうではなかった。彼は川の上流ですでに冷たくなっていたのだった――

5

――とまあ、ここまでが俺の長い長い回想シーンってわけだ。

これから後の流れはたぶん大事じゃないから端折《はしょ》って説明しよう。まずは俺と追いかけっこを繰り広げた例の若い男――これは富沢幸雄《とみざわゆきお》という新米スタッフだったのだが――その彼がキャンプ村の管理事務所と携帯で連絡を取り、この緊急事態を篠塚所長へと報《しら》せた。すると篠塚所長から地元の警察などに連絡が回ったらしい。しばらく待つとパトカーや救急車が相前後して現場付近の山道に集結した。やがて大勢の人々の尽力により、男の身体は川から陸地へと引き揚げられた。だが残念ながら救急隊員たちに活躍の場はなかったらしい。やはり男はとうに絶命していたのだ。

俺は奥多摩署の南郷という中年刑事からその事実を知らされて、そして――いま俺は奥多摩キャンプ村の管理事務所にいる。びしょ濡れだったTシャツもジーンズも、いまではもう気にならない程度に乾いてしまった。そんな俺はロビーの片隅のベンチに腰掛けて南郷刑事の質問に答えた。死体の第一発見者としては当然の責務だろう。

しかし、この第一発見者ってやつは、実際なってみるとなかなか面倒くさい。

なにしろ殺人事件において、死体の第一発見者は常に最初の容疑者と目される。実際いまだに一部のミステリでは『第一発見者が実は真犯人でした』なんていう驚愕《きょうがく》の真相があったりするぐらいだ（いまさら過ぎて、逆に驚くケースも稀《まれ》にはあるが）。

そんなふうだから警察もそう簡単に俺を見逃してはくれない。仕方なく俺は南郷刑事の問いに答える形で、死体発見に至る経緯を語って聞かせたのだが――果たしてこの刑事さんに上手く伝わったかな？

漠然とした不安を抱える俺の前で、南郷刑事は口を開いた。

「ふむふむ、橘良太君、いままでの君の話を要約すると、つまりこういうことだね」

刑事は手帳に視線を落としながら、俺の話を繰り返した。

「君は今朝、高橋家のキャンピングトレーラーに乗って溝ノ口を出発。お昼には、この奥多摩キャンプ村に到着し、高橋家の人々とともにバーベキューを楽しんだ。やがて午後三時ごろ、君は川へと向かった。双眼鏡片手に清流の岩陰に隠れた君は、水辺で戯れる幼女の水着姿をこっそり盗み見て楽しんだ。おそらくは写真なども撮ったのだろうね。そこへキャンプ場のスタッフである富沢幸雄さんがやってきて、君の破廉恥行為を咎めた。君は川上へと逃走を図り、遊泳禁止区域へと足を踏み入れた。そして足を滑らせて川へと転落。すると偶然にも君の目の前にキャンプ場の中年スタッフ――若林寛治《かんじ》さんという名前らしいのだが――その若林さんが死体となってプカプカ浮いていた。とまあ、だいたいそういうことで間違いないね？」

鋭い眼光で問われた俺は、「ええ、だいたい間違いありません」と刑事の言葉をうっかり追認。すると、たちまち刑事の顔がピシッと凍りついたように強張《こわば》った。その目は変質者を見るような警戒感に溢《あふ》れている。

相手の勘違いに気付いた俺は、慌ててベンチから立ち上がると、

「あッ、でも違います、違いますって！　だいたいは刑事さんがいったとおりですけど、一部訂正があります。僕は幼女の水着姿を盗み見てたんじゃありませんから。写真も撮っていないですから！」

「そうか。では言い訳は取調室で聞かせてもらうとしよう」南郷刑事は傍らに控える制服巡査を呼びつけて命令を下した。「おい君、この男をパトカーで奥多摩署まで……」

「わあ、なんでそうなるんですか！」俺は拳を振りながら懸命に訴えた。「僕は無実ですって。そもそも僕が見ず知らずのスタッフを殺すわけないじゃありませんか」

だが中年刑事は相変わらず疑惑の視線を向けながら、首を左右に振った。

「そうとは限らんだろ。富沢幸雄さんが君の破廉恥行為を咎めようとしたのと同じように、若林寛治さんも君の破廉恥行為を目撃し、その場で注意したのかもしれない。そこで自らの破廉恥行為が露見することを恐れた君は、若林さんの首を絞めて殺害。死体を川に落とすと、そのまま平然と川下に姿を現し、また似たような破廉恥行為に及んでいた。そういう破廉恥すぎる可能性もないことは……」

「どんだけ破廉恥だと思ってんですか、僕のこと！」

俺は刑事の独断を猛然と否定した。「妙な疑いを掛けるのはやめてください。ていうか刑事さん、ただ『破廉恥行為』って、いいたいだけですよね？」

「確かにそれもあるな」

「なに認めてんですか！」

思わず俺は呆《あき》れ声。だが南郷刑事は俺に対する疑念を捨てようとはしなかった。

「そもそも君と被害者が、本当に見ず知らずの関係だったのか、それだって怪しいもんだ。過去を探れば、二人の間には何か因縁があるのかもしれない」

「あるわけないじゃないですか。僕はこのキャンプ場に今日、初めてきたんですから」

「そうか。だが若林さんはこのキャンプ場で働く以前は、違うキャンプ場に勤めていたらしいからね。君と若林さんは、そこですでに出会っていた可能性もある」

「そんなぁ、勝手な想像ばっかり」俺は泣きそうな顔になりながら断固訴えた。「とにかく僕は犯人じゃありません。犯罪行為はもちろん、破廉恥行為だってしていません。双眼鏡で眺めていたのは、綾羅木有紗っていう知り合いの女の子で……」

と、そこまでいいかけたとき、「――ねぇ良太ぁ。良太ってばぁ！」

管理事務所の正面玄関の扉が開いたかと思うと、場違いなほどに元気で明るい声がロビー全体に響き渡る。確認するまでもなく有紗だ。先ほどまで水着姿で川遊びを楽しんでいた彼女は、いまは着替えて白いセーラースタイルに戻っている。その背後には高橋栄一と妻の芳江の姿があった。三人で俺の様子を見にきてくれたらしい。だが高橋夫妻はロビーの片隅に俺の顔を見つけると、なぜか揃って微妙な表情。玄関付近に佇んだまま、けっしてこちらに近寄ろうとはしない。

一方の有紗は心配そうに俺のもとに駆け寄ると、いきなり真顔で聞いてきた。

「ねえ良太ぁ、どんな破廉恥行為で捕まったの？　噂《うわさ》を聞いて、みんなドン引きだよ」

「…………」畜生、なんてことだ！　俺は絶望的な気分に陥った。きっといまごろは俺に関する良からぬ噂が、キャンプ場を駆け巡っているに違いない。「違うんだ、有紗。これは誤解だ。しかも誤解の原因は、半分程度おまえの存在にあるんだからな……」

「ふうん、そうなの？」有紗は、あどけない顔を傾げながら、「意味、判んないけど」

「まあ、そうだろうな……」

思わず深い溜め息を漏らす俺。だが有紗が現れたのは好都合かもしれない。俺は一縷《いちる》の望みを託すように、刑事に向かって切り札を示した。「そうだ。ほら、この娘《こ》ですよ、刑事さん。僕はこの娘のお守り役を依頼されているんです。刑事さんも聞いたことがあるんじゃないですか、あの全国的に有名な名探偵、綾羅木孝三郎氏の評判を。この有紗はその名探偵の娘。つまり僕は名探偵に仕事を頼まれた助手みたいな存在ってわけです」

だから信用してもらえませんかねぇ——と、すがるような目で訴える俺。すると南郷刑事は突然ハッとした表情を浮かべながら、「なにぃッ、綾羅木孝三郎だって！」

「そう、その名探偵です。ご存じですよね！」

「いや、やっぱり知らんな。綾羅木孝三郎なんて聞いたこともない」刑事は首を左右に振ると、あらためて傍らの巡査に確認した。「あ、君、パトカーの用意はできたかね？」

——くそ、全国的に有名な綾羅木孝三郎の名声も、奥多摩までは届いていなかったか！

拳を振って悔しがる俺。隣で有紗も同じく拳を振りながら、「えー、刑事さん、パパのこと知らないのぉ？」と不満そうに唇を尖らせる。「じゃあ、ママのことは？　有紗のママは世界的に有名な名探偵なんだけど……」

「はあ、世界的な名探偵だって!?　綾羅木、綾羅木……アヤラギッ」その瞬間、南郷刑事の顔色がサーッと青ざめた。「ま、まさか、ケイコ・アヤラギのことか！」

叫ぶや否や、南郷刑事と傍らにいた制服巡査は揃って壁際まで後退。ドスンと壁に背中をぶつけると、刑事は引き攣った声で少女に確認した。「ま、まさか、世界の警察機構にその名を轟《とどろ》かせる名探偵ケイコ・アヤラギ——君はその娘だというのか？」

「そうだよ。で、良太はね、有紗のボディーガードなの」

ひと言で事情を説明する少女。その効果は絶大だった。南郷刑事は「そうか、判った」といって壁際を離れるとツカツカとこちらに歩み寄り、俺の両手をしっかり握って頭を下げた。

「疑って悪かった。許してくれ。君は無実だ。破廉恥行為もしていない」

「………」ちぇ、なんだい！　こんなに簡単に事が運ぶのなら、どうでもいい孝三郎の名前なんか出さずに、最初から奥さんの名前を出すんだったぜ！　俺は綾羅木慶子の偉大な力に驚くとともに、孝三郎に対しては落胆の思いを禁じ得なかった。「ま、いいや。とにかく信用してもらえるなら有難いです」

刑事との握手に素直に応じる俺。その光景を見て、ようやく高橋夫妻も俺への疑念を払拭できたらしい。こちらに駆け寄ってくると、二人はぎこちない笑みを浮かべながら、「心配したよ、橘君」「信じていたわ、橘さん」とワザとらしい台詞を口にした。

「どうも、ご心配かけました」俺は高橋夫妻に対して皮肉っぽく頭を下げ、そして南郷刑事に確認した。「では、もうオートサイトに戻っていいですよね、刑事さん？」

答えを待たずに踵を返そうとする俺。だがロビーの片隅で別の刑事から何やら報告を受けていた南郷刑事は、慌てて俺を呼び止めた。

「あ、ちょっと待ってくれ。いや、お待ちください、橘さん。これ以上、あなたのことを疑うわけではありませんけれど、いちおう念のためにお聞かせ願えますか」

「はあ、まだ何かあるんですか」

「なに、形式的な質問です」と前置きしてから中年刑事は重大な問いを発した。「橘さん、あなたは今日の午前十一時半前後の時間帯、どこで何をしていましたか？」

どうやらアリバイを問われているらしい。午前十一時半前後というのが、被害者の死亡推定時刻なのだろう。ならば問題はない。俺は堂々と胸を張って答えた。

「午前十一時半前後ならば、まだキャンプ村に向かう途中ですね。僕は高橋さんちのキャンピングトレーラーに乗って、みんなと楽しくお喋りしながら、高速道路や山道を移動中だったはずですよ。――ねえ？」

期待を込めた視線を送ると、栄一と芳江の夫婦は揃って頷いてくれた。

「彼のいうとおりですよ、刑事さん。橘君は私が運転する車に乗っていたんです」

「ええ、そうよ。一緒に旅行した全員が証人だわ。これ以上、確実なことはないはずよ」

高橋夫妻の証言は確固たるものだった。さすがに疑《うたぐ》り深い中年刑事も、これ以上の追及は無意味と悟ったらしい。南郷刑事は「なるほど、判りました」と深く頷いた。

こうして俺は《第一発見者＝最初の容疑者》という面倒くさい状況から、ようやく抜け出すことに成功したのだった。

管理事務所を出た俺と有紗は、高橋夫妻とともに自分たちのオートサイトに戻った。

すると、そこではちょっとしたパニックが巻き起こっていた。さっきまで悠々とオートキャンプを楽しんでいた人々が、慌ててキャンプ道具を片付けて帰り支度を始めている。俺たちのサイトでも、やはり高橋愛美と宮元秀行がさっき広げたばかりの椅子やテーブルを畳んでいるところだった。愛美は両親の姿を認めると、すぐさま駆け寄ってきて状況を説明した。

「大変よ。どうやらキャンプ場が一時、閉鎖になるらしいの。さっきスタッフから説明があったわ。警察に身許《みもと》を証明した人たちから、順次お帰りくださいですって」

「無理もない話です」宮元が愛美の背後から顔を覗かせる。「なにしろ、殺人犯がこのキャンプ場をうろついているかもしれないんですからね。スタッフにいわれなくたって、誰もこんな場所で一晩過ごそうなんて思いませんよ」

部下の言葉に、栄一も頷いた。「うむ、宮元君のいうとおりだな。確かに、さっさと引き揚げたほうが無難らしい。――橘君、そういうわけだ。どうやら川崎に戻らざるを得ない。こちらから誘っておいて申し訳ないが、事情が事情なので許してくれたまえ」

「もちろんです。安全第一ですからね」

そして俺は有紗のほうに向き直った。「そういうことだから、おまえもおとなしく帰るんだぞ。いいな、有紗。――え!?　なんだよ、嫌なのか。はあ、帰りたくないって!?」

俺のジーンズを引っ張って、有紗が駄々をこねる。俺は溜め息をつきながら、

「おいおい、ワガママいうなよ、子供じゃないんだからさ——こら、蹴るな、蹴るなっての！　痛いじゃないか。畜生、こっちにこい、有紗。いいから、こっちにきなさい！」

嫌々をする少女の手を引きながら、俺はトレーラーの背後へ回る。高橋家の人々から見られない位置に移動すると、俺はすぐさま少女の手を振り放して両手を腰に当てた。

「いいかげんにしろ、有紗！　おまえが考えてることぐらい判ってるんだからな。『キャンプ場殺人事件の謎を、あたしが解き明かしてやるの～』とかなんとか、いいたいんだろ」

「当然じゃない。だって有紗は探偵だもん。目の前の殺人事件をほったらかして、逃げるわけにはいかないわ。この事件の謎は、絶対あたしが解き明かしてやるんだから」

拳を握って凛々《りり》しく宣言する探偵少女。だが俺はアッサリ「駄目だ」と首を振る。そして、不満そうな少女に向かって強い口調でいった。

「いいか有紗。事件は溝ノ口で起きているんじゃない！　奥多摩で起きてるんだ！」

瞬間、有紗は眸を揺らしながら、「……ふ、古いよ、良太、古すぎだよ……」

「そ、そうか。いや、そんなに古くもねーだろ」

でも考えてみれば、この台詞の元ネタって有紗が生まれる前の映画のやつか？　だとすれば確かに古すぎだな。そう心の中で呟きながら俺は続けた。

「とにかく、ここは奥多摩だ。犯人は山に迷い込んだ殺人鬼かもしれないし、キャンプ場に大勢いるキャンパーのひとりかもしれない。あるいはスタッフ同士のトラブルって可能性もあるが、そんなこと溝ノ口の小学生には調べようがないじゃないか。こういう事件は地元の警察に任せるのがいちばんだ。子供の出る幕じゃない」

「えー、さっきは『子供じゃないんだから』っていってたくせにー。大人ってズルいー」

「…………」畜生、なんで子供って、こんな細かい点をいちいち覚えてるんだ？　俺は溜め息をつきながら、今度は下手に出る作戦をとった。「な、頼むよ。お願いだ、有紗。今回だけは、おとなしく溝ノ口に帰ってくれよ。高橋さんたちだって、おまえをここに残して帰るわけにはいかないんだからさ。それぐらい判るだろ？」

真剣な目で訴えると、有紗もようやく状況を理解した様子。膨れっ面ながらも渋々頷くと、「判った」といって、おとなしく俺の手を取った。「今回は貸しにしといてやるわ」

なんだよコイツ、生意気いいやがって！　口をへの字にしながらも、俺は彼女の手を引いて高橋家の人々の前に戻った。「大丈夫です。なんとか説得しましたから」

俺の言葉を聞いて、高橋家の人々の顔にホッと安堵《あんど》の表情が広がった。

そして俺たち一行は、出したばかりのキャンプ道具をまた車に仕舞い込むと、すぐさま川崎への帰路に就いたのだった。

6

それからしばらくの時間が経過したころ。俺たち一行を乗せた車は、きた道を逆戻りするルートを通って、奥多摩の山道を下っていた。きたときと同様、前方のＳＵＶには高橋栄一と宮元秀行が乗り込み、運転手を務めている。俺と有紗は芳江と愛美の親子とともにキャンピングトレーラーの中だ。だが、せっかくのキャンプが中止になったせいで、車内の会話は弾まない。有紗も薄暗くなりだした山の景色を眺めて沈んだ表情だ。

「ごめんね、有紗ちゃん、楽しみにしていたキャンプが、こんなことになっちゃって」

と愛美が気を回して、なんとか有紗の機嫌をとろうとする。

だが有紗が不機嫌な理由は、キャンプが中止になったせいではなくて、目の前の殺人事件に自分が探偵として関われなかったことが悔しいからだ。とはいえ、こんなこと他人に説明のしようがない。俺は手を振りながら、「いいんです、気にしないでください」と作り笑いを浮かべるしかなかった。

そうこうするうちに車は山道を下り終えて、上野原インターから中央自動車道へ。そこからさらに三十分ほど走行を続けると、車は再び石川パーキングエリアに到着した。

「時間も時間だし、ここで軽く何か食べていくとしよう」

SUVを降りた栄一が提案する。確かに、あたりの景色はすでに闇の中。もし、あのまま何事もなかったならば、いまごろはジャガイモやニンジンのゴロゴロ入ったキャンプ特製カレーを頬張っていたころだ。その代わりといってはナンだが、俺たちは石川パーキングエリア名物のブラックラーメンを啜《すす》って腹の虫を治めた。すると当然、食事の後はデザートだ。

「ねえ、良太ぁ、ソフトクリーム買ってよー」

「ああ、判った判った。買ってやるから、手を引っ張るんじゃないっての」

面倒くさそうに頷く俺は、有紗にぐいぐい手を引かれながら売店へと向かう。だがソフトクリームの看板が目の前に迫ったそのとき、有紗の足がピタリと止まる。その視線は売店の片隅にある小さな玩具売り場へと真っ直ぐ向けられていた。

「ん、どうかしたのか、有紗」

だが少女は俺の問い掛けを無視して、いきなり玩具売り場へと駆け寄る。パーキングエリアの売り場だけあって、そこには自動車をモチーフにした玩具が多い。そんな中、少女のつぶらな眸は、とある一角にジッと注がれている。意外にも、そこに並ぶのは様々な種類のミニカーだった。だが十歳の女の子がミニカーを本気で欲しがるとは思えない。

俺は少女の肩を叩きながらいった。

「おい有紗、なにやってんだよ。ソフトクリーム、いらないのか？」

すると少女の口から、「うん、いらない」と衝撃のひと言。たちまち俺は大混乱に陥った。食欲旺盛かつスイーツ大好きな有紗が、目の前にあるソフトクリームを拒絶するなんて、これはもう悪い病気にかかったか、あるいは天変地異の前触れとしか思えない。

だが慌てる俺をよそに、少女は数あるミニカーの中から一台を手に取って、さらに意外な言葉を口にした。「ねえ良太、ソフトクリームはいらないから、その代わり、これ買って」

「え、これ⁉」俺は少女の手からミニカーを受け取り、思わず眉をひそめた。「これが欲しいのか、有紗。本当に、これでいいのかよ。いや、だけど、これって……」

「うん、それでいいの。ねえ、お願いだからさぁ」

そういって少女は可愛らしく両手を合わせる。結局、俺は彼女のためにミニカーを買う羽目に陥った。だが正直いって、俺には全然意味が判らない。いったい有紗は何が楽しくてミニカーなど欲しがったのだろうか。しかもタンクローリーのミニカーだなんて……？

有紗の奇妙な振る舞いに、俺は首を捻《ひね》らざるを得なかった。

それから、またしばらくの後。再び中央自動車道を走りはじめた車の中。対面式の座席に座りながら、有紗は目の前のテーブルの上にタンクローリーのミニカーを置き、それを走らせた。いや、もちろん実際にはミニカーは走ったりしない。有紗が自分の手でそれを押したり、バックさせたりしているだけのこと。要するに男の子がミニカーで遊ぶときの要領だ。

――しかし有紗って、こういう遊びに興味を持つ女の子だったっけか？

疑問を覚える俺の前で、高橋芳江もまた不思議そうな顔で少女の様子を見守っていた。

「ねえ、有紗ちゃん、それって楽しい？　そういう遊びが、好きなの？」

すると聞かれた有紗は満面の笑みで、「うん、楽しぃー」と元気な返事。

「そうなの、有紗ちゃん、面白い子ねえ」芳江は口許に手を当て、ホホホという笑い声。

その隣で愛美も意外そうな表情を浮かべながら、

「ふーん、私はてっきり有紗ちゃんはお人形さんとか、ぬいぐるみとか、そういう女の子っぽいものが好きなんだと思ってた」

「うん、お人形さんもぬいぐるみも有紗、大好き！」眸をキラキラ輝かせて答えたかと思うと、少女は真剣な顔でテーブルを見詰めた。「でも、いまはミニカーがいいの……」

有紗の言葉に、思わず顔を見合わせる俺と愛美。それをよそに少女は再びミニカーに手を伸ばすと、妙に真面目くさった表情で、またそれを動かしはじめるのだった。

そうこうするうちに車は調布インターに到着。中央自動車道から一般道へと降りて、街中の道を進む。やがて車は何事もないまま溝ノ口の綾羅木邸の前にたどり着いた。

住宅街の路上に一時停止するキャンピングトレーラー。俺と有紗は自分たちの荷物を抱えて、屋敷の門前に降り立った。するとSUVの運転席から高橋栄一が降りてきて、あらためて俺たちに詫《わ》びを入れた。

「今日はこんな中途半端なことになってすまなかったね。この埋め合わせは、いつか必ずさせてもらうよ」

「いえいえ、べつにいいんですよ。充分、楽しめましたから――な、有紗？」

俺が背中をグイッと押してやると、少女はペコリと頭を下げて、「今日はとっても楽しかったです。どうも、ありがとうございました」といって満点の笑顔を覗かせた。

栄一は再びSUVの運転席に乗り込むと、開いた窓から「じゃあ、またね」と有紗に声を掛けて車をスタートさせる。助手席の宮元秀行は俺に向かって小さく頭を下げる仕草。芳江と愛美はトレーラーの窓から顔を覗かせると、大きく手を振って俺と有紗に別れを告げた。

俺たち二人は門前に並んで立ちながら、遠ざかる車を見送った。その特徴的なシルエットが闇に消えるのを待ってから、俺は小さく溜め息を漏らした。

「はあ、なんだか、とんだバカンスだったな……」

だが、とにもかくにも小旅行は終わった。一泊二日の予定は日帰りに変更されたが、俺には関係のないことだ。孝三郎から依頼された仕事は、あくまでも旅行中の少女のお守り役。旅行が済めば、俺はお役御免だ。その安堵感から俺はホッと胸を撫で下ろした。

「まあ、いいや。とにかく無事に終わってなによりだ……」

だが、そんな俺の言葉を咎めるように、少女は両手を腰に当てながら冷ややかな視線をこちらに向けた。

「はあ、なにいってんの、良太？　まだなにも終わってないじゃない」

「ん、それ、どういう意味だ？」俺は首を捻って、少女の目を覗き込む。「学校で教頭先生にいわれなかったか、『家に帰り着くまでがバカンスですよ』って」

「それをいうなら『家に帰り着くまでが遠足』でしょ？」

「細かいことというな。とにかく俺たちは綾羅木邸に帰り着いたんだ。だからバカンスはこれで終わり。俺の仕事も終わりだ。そうだろ？」

「違うよ、良太。探偵にとっては、『事件を解き明かすまでがバカンス』なんだからね」

「………」聞いたことねーぞ。どこの教頭がいったんだ、そんな迷言？

キョトンとする俺の前で、有紗は探偵の顔になってニヤリと笑みを浮かべる。その唇からは意外な言葉が発せられた。「良太、これから急いで『奥多摩キャンプ村』に戻るよ」

「え、これから!?　いやいや、無理だろ。戻るって、どうやって……」

有紗は答える代わりに、門柱のナンバーキーを指先で連打して門扉を開ける。そして広い庭に飛び込んでいくと、片隅に停めてある一台の車を指差した。それは俺の車だった。今朝、俺が乗ってきたオンボロの軽ワゴン車だ。

「こ、この車で奥多摩まで行ってか⁉」——綾羅木有紗、いったい何を考えているんだ⁉

若干の興味とともに、俺は大いなる不安を覚えずにはいられない。だが探偵少女は軽ワゴン車にひとり駆け寄ると、戸惑う俺を後押しするように強気な口を開いた。

「ほら、いこうよ、良太。これからが本当のバカンスなんだからね！」

7

理由はともかく、探偵少女の有紗が宣言した以上、このバカンスは終わらない。

覚悟を決めた俺は有紗とともに愛車に乗り込むと、すぐさま綾羅木邸を飛び出した。

オンボロ軽ワゴン車は、激しくタイヤを鳴らしながら夜の溝ノ口を疾走。やがて車は調布インターからまたまた中央自動車道へ。淡々とした走行が続く中、ハンドルを操る俺は、いまさらながら助手席の少女に尋ねた。

「おい有紗、向こうに着く前に教えておいてくれ。これから『奥多摩キャンプ村』に向かう理由は何なんだ？　おまえが興味を持つぐらいだから、キャンプ場の殺人事件と関係あるんだよな。だけど、なぜ今夜なんだ。明日じゃ駄目なのかよ？」

助手席に向かって矢継ぎ早の質問を投げる俺。それに対して有紗は――

「すぅー、すぅー、んかッ」と特徴のある寝息で答えた。「すぅー、んかッ」

――畜生、この期に及んで自分だけ寝やがって（しかも、なんだよ「んかッ」って！）。

思わずハンドルを叩いた俺は、孤独と戦いながら懸命に車を飛ばす。途中のパーキングエリアにも立ち寄ったりしない。やがて車は上野原インターから一般道へと降りていく。ここから先は山登りの道だ。暗い山道を頼りない足取りで駆け上がっていくオンボロ軽ワゴン車。急勾配で止まりそうになる愛車を励ましながら、一路『奥多摩キャンプ村』を目指す。そうこうするうちに、助手席の有紗が「むにゃむにゃ……」と拳で顔を擦《こす》って目を覚ました。

俺は精一杯の皮肉を込めながら、

「よく寝てたじゃないか、有紗。おまえ、面白い鼾《いびき》かいてたぞ」

「ん、なに馬鹿いってんの、良太？　その手には引っ掛からないよーだ」といって有紗はベエと舌を出す。「だって、このあたしが鼾をかくなんて、あり得ないじゃない」

「はあ!?　くそ、その言葉、覚えてろよ」いつかそのあり得ない鼾を録音して、二倍の音量にしてコイツに聞かせてやる！　心の中で呟きながら俺は有紗にいった。「まあ、いいや。それより、もうあと十分ちょっとで『奥多摩キャンプ村』に到着だぞ」

「えッ、もうそんなところなの!?」

有紗は慌てて前を向く。するとそのとき、前方に見覚えのある三叉路が現れた。

その瞬間、有紗が「あッ、良太、止めて！」と鋭い声を放つ。俺は慌ててブレーキを踏み、愛車を三叉路の手前で急停止させた。すると有紗は助手席から身を乗り出しながら、

「ねえ良太、ここがどこか覚えてる？」

「ん、そういや、ここって今日のお昼前にも通った場所だな。高橋栄一さんが道を間違えて、この三叉路を左に曲がったんだ。キャンプ場は右に曲がったところなのに」

「そう、その三叉路だよ」頷いた有紗はキョロキョロと周囲に目を配りながら、「どうやら、ここにはまだ警察の手は回っていないみたいだね」と、まるで犯罪者のような台詞。

——有紗め、いったい何を企んでいるんだ？

訝《いぶか》しく思う俺の隣で、少女はいきなり前方を指差しながら意外な指示を告げた。

「それじゃあ、良太、この道を左に曲がってね」

「ん、左!?　おいおい、右だろ。キャンプ場にいくなら、この道を右のはずだ」

「なにいってんの、良太。誰がキャンプ場にいくっていったのさ？」

この自分勝手な問題発言をきっかけに、俺と有紗の間に激しい言い争いが勃発した。

「誰って、おまえがいったんじゃねーか。おまえが『奥多摩キャンプ村』に戻るってな！」

「そういったかもしれないけど、とにかくこの道は左ったら左なの！」

「畜生、意味が判んねえ！」俺は怒りとともにアクセルを踏み込み、ハンドルを大きく左に切った。「もう、どこに着いても知らねーぞ。行き止まりでも引き返さねーからな」

軽ワゴン車は先細りの暗い道を進む。道の両側には雑草が生い茂り、対向車と擦れ違う余裕もない。道幅は徐々に狭まっていき、そしてついに――

「畜生、本当に行き止まりになっちまったじゃねーか」

そう吐き捨てた俺は、仕方なく車を止めてサイドブレーキを引いた。ヘッドライトの明かりは、前方に壁のごとく立ちはだかる崖の斜面を照らし出している。

ほら見ろ、どーするんだ？　と横目で訴える俺。それをよそに、有紗は助手席のドアを開けて、ひとり車の外へと飛び出す。驚いた俺はダッシュボードの中から懐中電灯を取り出すと、慌てて彼女の後を追った。

「お、おいおい、待て待て。危ないぞ、有紗。――し、鹿が出るぞ、鹿が！」

「えー、鹿なんか出ないよ。ていうか、鹿さんなら出てきてほしいくらいだよ」

「馬鹿馬鹿！　おまえは野生の鹿の恐ろしさを知らないから、そんなことがいえるんだ。実際、こんな暗い場所で出会ったりしたら、どんだけ怖いと思ってんだ……」

俺は警戒するように懐中電灯の明かりを暗闇の左右に向ける。すると有紗もまた顔を左右に振りながら、何かを捜し求めるような素振り。やがて彼女は目の前に聳《そび》える崖の一箇所に目を留めると、そちらへ向かってずんずんと歩み寄っていった。恐る恐る俺も彼女の背中に続く。やがて少女はピタリと足を止めて、崖のその部分を指で示した。

「ねえ良太、その懐中電灯で、この中を照らしてみてよ」

「ん、なんだよ、ここ？　洞窟の入口か……？」

崖の斜面にポッカリと開いた大きな穴。その向こうに真っ暗な空洞が広がっている。その穴を覗き込んだ俺は、たちまち嫌な予感に襲われて、くるりと洞窟に背を向けた。

「か、帰ろう、有紗。これはもう鹿どころじゃない。虎だ、きっと虎の穴だ」

「えー、奥多摩に虎なんて棲《す》まないよー」

「じゃあ、熊だ。熊の穴だ。きっと、この穴の奥でやつらが冬眠してるんだ」

「いまは真夏でしょ！　冬眠中の熊なんていないってーの！」

有紗はじれったそうに足を踏み鳴らすと、「もういい、それ貸して」といって俺の手から懐中電灯を奪い取る。そして洞窟の入口に立つと、その明かりを真っ直ぐ穴の中へと差し向けた。ＬＥＤの白く鋭い光が、洞窟の遥か先の空間までも薄《うっす》らと照らし出す。

すると——

洞窟の最奥部らしき場所に何かが見えた。天然の洞窟には似つかわしくない人工的なフォルム。明らかに、ここに存在するはずのない何かだ。少なくとも虎や熊ではない。

「鹿でもなさそうだし……何なんだ……？」

俺は有紗の手から懐中電灯を奪い取ると、蛮勇を奮って自ら洞窟の中へと足を踏み入れていった。背後から有紗も続く。洞窟の奥へと進むほどに、その特徴的なシルエットは明瞭になり、鮮やかな色合いまでもが確認できるようになった。俺と有紗は洞窟の最深部に小走りで駆けつけた。そこで目にした意外な物体の正体に、俺は唖然となった。

「こ、これってオートバイじゃないか！」

間違いなくそれは青いメタリック塗装を施された大型バイクだった。俺は目の前に停められたそれを、懐中電灯の明かりで照らしながら、

「でも、なんでだ!?　なんで、こんな場所にバイクが停めてあるんだよ……」

と訳が判らず首を捻る。すると背後から有紗の声が冷静に答えた。

「そんなの決まってるじゃない、良太。このバイクはね、キャンプ場で殺人を犯すために使われたものだよ。だって、それ以外に考えられないでしょ？」

確信を持った少女の口ぶりに、俺は思わずゴクリと喉を鳴らした。

キャンプ場で起こった殺人事件。その現場から車で十分程度の距離にある洞窟の中に、密かに停められている大型バイク。この二つに関連があると考えるのは、むしろ当然のことだ。確かに、このバイクは犯人の足として用いられたもののように思える。

「てことは、このバイクの持ち主が犯人？　それって誰なんだよ……」

目の前の少女に尋ねる俺。だが、その問い掛けに、なぜか男の声が答えた。

「そのバイクは俺のものだ。勝手に触らないでもらおうか――」

瞬間、俺はビクリと背筋を伸ばし、有紗は小さく悲鳴をあげた。振り向いた俺の目の前には、ひょろりと縦に長い男性のシルエット。慌てて懐中電灯の明かりを差し向けると、白い光の輪の中に見知った顔が浮かび上がった。俺は上擦った声で彼の名を呼んだ。

「み、宮元秀行……なぜ、あんたがこんなところに！」

「それは、こっちの台詞だな」宮元は手に提げたLEDランタンのスイッチを入れた。洞窟全体が白い明かりに包まれる。彼はその明かりを俺へと近づけながら、「君こそ、なぜこんなところにやってきたんだ？」

「な、なぜって、それは……」いわれてみれば確かに、俺がわざわざこんな場所にやってきて、危険な目に遭う理由は何もない。すべては俺の背後で震えている探偵少女の意思に従ったまでのことだ。だが弱みを見せたくない俺は、咄嗟に大声で嘘をついた。「なぜって、それはあんたの悪事を暴くためだ、宮元秀行！　もう逃げられないぞ、悪党め。あんたのやったことは、この俺にはすべてお見通しなんだからな！」

「なるほど。どうやら、そうらしいな……」

俺の嘘をアッサリ受け入れた宮元は手にしたランタンを足許に置くと、ズボンの尻ポケットに素早く右手を回す。アッと思った次の瞬間には、彼の手にはギラリと輝く一本のナイフが握られていた。「では仕方がない。君にはここで死んでもらうことにしよう」

「いやいやいや、待って待って、待ってください！　さっきの言葉は嘘です。僕は何もお見通しじゃありませんから。あなたが犯人かどうかだって、僕は知りませんから！」

「なにいってんのさ、良太ッ」俺のTシャツの裾を引っ張りながら、少女は目の前の男を真っ直ぐ指差した。「この状況を見れば、もう明らかでしょ。この男が犯人だって」

――だからコイツを捕まえろってか！　馬鹿いうな。相手は刃物を持ってんだぞ！

それに比べて、こちらは丸腰だ。どうする橘良太？　だが考えを巡らせる暇もなく、ナイフを構えた宮元がジリジリと間合いを詰めてくる。

とりあえず俺は有紗に向かって、「おい、おまえは隅っこに隠れてろ」と指示。そして目の前の宮元に対しては大きく両手を広げていった。「さあ、きやがれ、悪党め！」

挑発を受けた宮元は、ナイフを逆手に持ちながら容赦のない突進を見せる。俺は決死の覚悟で一歩踏み出すと、ナイフを持った右腕を両手で摑《つか》んだ。この体勢になったら、あとはもうお互いの力比べ。だが腕力でも若干劣る俺は、たちまち地面に片膝を突いた。ナイフの刃先が、もう俺の顔のすぐ傍だ。畜生、こうなったら仕方がない。いよいよなりふり構っていられなくなった俺は、目の前にある宮元の右腕に――「がぶッ！」

子供のように嚙みついてやった。宮元の口から悲鳴が漏れ、右腕からナイフがポトリと地面に落ちる。俺は右足をひと振りしてナイフを蹴り飛ばす。だがナイフはあまり遠くにはいかずに、バイクの傍に転がった。それを目掛けて、必死の形相でダイブする宮元。そうはさせるか、と俺は彼の腰にしがみつく。地面の上で激しくもつれ合う二人。こうなったら、あとはもう我慢比べ。で、やっぱり根性でも若干劣る俺は、相手の身体を押さえつけていられない。宮元は地べたを這《は》いずるようにして、懸命にナイフに右手を伸ばす。やがてその指先は、ついにナイフの柄に届いた。

宮元の顔に浮かぶ勝利の笑み。そんな宮元に対して、俺は逆にニヤリと笑いかけてやった。彼の顔から笑顔が搔き消える。代わって表れたのは、訳が判らないというキョトンとした表情だ。俺は彼の腰にしがみついたまま、小さな相棒に命じた。

「いいぞ、有紗、やっちまえ！」

すると近い場所から、「うん、いくよ、良太ぁ」と明るく元気な少女の返事。

瞬間、すべてを察したように宮元の顔面が恐怖に引き攣る。だが、いまさら遅い。間を置かず洞窟全体に響き渡ったのは、気合のこもった少女の掛け声だった。

「とりゃあぁぁ——ッ」

大型バイクの向こう側、いままで身を隠していた少女が、バイクの側面を短い脚で思いっきり蹴り飛ばす。スローモーションのようにゆっくり傾いていく大型バイク。

「ひ、ひ、ひゃあぁぁぁぁ！」地面に伏せながら悲鳴をあげる宮元秀行。

そんな彼の上半身を、大型バイクの重量感溢れる車体がぐしゃりと押し潰した——

8

「大丈夫かな？　この人、死んでない……？」

不安そうに見守る有紗の前で、俺は恐る恐る大型バイクを持ち上げてみた。下敷きになった宮元秀行の身体は微動だにせず、本当に死んでしまったかのよう。だが、よくよく確認してみると脈も呼吸もあるようで、どうやら命に別状はない。

「大丈夫。気を失っているだけだ」

俺の言葉に、有紗は安堵の息を漏らす。俺は宮元の手からナイフを奪い取り、自分のポケットに仕舞った。さっそく救急車、そして何より警察を呼びたいところだが、その前に有紗に聞いておきたいことがある。俺はまず根本的な疑問を解消することにした。

「宮元秀行が今回の事件の犯人だってことは、どうやら事実らしい。いまのコイツの行動がそれを証明しているし、このバイクもきっと宮元のものなんだろう。だが判らないな。犯行のあったとされる時間帯は、今日の午前十一時半前後。そのころ宮元は俺たちと一緒に車で移動中だったはずじゃないか。その彼がどうやってキャンプ場で人を殺せるんだ？」

すると有紗はすぐさま首を横に振った。「違うよ、良太。あたしたちと一緒にキャンピングトレーラーに乗っていたのは、高橋芳江さんと愛美さんの親子だけ。宮元秀行と高橋栄一は別の車に乗っていたんだから、あたしたちと一緒じゃなかったよ」

「そりゃ厳密にいえばそうだ。その二人はＳＵＶの車内にいたんだからな。――ん、待てよ。その状況で宮元秀行が犯人ってことは、一方の高橋栄一も無関係ってことはあり得ないよな。じゃあ、高橋栄一と宮元秀行は共犯関係ってことなのか」

「うん、そういうこと。じゃないと、このアリバイトリックは成立しないからね」

「うーむ、そうだったのか」頷いた俺は、しかし実際に二人がどういうトリックを用いたのか、サッパリ理解できない。そこで三十一歳の俺は、恥を忍んで小学四年生の推理を拝聴することにした。「頼む、有紗。俺にも判るように説明してくれないか」

「うーん、良太にも判るようにかぁ。難しいなぁ……」

と想像以上に生意気な態度を見せながら、探偵少女は偉そうに腕組みをした。「判ったわ。じゃあ、まず良太が絶対不思議に思ったことを説明してあげるね」

「俺が不思議に思ったこと？　何だよ、それ。あ、ひょっとして、『どうやったら、あんな面白い鼾がかけるのか』っていう話か。へえ、あれが事件と関係あるのか？」

「関係ない！　ていうか鼾なんかかいてないから！」有紗は二つ結びの髪をブンと揺らして、唇を尖らせた。「そうじゃなくて、ミニカーの話だよ」

「ああ、そっちか。うん、あれも確かに不思議に思ってたんだ。あれって、やっぱり事件と関係あるのか。でも、どう繋《つな》がるっていうんだよ、ミニカーと殺人事件って？」

「ただのミニカーじゃないよ。タンクローリーのミニカーだよ。本当はキャンピングトレーラーとそれを引っ張るＳＵＶのミニカーがあれば、いちばん良かったんだけど、そんなの売ってないからね。タンクローリーをその代わりにしたの」

「よく判らんが、要するに前で牽引する車と後ろで牽引される車、そういうやつのミニチュアが欲しかったってことだな。で、それを動かしてみて、何か判ったのかよ」

「うん、判った。思ったとおりだったよ。良太もだいたい想像つくと思うけど、トレーラーを他の車で引っ張るような運転って、特別な技術が必要になるよね。カーブするところなんて普通の車より難しそうだと思わない？　あとはバックするところとか」

「ああ、難しいだろうな」やったことねーけど、と呟きながら頷く俺。「それがどうした？」

「それでね、有紗、タンクローリーのミニカーを動かしてみてハッキリ判ったの。いろいろ難しいことはあるけど、中でも特に難しいのはバックしながらカーブすることなんだって。なにしろハンドルが普通の車の逆になるんだから、これは相当難しいと思う」

「はあ、ハンドルが逆になる!?」俺は思わず眉をひそめた。「どういう意味だよ、それ!?　国産車の右ハンドルが、外車みたいに左ハンドルになるってことか」

「んなわけないでしょ！　違うよ、良太。タンクローリーでもキャンピングトレーラーでもいいから、頭の中でそういう車をイメージしてみて。真っ直ぐ走るときは問題ないよね。左右に曲がるときも、まあ、少し難しいけどハンドル操作は普通の車と同じ。だけどバックしながら曲がろうとした場合、どうなると思う？　普通の車と同じように右にハンドルを切ったら、後ろのトレーラーは右に曲がってくれる？　そうはならないよね」

「え、そうなのか!?」

半信半疑の俺は頭の中でSUVとキャンピングトレーラーをイメージしてみた。仮にSUVがハンドルを右に切った状態でバックする。SUVは確かに右に曲がりながらバックするだろう。だが、そうなると後ろのトレーラーは車両の前方を右に押される恰好になり、結果的に車両の後方は左を向くことになる。要するに車のケツが左向き。この状態だと車全体としては、左にしか曲がれない。なるほど——と俺は指を弾《はじ》いた。

「確かに有紗のいうとおりだ。バックするときはハンドル操作が普通の車とは逆になる。右に曲がりたければ、ハンドルは左に。左に曲がりたければ、ハンドルは右に……ん!?」

そのとき、俺の脳裏にひとつの印象的な場面が蘇《よみがえ》った。

「そういや今日の午前、石川パーキングエリアで俺たちの車が奇妙な動き方をしたよな。車が間違った方向にバックして、出口とは正反対の方角を向いたことが。結局、車はぐるっと駐車場を半周して出口に向かったわけだけど……おい、まさか、あれって!」

「そう、そのまさかだよ」有紗はコクンと頷いた。「あのとき、SUVの運転手は初歩的なハンドル操作を間違えたんだよ。運転手は駐車スペースからバックしながら左方向に車を出したかった。そのためには右にハンドルを切るべきなんだけど、その運転手はうっかり左にハンドルを切りながらバックしてしまった。結果的に車は出口と反対方向を向いてしまい、ぐるっと駐車場を回ることになったってわけ。さて、ここで問題だよ、良太。このとき運転席でハンドルを握っていたのは、いったい誰だったっけ?」

「高橋栄一だ。栄一はパーキングエリアを出る直前に、宮元からキーを受け取って運転を代わったはず……」

「そう、そのはずだよね。だけど本当にそうだったのかな？」

有紗は意味深な目つきで疑問を口にした。「栄一はキャンピングトレーラーの持ち主だよね。いままで何度もそれを牽引して旅行しているはず。その栄一がいまさらそんな初歩的なミスをするかしら？」

「確かに。――ってことは！」俺は思わず手を叩いた。「判った。あのとき運転席にいたのは宮元のほうだったんだな。栄一は宮元から運転を代わったフリをしながら、実際には運転席にはいなかった。じゃあ、宮元が運転している間、栄一はいったい何を？」

問い掛ける俺に、傍らの少女が答えていった。

「きまってるじゃない、良太。栄一は若林さんを殺しにいってたんだよ」

高橋栄一が若林寛治殺しの実行犯。有紗の推理は、ついに真犯人にたどり着いた。

俺は足許で気絶したままの宮元の姿を眺めながら、呟くようにいった。

「つまり、宮元秀行のほうが共犯者で、主犯格は高橋栄一のほうってわけか」

「そういうこと。だって今回の旅行を計画したのは栄一だし、キャンピングトレーラーも栄一の車でしょ。そもそも栄一は貿易会社の社長で宮元はその部下なんだから、どっちが主導権を握っているか、だいたい判るじゃない」

それもそうだな、と俺は納得するしかない。有紗は自信を深めた表情で続けた。

「ここからは時間を追って説明するね。まず今日の午前十時、あたしたちは高橋さんちの車に乗って溝ノ口を出発した。このときSUVのハンドルを握っていたのは宮元のほうだった。栄一は助手席に座っていた」

「ああ。栄一が宮元に運転するように命じたんだったな」

「溝ノ口を出た車は一般道から中央自動車道に入って、石川パーキングエリアに到着した。でも問題はこの後。二十分の休憩を終えたあたしたちは、駐車場に戻った。そこで栄一は、『ここからキャンプ場までは僕が運転しよう』といって、宮元から車のキーを受け取った。そして、そのまま運転席に乗り込んだ。一方の宮元は——どうしたっけ？」

「きまってる。宮元は助手席のドアを開けて、そこに乗り込んだはずだ」

「その場面を良太は見たの？　絶対確実、死んでも間違いないって、そう断言できる？」

「い、いや、そういわれると、どうだったかな。確かに、宮元が助手席のドアを開けるまでは見た記憶があるが、乗り込むところは見なかったような気が……。だって、ほら、キャンピングトレーラーの出入口とSUVの助手席のドアは全然別だし、いったんトレーラーに乗り込めば、前の車の様子はほとんど見えないわけだし……」

「そう、そこがこのトリックの肝心なところ」

有紗は俺の注意を喚起するように、指を一本立てた。「おそらく、あの場面の真相はこうだったはず。まず、みんなが見ている前で栄一が運転席に乗り込む。次に宮元が助手席のドアを開ける。でも宮元はすぐには乗り込まない。あたしたちがトレーラーに乗り込むタイミングを見て、宮元は運転席の栄一に合図を送る。栄一は開いた助手席のドアから密かに外に出て、車の前方にひとり逃げてった――」

「要するに籠脱けの一種だな。運転席側から車に入った栄一は、次の瞬間には、助手席側から外に出ていたわけだ。だがトレーラー内の俺たちは、それに気付かなかった」

「そういうこと」

有紗は満足そうに頷いた。「栄一を逃がした宮元は助手席に乗り込みドアを閉めると、そのまま運転席に移動。そして、すぐさま車をバックさせた。でも、このとき宮元は慌てたんだね。初歩的なハンドル操作を誤った。お陰で車は駐車場をぐるっと半周。なんとか石川パーキングエリアを出ると、ようやくキャンプ場を目指して自動車道を走り出した。その一方、密かに車を降りた栄一は自分ひとりでキャンプ場に向かった。このバイクに乗ってね」

有紗は目の前の大型バイクを指差した。

「バイクは前もって駐車場に停めてあったんだと思う。栄一はそれに跨《また》がって石川パーキングエリアを出た。――ねえ、良太、キャンピングトレーラーを引っ張るSUVよりも、大型バイクのほうがきっと速いよね」

「ああ、確実に速いな。しかもバイクは渋滞に巻き込まれずに済む。山道に入れば俺たちの車はなおさらスピードダウンするから、バイクのほうが断然早くキャンプ場に到着したはずだ。そうか。つまり栄一は犯行のあった午前十一時半ごろには、すでにキャンプ場に着いていたんだな。彼はそこで若林さんを殺害することができた」

犯行現場となったのは川上にある遊泳禁止区域。その現場から斜面を上ってすぐのところに、バイクの通れる山道がある。栄一はその山道にバイクを停めて斜面を駆け下り、そこで若林寛治と相対した。おそらくはそこで密かに落ち合う約束が、二人の間で交わされていたのだろう。そして会うなり栄一は、相手の首を絞めて川に落とした。これなら犯行にそれほど時間はかからない。栄一にとって若林殺しは可能な犯罪だったのだ。

「だけど、犯行を終えた栄一はそれからどうしたんだ？　彼はまたこっそりSUVの車内に戻る必要があるよな」

「そう。さっき通った行き止まりの道が、そのための舞台だよ。犯行を終えた栄一は、またバイクに乗ると、あの三叉路まで山道を引き返した。そして行き止まりの道へと入っていき、この洞窟へとたどり着いた。ここに洞窟があることは、前もって調べていたんだろうね。栄一は計画どおり洞窟の奥にバイクを隠した」

「なるほど。その直後、行き止まりの道に俺たちの車が迷い込んだ。だが実際のところ、あれは迷い込んだんじゃなくて、運転する宮元がわざと車をあの道に入れたんだな」

「そういうこと。急に車が止まって、運転席のドアの開閉音が響く。ドアを開け閉めしたのは、もちろん運転席に座る宮元だよ。そこで良太が窓の外を見たとき、そこにはもう栄一の姿があったよね。『どうかしましたか』って良太が尋ねると、栄一は『どうやら道を間違えたらしい』って何食わぬ顔で答えた。あたしたちの目には、栄一の姿はいかにもたったいま運転席から出てきたように見えたけど、実際はそうじゃなかった。栄一は最初から車の外にいて、道端の草むらの陰にでも隠れてたんだよ。そしてあたかも、いま運転席から出てきたように演技をしただけ。そうやってあたしたちを騙した栄一は、それから悠々と運転席に乗り込み、実際にハンドルを握った。さっきまで運転席に座っていた宮元は、これも何食わぬ顔で助手席のドアから外に出て、バックの誘導をする。そして栄一は車を三叉路までバックさせた。あのときのバックは完璧だったでしょ？」

「ああ、狭くてカーブした道だったのに、なんのミスもなかった。あれが栄一の本来の腕前ってわけだ。逆にいうと、パーキングエリアでの下手くそなバックは、不慣れな宮元の腕によるものと見て間違いないな」

「そういうこと」頷いた有紗はもともと生意気そうな鼻を、さらに高くしながら、「どう？ 良太にも判ってもらえたかしら、このトリック？」

「くそ、小さいくせに上から目線だな！」

俺は歯嚙みをしつつも、少女の解き明かしたトリックこそが、この事件の真相だと認めずにはいられなかった。「ん、だが待てよ――」

ふいに俺はひとつの奇妙な場面を思い出して、首を捻った。

「確か、俺たちの車が行き止まりの道に迷い込む直前に、芳江さんの携帯に着信があったよな。電話の相手は最初が宮元で、それから栄一がしばらく会話をしていた様子だった。あれは、いったいなんだったんだ？ いかにも芳江さんは宮元と栄一の両方と会話している雰囲気だったが……ハッ、まさか、あのオバサンも嘘を！ さては彼女も共犯か！」

うっかり芳江のことをオバサン呼ばわりする俺に、有紗は冷ややかな視線を向けた。

「違うよ、良太。芳江さんは騙されたんだよ。芳江さんは運転席の栄一と会話しているものと信じ込んでいた。けれど、実際には彼女は車の外にいる栄一と会話していたんだよ。あのとき、栄一はすでに犯行を終えてバイクも隠し終えていた。そして行き止まりの道で、あたしたちの車が到着するのを待っていた。その状態で彼は芳江さんに電話したんだね」

「待て待て。それは変だぞ。だって芳江さんは栄一と会話する前に、宮元とも話している。

行き止まりの道から栄一が電話したなら、その電話に宮元は出られないじゃないか」

「確かにね。でも宮元が芳江さんと交わした会話って、ほんの一言か二言だよね。それも『芳江さんですか？』『ご主人に代わりますね』みたいな簡単なやりとりだったはず。それぐらいなら、録音した宮元の声を携帯の傍で再生して聴かせてやれば済む話だよ」

「それもそうか。つまり芳江さんは録音された声を聴きながら、宮元と会話をしたような気分になっていただけ。実際に宮元が電話の向こうにいたわけじゃなかった。それもこれもSUVの車内に宮元秀行と高橋栄一が両方いると信じ込ませるための、巧妙なトリックだったってわけか」

すると俺の問いに対して、「そのとおりだ」と声を揃えて抱き合った。いきなり地面から這い上がってくる声。

俺と有紗は、「わあッ！」「きゃあ！」と声を揃えて抱き合った。

見れば、いままで地面の上で気絶していた宮元秀行が、むっくりと上体を起こすところだった。目覚めた男は、それでもまだ頭がボンヤリするらしい。盛んに首を振ると、いささか焦点の合わない目で俺たちを見やった。どうやら抵抗の意思はないようだ。

そんな宮元は虚《うつ》ろな視線を中空にさまよわせながら、独り言のように呟いた。

「すべては高橋栄一社長の計画したことだった。社長は若林寛治に弱みを握られて強請《ゆす》られていたんだ。以前、社長は会社の仲間たちと、とあるオートキャンプ場に出掛けたことがあった。メンバーの中には社長室に勤める秘密の二号さんもいてな。あ、お嬢ちゃん、二号さんというのは不倫関係にある女性の意味で……」

「余計な説明はいい！」俺はゴホンとひとつ咳《せき》をしながら、「要するに栄一は浮気してたんだな。で旅先で女性相手に羽目を外したと……」

「まあ、そうだ。そしてその光景を、当時そのオートキャンプ場で働いていた若林に見られた。写真も撮られたらしい。若林という男はそうやって客たちの痴態を撮影しては、強請《ゆすり》のネタに使う、そういう輩《やから》だったんだな。社長は家庭崩壊の窮地に追い込まれた。いや、家庭だけじゃない。社長の貿易会社だって、実権は奥さんのほうが握っているんだ。離婚なんてされたら、社長はすべてを失うことになっただろう」

「なるほど。それが犯行の動機ってわけか」

「そうだ。困り果てた社長は、部下である俺に相談を持ちかけた。アリバイトリックは社長が考えたものだ。俺は社長のアリバイ工作を手伝ったに過ぎない。綾羅木孝三郎を旅行に誘ったのも社長のアイデアだ。名探偵として名高い孝三郎がアリバイの証人になる。これ以上、痛快な話はない。警察もきっと信用するはずだといってな」

「ふん、馬鹿ね。そんなこととして、パパにトリックを見破られるとは思わなかったの？」

心底不思議そうな少女に対して、宮元はキッパリと首を振った。

「正直、全然思わなかった。ケイコ・アヤラギならばともかく、孝三郎にその力はないと、社長は侮っていたようだ。だが、まさか孝三郎の代理の男に真相を見抜かれてしまうとはな。まったく意外だった……くそ、橘良太……なんて恐ろしい頭脳なんだ……」

どうやら頭の打ち所が相当悪かったらしい。宮元はずいぶん混乱しているようだった。

すると宮元の勘違いを不服と感じたのだろう。探偵少女は自分の胸に手を当てながら、

「違うよッ、謎を解いたのは良太じゃなくて有……」

と自らの手柄を誇ろうとする素振り。俺は慌てて彼女の口を手で塞ぐ。そして俺の腕の中でジタバタと暴れまくる少女の耳に、そっと囁きかけた。

「まあ、いいじゃないか、有紗。ここはコイツの勘違いに乗っかっとこうぜ」

なにせ『十歳の女の子が謎を解きました』では、話の信憑性《しんぴょうせい》がなさすぎる。奥多摩署の南郷刑事もそうそう納得してくれないだろう。「俺が事件を解決したことにしておいたほうが、話が早い。溝ノ口にも早く帰れるしな。――そのほうがいいだろ？」

すると有紗は不満そうに腕組みしながら、「判った。じゃあ、そういうことにしといてあげる」と渋々ながら妥協する言葉。そして幼い我が身を嘆くように呟いた。「だけど、やっぱりなんか大人ってズルイ。有紗も早く大人になりたい……ううん、やっぱり大人になんかなりたくない……だって大人ってズルイから……」

9

それからしばらくの後。俺たちの軽ワゴン車は溝ノ口へ向けて中央自動車道を東へと走行していた。運転席の俺はひと仕事終えた達成感から余裕のハンドルさばき。一方の有紗はさすがに疲れたのか、眠そうな表情。先ほどから助手席であくびを連発している。

あの後、俺は自分の携帯から警察に通報した。やがてパトカーで駆けつけた南郷刑事は、やはりというべきか、疑り深そうな表情で俺を質問攻めにした。

「なぜ君がここにいるのか？」「犯人を捕まえたとは、どういう意味なのか？」「なぜ、こんな遅い時間に小学生女子と一緒にいるのか？」「本当に破廉恥な真似はしていないんだろうな、貴様？」――などなど、執拗《しつよう》かつ失敬な質問を浴びせてくる中年刑事。

俺はそんな刑事に対して、ここに至る経緯をかいつまんで（一部、都合よく脚色しながら）語って聞かせた。と同時に宮元秀行も自らの犯行を認めた。その途端、南郷刑事は俺に対する興味を失ったようだった。宮元はパトカーで奥多摩署へと連行されていき、俺と有紗は「ごくろうさん」のひと言とともに無事解放されたのだった。

「――にしても、洞窟の奥で宮元と鉢合わせしたときは、心臓が止まるかと思ったぜ。おい有紗、あれはおまえにとっても計算外の出来事だったはずだよな」

ハンドル片手に尋ねると、助手席の少女は、「ううん、あれも想定の範囲内」といって、眠そうな目を指で擦った。「犯人は行き止まりの道の先にバイクを隠したはず。だったら二人組の犯人のどちらかが、今夜のうちにそのバイクを回収しにくるに違いない。そこまでは推理できていた。計算違いだったのは、宮元の到着が予想よりも早かったこと。——ていうか、良太の車が想像以上にノロかったことだね」

「俺のせいだってか⁉　ふん、悪かったな、オンボロの軽ワゴン車で」

少女の憎まれ口に抗議するように、思いっきりアクセルを踏み込む俺。瞬間、怒ったような排気音が「ブヲン！」と車内に響き渡る。車は溝ノ口への道を加速していった。

有紗はまたもあくびを漏らし、それを見て俺は思わず笑みを浮かべた。

警察はどう思ったか知らないが、今回の事件がこの少女の類稀なる機転によって、急転直下スピード解決となったことは間違いのない事実。きっと、いまごろは奥多摩署の取調室で、南郷刑事が宮元の口から詳しい話を聞いていることだろう。宮元は正直に事実を語っただろうか。事件の全貌を知った南郷刑事は、どんな手を打つのだろうか——

と、そんなふうに考えを巡らせていると、「——おや？」

瞬間、俺の目がバックミラーに映る数台の車に釘付けになった。パトカーだ。猛スピードで迫ってきたかと思うと、並ぶ間もなく俺のオンボロ車を追い越していく。遠ざかっていく車体の後部には『奥多摩署』の黒い文字。それを見るなり、俺はピンときた。

「おい見ろよ、有紗。奥多摩署のパトカーだ。きっと栄一を捕まえにいくんだな」

だが勢い込んで指差す俺の隣から、少女の返事はない。

代わりに聞こえてきたのは、「すぅー、すぅー」という穏やかな寝息。

拍子抜けした俺は、溜め息をつきながら助手席を見やる。

「なんだよ、寝ちまったのか……」

俺の呟きに答えるように、そのとき少女の口から「んかッ！」と小さな鼾が漏れた。

第二話 怪盗、溝ノ口に参上す

1

突然で悪いが、誰もが知るライバル関係っていうのが、昔は結構多かったよな。

野球なら長嶋茂雄に王貞治。プロレスならジャイアント馬場にアントニオ猪木。アイドルなら松田聖子に中森明菜。南武線なら武蔵溝ノ口に武蔵小杉って具合だ。もっとも溝ノ口と小杉については、ここ最近の小杉の発展ぶりが反則レベルなので、溝ノ口サイドはすっかり戦意喪失。一方、小杉の高層マンションに住むプチ・セレブたちは、常日頃から渋谷赤坂六本木方面を眺めながら生活しているので、溝ノ口などもはや眼中にない。そんなわけだから、この両者のライバル関係はすでに決着がついた感があるけど、いや待てよ、それよりなにより昭和の有名人と南武線の駅名を同列に並べたのって、根本的に間違ってるかな？　俺、結構、的確な例を挙げたつもりなんだけどよ——

ま、それはともかくとして。

通常、人間社会のライバル同士っていうのは、同じ競技や同じ職種、あるいは同じ組織の中で争うものと相場が決まっている。早い話が、《世界のホームラン王》と《燃える闘魂》じゃライバル関係は成り立たないし、《ウソ泣き聖子》が《南武線の沿線地域》に対抗意識を燃やすはずもない。当然のことだ。そもそもの立場が決定的に違うのだから。

だけど、いつか誰かがいっただろ。『あらゆることには例外なく例外がある』と（？）。

そう思ってよく考えてみれば、意外と探偵の世界なんかは、その例外にあたるのかもしれない。名探偵のライバルは同等の力量を持つ別の名探偵、とは限らないんだな、これが。

じゃあ、探偵じゃないけど探偵のライバルって、どんな奴かっていうと、それはやっぱりアレなんだな。そうアレだよ、探偵小説に付き物のアレ——

「怪盗ウェハース!?」

俺は目の前に座る恰幅の良い中年男性を見やりながら、一瞬キョトン。そして首をブンブンと左右に振った。「いや、聞いたことないですね。それ、どこの新商品です？」

「なにか勘違いしてるようだね、橘君」綾羅木孝三郎は丸い目を細くしながら、俺——橘良太のことを見詰めていった。「怪盗ウェハースは、お菓子の名前ではないよ」

「……はあ」そういわれても、お菓子の名前にしか聞こえない。小麦粉を焼いた軽い板状の物体でチョコを挟めば、チョコウェハース。バニラクリームを挟めばバニラウェハース。怪盗を挟めば怪盗ウェハース——って、そんなわけないか。焼き菓子で怪盗は挟めない。仮に挟めたところで美味《おい》しくないだろう。俺は自分の勘違いを認めるしかなかった。

それは夏休みも過去の思い出となった九月の、とある休日。場所は溝ノ口の某所にある綾羅木邸の応接室だ。俺は孝三郎から急な電話で呼び出されて、ここを訪れていた。

綾羅木孝三郎といえば、全国にその名を轟かせる有名私立探偵。高い名声と豊富な資産を誇る彼は、『なんでも屋タチバナ』にとっては最高のお得意様だ。そんな彼からの呼び出しは、三度の食事と二度の昼寝にも勝る最優先事項。俺が忠実な犬のように、彼の屋敷にはせ参じたことは、いうまでもない。

——きっとまた、有紗のお守り役を任せる気だな。ま、有難いことだけど。

と応接室の扉を開ける直前まで、俺はそう高を括《くく》っていた。だが、どうも今回は少し事情が違うらしい。応接室には孝三郎の他に、もうひとり別の人物がいた。それは不思議の国から飛び出してきたような青いロリータ服の美少女——ではない。

探偵の隣に座るのは半袖の開襟シャツを着た見知らぬ中年男性。孝三郎の紹介するところによれば、男の名前は鳥山直次郎《とりやまなおじろう》。

だがその名前を聞いても、やはりピンとくるものはなかった。訳が判らない俺は、おそらく怪訝《けげん》そうな表情を浮かべていたはずだ。するとそんな俺に対して、孝三郎は突然こう切り出したのだ。「怪盗ウェハースを知っているかね？」――と。

動揺した俺が、それをお菓子の新商品と勘違いしたのも無理はない。いや、多少無理はあるかもしれないが、それぐらい馴染《なじ》みのない言葉だったと理解していただきたい。

「はあ、何なんですか、怪盗ウェハースって？」

あらためて尋ねる俺の前で、孝三郎は重々しく口を開いた。

「うむ、怪盗ウェハースは、ここ最近、南武線沿線に頻繁に出没している窃盗犯のことだ。要するに泥棒なんだが、しかし単なるコソ泥ではない。怪盗ウェハースが狙うのは裕福な資産家ばかり。その手口は巧妙にして鮮やか。厳重な警戒の中から、たびたび貴重な品を盗み出すことに成功している。そして盗みを終えた後の現場には、必ず怪盗自らの犯行声明文が残されているんだ。『お宝はいただいた。怪盗ウェハースより』みたいなやつがね」

「なるほど、お菓子ではなくて、泥棒の名前なんですね……」

俺は腕組みしながら思わず唸《うな》った。どうやら怪盗ウェハースという奴、チョコウェハースやバニラウェハースの仲間というよりは、むしろルパンや二十面相、あるいはニックやルビイや山猫に近い存在のようだ。いや、待てよ。正確には二十面相の肩書きは《怪盗》ではなくて《怪人》だったたか。だが、まあいい。いずれにしろ似たようなものだ。「要するに、彼自らが大泥棒気取りで、そう名乗ってるんですね、『我が名は怪盗ウェハース』と」

「そうだ」と頷いた孝三郎は、すぐに慎重な態度で「いや、しかし」と続けた。「単純な決め付けはよくない。君はいま『彼自ら』という言葉を使ったが、怪盗ウェハースが男性だという確証は、いまのところないんだ。正体が女性という可能性もゼロではない」

「そうですか。ちなみにその泥棒、過去にはどんなものを盗んでいったんですか」

「うむ、怪盗ウェハースの盗みの対象は驚くほど幅広くてね、美術品や骨董《こっとう》品、宝石、貴金属はもちろんのこと、アンティーク家具や珍しい電化製品、お宝アイドルグッズ、お宝ゲーム、お宝フィギュア、お宝本格ミステリ、それから行列しないと買えない有名洋菓子店の高級ケーキ、高級チョコレート、もちろん高級ウェハースもだが……」

「ふーん、案外しょーもないもの、盗むんですね、そいつ」

「失敬なことをいうんじゃない。本格ミステリはしょーもないものではないよ！　そりゃあ、しょーもない本格ミステリもたくさんあるが、立派な作品だって数多く……」

「判った、判りました！　誰も本格ミステリがしょーもないなんて思ってませんから！」

「本当かね？　本当に思っていない？」

「ホントです。ホントに思ってません」

疑り深い孝三郎を懸命になだめた俺は、咄嗟に話題を変えようとして、彼の隣に座る中年男性を指差した。「ところで、こちらの方、鳥山直次郎さんでしたっけ？　この方は怪盗ウェハースと、どういうご関係なんです？」

「関係!?　いや、関係はないよ。赤の他人だ」

でしょうね。泥棒の親戚なわけ、ないですもんね。聞き方を間違えました——俺は孝三郎に聞くのをやめて、鳥山直次郎本人のほうを向いた。「ひょっとして、怪盗ウェハースに何か大事な物を盗まれたとか？」

「いえ、まだ盗まれたわけではありません」

と直次郎は微妙な答え。『まだ』ということは、『これから盗まれる』という意味に聞こえる。俺は興味を持って身を乗り出した。「それ、どういうことですか？」

すると直次郎は答える代わりに、傍らにあった平たい箱をテーブルの中央に置いた。

「これは？」といって、俺はその白い箱を見詰める。

縦横二十センチ程度の正方形で、厚さは二センチ程度。この正方形の平たい箱にピッタリ収まるものといえば、いったい何だろうか。

——写真立て？　ハンドタオル？　あるいは正方形のお菓子とか？

そう思った瞬間、脳裏に浮かび上がる、ひとつの可能性。まさか、と思う俺の目の前で、直次郎は箱の蓋を開けた。現れたのは、その『まさか』だ。平たい小箱の中身は、こんがり小麦色をした正方形の洋菓子だった。

「こ、これは、まさしくウェハース……」

「そうです」と直次郎が頷く。「しかし、よく見てください。これは、ただのウェハースのようでありながら、その実、ただのウェハースではないのです。お判りですか？」

「なるほど確かに」俺は小麦色の洋菓子を凝視しながら唇を震わせた。「ウ、ウェハースの表面に文字が書いてある。なになに、『鳥山直次郎へ。明日の深夜零時、お宅に三代伝わる秘伝のタレをいただきに参上する。諸君の健闘を祈る。怪盗ウェハースより』――こ、これは、怪盗ウェハースからの犯行予告状じゃないですか」

「いや、そうではないよ、橘君。よく見たまえ」冷静な口調で孝三郎が口を挟む。「この犯行予告は紙に書かれているのではなく、こんがり焼かれたウェハースの表面に甘いチョコレートで書いてあるのだ。すなわちこれは犯行予告状ではなく、犯行予告菓子、あるいは銘菓『犯行予告』とでも呼ぶべきもので……」

――んなこと、どーでもいいぜ、おっさん！

と、思わず暴言を口にしそうになる俺。だが、それを遮るように突然――コンコン！

応接室に響く軽やかなノックの音。

「おや、長谷川さんかな」孝三郎は首を傾げながら、「――どうぞ」

　すると、静かに開く応接室の扉。お盆を抱えて姿を現したのは、この家のベテラン家政婦である長谷川さん――かと思いきや、意外にもそうではない。登場したのは、青いワンピースに白いエプロンドレス、長い黒髪を二つ結びにした少女だ。三人分の珈琲《コーヒー》を載せたお盆を両手で持ちながら、少女は頼りない足取りで大人たちのもとへと歩み寄る。

　その姿を目の当たりにした瞬間、「――おお、マイ・エンジェル！」

　悪い魔法にでもかかったように猛然と立ち上がる孝三郎。顔全体に感激の表情を覗かせながら、「ありがとう、有紗ぁー」と愛する娘に自ら歩み寄る。「わざわざパパのために珈琲を淹《い》れてくれたんだね。嬉しいよ～最高だよ～パパは猛烈に感動だよ～」

　だが歓喜する父親とは対照的に、少女の口からは冷静なひと言。

「ううん。パパのためじゃなくて、お客様のためだよ」

「うんうん、そうかそうか。本当におまえはいい子だね。パパのために珈琲を……」

　おい、おっさん、いまの言葉、聞いてなかったのか？　綾羅木親子の嚙み合わない会話にウンザリして、俺は肩をすくめる。有紗はすまし顔で湯気の立つ珈琲カップをテーブルに並べる。孝三郎は少女の肩に手を置きながら、自慢の娘を鳥山直次郎に紹介した。

「ひとり娘の綾羅木有紗です。小学四年生の十歳。私の口からいうのもナンですが、父親思いの優しい子でしてね……」

「ううん、そんなことないよ、パパ」

「ほら、聞きましたか。子供ながらに謙遜するあたりが、実に奥ゆかしいでしょ？」

いや、いまのは謙遜じゃなくて、『父親思い』って部分を全力で否定したんだと思うぞ。

俺は白けた気分で、探偵の親馬鹿ぶりを眺める。一方、直次郎は「ほう、可愛らしい娘さんですねえ」と有紗の本性をまるで理解していない反応。そんな大人たちをよそに、少女の視線は真っ直ぐテーブルの上に注がれていた。そこにあるのは、犯行予告の書かれたウェハースだ。

――さてはコイツ、わざわざこれを見るために現れやがったな！

俺は即座に彼女の狙いを読み取った。なにせ有紗は子供ながらに探偵を自任する探偵少女。大人たちの極秘会談に、怪しい事件の匂いを感じ取ったに違いない。

俺はすぐさまウェハースの箱に蓋を被せて、意地悪な目隠し。案の定、有紗の頬が怒った河豚《ふぐ》のようにプッと膨らむ。だが、この程度で引き下がる探偵少女ではない。

「ねえ、パパたち、なんのお話してるのー？」

有紗は得意のキャンディ・ボイスで探りを入れる。「ウェハースって聞こえたけど、お菓子の話なのー？　有紗もウェハース、食べたいなー」

すると娘の前ですっかり油断した孝三郎が、「ははは、違うんだよ、有紗。ウェハースといっても、お菓子の話じゃなくて、怪盗……」とアホみたいに口を滑らせる。

咄嗟に俺と直次郎の手が伸びて、迂闊《うかつ》な探偵の口を両側から塞いだ。「うぐッ」と呻き声をあげて沈黙する孝三郎。俺は彼の口を塞いだまま、少女にいった。

「あ、あのね、有紗ちゃん。いまはまだ話の途中だから、とっとと出ていって――いや、違う――悪いけど席を外してもらえるかな？」

「うん、判ったー」と素直に頷いた少女は、エプロンドレスの裾を翻しながら、「じゃあ、良太お兄ちゃん、また後でねー」

お盆を片手に有紗は応接室を出ていく。閉じられた扉の向こうで、次第に小さくなる少女の足音。それが完全に聞こえなくなるのを待って、俺と直次郎は探偵の口に当てた手を引っ込める。たちまち孝三郎の口から「ぷふぁーッ」と盛大な吐息があふれ出た。

2

有紗が去った応接室にて。俺はソファに座りなおすと、あらためて箱の蓋を開けた。犯行予告の書かれたウェハースを直次郎に示して、自ら質問を投げる。これ以上、親馬鹿名探偵をアテにしていたら、ちっとも話が進まないことに気付いたからだ。

「要するに、この犯行予告が鳥山さんのもとに届いたってわけですね」

「はい。今日の午前中に郵送で届いたばかりです」

「ここには『三代伝わる秘伝のタレ』とありますけど、いったい何のタレですか」

「焼き鳥のタレです」といって、あらためて鳥山直次郎は自らについて語った。「実は私、溝ノ口で長年、焼き鳥屋を経営しています。焼き鳥専門店『鳥男爵』というんですが」

「ええッ、『鳥男爵』ですって！」思わず俺は素っ頓狂な声を発した。

知ってる人は知ってるはずだが、『鳥男爵』といえば溝ノ口の有名店だ。そもそも武蔵溝ノ口駅の西口周辺には、ひと目見るなり「マジか……」「ここだけ昭和じゃん……」と目を疑うような、恐ろしく古い飲み屋街があるのだが、『鳥男爵』も以前はその中の一軒だった。

新鮮な若鶏を甘辛いタレで焼いた串焼きが絶品で値段もリーズナブル。お陰で名店との評判を得た『鳥男爵』は、数年前に西口の飲み屋街から離れ、いまでは東口の繁華街の外れで絶賛営業中。——というわけなので、名前は確かに似ているけれど『鳥男爵』は、けっして人気焼き鳥チェーン『鳥貴族』の成功に便乗した店ではないから、その点、絶対勘違いしないように！

自分に念を押しながら、俺はあらためて中年男性に視線を向ける。頑固そうな顔つきや短く刈った髪などは、なるほど実に職人っぽい。俺は感慨深い思いで頷いた。

「そうですか、あなたがあの有名な鳥男爵様……」

「いや、べつに私は男爵じゃありませんがね……」

直次郎は白髪まじりの頭を指で掻き、困惑の表情を浮かべた。「とにかく、弱ったことになりました。お判りだと思いますが、焼き鳥屋にとってタレは命。しかもウチの店のタレは、祖父の代から伝わる秘伝のタレ。我々のような焼き鳥職人にとって、その価値は値段が付けられないほど重要なものなのです。泥棒などに渡すわけにはいきません」

「なるほど。それで名探偵、綾羅木孝三郎氏の力を借りたいと……あれ!?」

ふと違和感を覚えた俺は、いまさらながら素朴な疑問を口にした。「じゃあ、なんで僕がここに呼ばれたんです？　いや、そもそも、なぜ警察を呼ばないのですか。こんな探偵に頼むよりも、警察のほうがずっと頼りになるでしょうに」

「コラ、橘君、『こんな探偵』とはなんだ！」

聞き捨てならん、とばかりに孝三郎は目を吊《つ》り上げる。だが隣に座る直次郎は、俺の発言に真っ直ぐ頷きながら、「ええ、私も探偵なんぞに頼みたくはなかったのですが……」

「コラコラ、『探偵なんぞ』って、アンタまでそんな言い方を！」

屈辱に顔を歪《ゆが》める孝三郎。それをよそに、直次郎は意外な裏事情を打ち明けた。

「実は、うちの店に犯行予告ウェハースが届いたのは、これでもう五回目なのです」

「え、五回目⁉　じゃあ、過去の四回は……」

「ええ、ちゃんと警察に届けました。最初に犯行予告があったのは、もう一ヶ月も前のことです。もちろん警察は万全の態勢で店を警備しました。その状況に恐れをなしたのか、結局、怪盗ウェハースは現れませんでした。秘伝のタレを守り抜いた警察は、『どんなもんだい』と胸を張り、私もホッと胸を撫で下ろしたのですが……」

「それからも立て続けに犯行予告ウェハースが届いた、というわけですね」

「ええ、そうなんです。間をおかず二度目、三度目と。そのたびに私は警察に通報し、警察は警備態勢を敷き、そして怪盗ウェハースはまったく現れない。それが過去四回も繰り返されたのです。すると、どうなるか、お判りですね。警察は怪盗ウェハースの犯行予告を、もはや信用しません。それどころか、この私がそれを捏造《ねつぞう》しているのではないか、これは狂言ではないか、そんな疑いすら抱くようになりました。つまり私は、狼《おおかみ》がくるぞ、狼がくるぞ、と嘘をついては村人を混乱させる狼少年ってわけです」

「ふむ、厳密には狼中年ですな。年齢からして……」と孝三郎が余計なひと言。

俺は中年探偵をキッと睨みつけながら、「それで、僕がここに呼ばれた理由は、結局なんなんですか？」

「うむ、いま説明があったとおり、警察は鳥山氏を不審の目で見ている。そして鳥山氏自身、もう警察の力は借りたくないそうだ。そこで彼はこの綾羅木孝三郎に今回の事件を依頼しようと考えて、ここを訪れたわけなんだが――ああ、しかし残念！　実は私のもとには、すでに別の依頼が入っているのだよ。なんでも都心の有名な資産家の邸宅に、あの世紀の大泥棒、『白蜥蜴《しろとかげ》』が現れたというんだ」

ん、大泥棒なら『黒蜥蜴』では!?　白蜥蜴が現れたっていうなら、それは正真正銘、白い爬虫類《はちゆうるい》が現れただけみたいな気がするが――。首を捻る俺をよそに、探偵は続けた。

「これはまさしく名探偵綾羅木孝三郎に相応《ふさわ》しい事件だ。私はすぐさま現場へと駆けつけなければならない。だから、こんな狼中年の依頼など引き受けていられないんだよ」

「ちょ、ちょっと！」俺は探偵の暴言に慌てた。「狼中年じゃなくて鳥男爵様ですよ」

「いえ、私は狼中年でも男爵様でもないのですが……」と直次郎は戸惑いの表情。

しかし孝三郎は依頼人そっちのけで、俺のほうを向いた。「そこでだ、橘君。ふと私は君の存在を思い出したのだよ。君は近所で評判の便利屋だ。探偵ではないが、過去には溝ノ口周辺の事件のいくつかを解決に導いた実績もあると聞く。私のピンチヒッターとしては、うってつけの存在だ。どうだね、君。明日の深夜、『鳥男爵』に出向いて、秘伝のタレを守ってやってはくれないかね。実際、これは便利屋向きの仕事だと思うのだが」

「はあ、なるほど、そういう趣旨ですか……」

ようやく、この屋敷に呼ばれた理由が明らかになった。要するに、秘伝のタレの見張り番だ。仕事の内容としては悪くない。俺自身、『鳥男爵』の味は守りたいと思うし、怪盗ウェハースという存在にも、多少の興味は惹《ひ》かれる。ただし、この依頼を引き受ける前に、ぜひとも確認しておくべきことがある。俺はその点を尋ねた。

「あのー、孝三郎さんが都心に出張するってことは、例によって僕が有紗ちゃんのお守り役を仰せつかるってことになると思うんですが」

「もちろんだとも。君をこの屋敷に呼んだ、もうひとつの理由はそれだ」

「え!? じゃあ、ひょっとして両方やれってことですか」

「そうだとも。べつに難しいことではあるまい。君が『鳥男爵』の警備に当たるのは、明日の深夜。そのころ有紗はもうベッドの中だ。君の手を煩わせることはないはずだよ」

「はあ、それはそうかもしれませんが……」しかし本当に大丈夫か？

不安を覚える俺の前で、中年探偵はおもむろに腕時計を確認。そして「おっと、もう、こんな時間か」といってソファを立つと、傍らに置かれた旅行鞄を手にした。「私はそろそろ出掛けなければならない。では、そういうわけだから橘君、後のことは頼んだよ。鳥山氏とよく相談して対応策を練ってくれたまえ。それじゃあ私はこれで失礼を――」

短く別れの挨拶を告げた探偵は、迷うことなく応接室の扉を押し開ける。

次の瞬間、扉の向こうでゴツンと響く鈍い音。と同時に「――イタッ！」という子供の声が廊下にこだました。何事かと思って見ると、扉の前にはなぜか有紗の姿。赤くなった額を右手でさすりながら、「えへへ……」と気まずそうな笑みを浮かべている。

「？」一瞬キョトンとなった孝三郎は、すぐさま事態を察して鞄を放り投げた。「ゴゴゴ、ゴメンよ、有紗ぁ！　痛かったかい。痛かったね。パパを許しておくれぇ！」

叫びながら、愛する娘をムギューと抱きしめる親馬鹿探偵。有紗がシュークリームなら、中のカスタードクリームがハミ出すところだ。父親の強すぎる愛情を一身に受け止める有紗は、「大丈夫だよ、パパ。有紗、平気だから……」と健気な言葉を口にするが、その目は完全に虚ろな状態。顔にはハッキリ『大迷惑』と書かれている。

そんな有紗に深く同情する一方で、俺は彼女が左手に持つ物体に目を留めた。それは空のお盆だった。――なるほど、そういうことか。

俺はすべてを理解した。どうやら有紗は、この扉の前でずっと聞き耳を立てていたらしい。ということは先ほど、遠ざかっていったように聞こえた少女の足音も、実は巧妙な演技。有紗は立ち去るフリをしながら、その実、扉の向こうで足踏みしていたというわけだ。

探偵少女有紗の溢れる好奇心と行動力に、俺は舌を巻くしかなかった。

3

その日の夕刻。場所は開店したばかりの焼き鳥専門店。そこそこ広い店内には、炭火焼の煙と匂いが立ち込めている。その片隅には、あまりにもこの場所にそぐわない奇妙な二人組の姿。店を訪れる常連客たちは、その二人を目の当たりにするなり、誰もが驚いたような顔つきで目をパチパチさせている。

だが、それも無理のない話だ。なにせ、ごく平凡なTシャツ姿の三十男が、童話の世界から抜け出てきたような美少女を連れて、テーブル席に陣取りながら「俺、つくねとレバーね」「あたし、ナンコツとカシラ」「それと生ビール」「こっちはオレンジジュース」と矢継ぎ早に注文をしているのだから、そりゃあ目立つ。俺が常連客なら、店を間違えたのかと思って、いちおう『鳥男爵』の看板を確認するところだ。

そんな俺たちに、パーマヘアで厚化粧の中年女性店員が定番の問いを投げる。

「タレにしますか、塩にしますか?」

俺と有紗は声を揃えて、「――もちろんタレで!」

そう、タレでなければ意味はない。なにしろ、これは俺にとって単なる食事でも晩酌でもなく、明日の重要な任務に備えての現場視察（――に名を借りた晩飯）なのだ。

　――とはいえ、有紗を連れてきたのは、やはりマズかったか。

　若干の後悔を覚えながら、「いや、これも子供のお守りには違いない……」と自分を納得させて、俺は届いたばかりのビールをひと口。「くーッ、やっぱ、たまんねーなー」

　アホみたいな感想を漏らす俺をよそに、有紗は焼き鳥屋の店内をキョロキョロ。白い調理服を着た職人が焼き台に向かう姿などを、興味深そうに眺めている。ざっと見渡したところ、店の主人、鳥山直次郎の姿は見当たらないようだ。

　有紗はジュースのグラスを片手に口を開いた。「それで結局どうなったの？　あの後、直次郎さんと対策を練ったんでしょ？」

　案の定というべきか、有紗は応接室での話の大半を盗み聞きしていた。大人たちの秘密の会談は、全然秘密になっていなかったわけだ。諦め顔の俺は溜め息をつき、ジョッキのビールをもうひと口飲んだ。

「べつに対策ってほどのことはない。明日の午後十一時ごろから、みんなでタレを見張ることになった。俺と直次郎さん、それと従業員の数名が手伝ってくれるそうだ」

「えー、それだけなのー!?　なんだか、頼りなくない!?」

「馬鹿いうな。充分すぎる布陣じゃないか。どんな大泥棒も、秘伝のタレには指一本、触れることは叶《かな》わないはずだ」——と俺は思うぞ。べつに根拠はないけど。

「それならいいけどさ」と有紗は半信半疑の面持ちでジュースをひと口。するとそのとき、鼻腔《びこう》をくすぐる甘い香り。少女の口からたちまち歓声があがる。「うわあ、いい匂い！」

有紗は椅子の上に膝立ちになって、カウンターの向こう側を見やる。職人たちは、焼いた鳥を串ごと壺《つぼ》の中の液体に浸し、それをまた炭火で焼いていく。ジュウジュウと食欲をそそる音が響き、醤油《しょうゆ》が焦げるような香りが立つ。

有紗は小さな鼻をヒクヒクさせながら、「ふーん、あれが秘伝のタレなんだね」といって再び椅子にきちんと座りなおすと、あらためて素朴な疑問を口にした。「だけど、なんでその泥棒は、焼き鳥のタレなんか狙うんだろうね。馬鹿なのかな？」

こらこら、駄目ですよ、他人のことを馬鹿なんていっちゃ——俺は心の中で彼女の言動をたしなめながら、「さあな。泥棒だって、たまには美味《うま》い焼き鳥を食いたくなるんだろ」

「だったら焼き鳥そのものを盗めばいいじゃない。秘伝のタレを盗む必要なんかないよ」

「それもそっか……って、いやいや、違うだろ」俺はブンと左右に首を振った。「焼き鳥はカネさえ払えば、誰だって食えるんだ。大泥棒が、わざわざそんなもん盗むわけがない。三代続く秘伝のタレだからこそ、盗む価値があるってもんだ。そうだろ？」

「そうかしら。ていうか、そもそも本当に大泥棒なのかな、その怪盗ビスケットって？」

「ビスケットじゃなくてウェハースだ。怪盗ウェハース！」

「どっちも、似たようなもんでしょ」といって探偵少女は不敵な笑みを浮かべる。

そうこうするうち、注文した串焼きの皿が到着。厚化粧の女性店員が「お待ちどおさま」といって、それをテーブルに並べた。待ちに待った瞬間だ。俺はレバーの串に手を伸ばし、有紗はカシラの串を手にする。二人で声を合わせながら、

「いっただっきまーす！」

と、いったその口でレバーの最初のひと切れを嚙み締める。その昔懐かしい味わいに、たちまち俺は饒舌《じょうぜつ》になった。「ううむ、このまったりとした味わい。適度な弾力と新鮮なレバーの風味が嚙むたび口いっぱいに広がっていく。そしてなによりも、このタレだ。甘く濃厚なタレの風味が、レバーの味をさらに引き立てている。これぞ三代続く秘伝のタレの底力。いやあ、なかなかいい仕事してますねえ……ん、どうした、有紗？」

テンションの上がった俺とは対照的に、目の前の少女はなんとも微妙な表情だ。

「なんだよ、有紗、美味しくないのか？」

「ううん、美味しくないわけじゃないけど、んと、その、正直いうと……」有紗は俺に顔を近づけて、偽らざる本音を吐露した。「なんていうか、『そーでもない！』って感じ」

意外と厳しい評価に「――え!?」と驚く俺。

と同時に、背後でガチャンと皿の割れる音。振り向けば、カウンターの中では眼鏡《めがね》を掛けた実直そうな職人が「す、すみません……」と詫びを入れながら割れた皿の破片を拾いはじめるところだ。その横顔には、かなりの動揺が見て取れる。どうやら少女の偽らざる感想は、プロの料理人に対して相当なダメージを与えたらしい。

なんとなく『鳥男爵』の味を擁護したい気分の俺は、今度はつくねを嚙み締めながら、

「『そーでもない』は失礼だろ。充分美味いじゃないか。どこが不味《まず》いんだよ?」

「べつに不味いなんていってないでしょ。ただ、なんだか甘ったるい感じがして、あたしはあんまり好きじゃないっていってるの。ま、ひと言でいうなら、お子様向きね」

——お子様向きなら、おまえ向きだろ。この店じゃ、おまえダントツで若いんだから!

「ふん、なにが、お子様向きだ。所詮、焼き鳥の味なんて小学生には判らないのさ」

そう呟く俺だったが、確かにいわれてみると、昔に比べると微妙に味が落ちているのかもしれないなあ、と思わないこともないような気がしないでもないかもしれない(?)。

それに実際、店内を見渡してみると、客席は七分程度の入り。以前は開店と同時に満席になる評判の店だったが、いまはそこまでの混み具合ではないようだ。溝ノ口の名店『鳥男爵』も、意外に客離れが進んでいるのかもしれない。

だが仮にそうだとしてもだ——

「タレの味が美味いか不味いかなんて、とりあえずいまは関係ない。怪盗ウェハースがそれを盗みにくるっていってるんだから、こっちはそれを全力で阻止するだけだ」

「うん、確かにそうだね。じゃあ、明日はあたしも手伝っ……」

「手伝わなくていい！」俺はピシャリといった。「おまえは、おとなしく寝てろ」

有無をいわせぬ俺の口調に、有紗自慢のツインテールがたちまちシュンとなる。

「えー、なんでぇ!? 有紗、絶対、役に立つのにぃ。パパより役に立つのにぃ……」

と不満を口にしながら、探偵少女はナンコツ焼きを噛み締めるのだった。

4

そうして迎えた翌日の午後。とりあえず有紗のお守り役を果たさねばならない俺は、愛車を走らせ、まずは彼女の通う私立衿糸小学校へ向かった。校門から現れた白い夏服姿の有紗を見つけて、クラクションを鳴らす。人目を憚《はばか》るような素振りで、オンボロ軽ワゴン車へと乗り込む有紗。そんな彼女は助手席に座るなり、「ちょっと、図書館にいきたいんだけど、いい？」と、いきなりのリクエスト。

俺は少し意外に思いながら、「ん、図書館って!? 何か宿題でも出てるのか」

「ううん。べつに宿題ってわけじゃないんだけどね」と有紗は曖昧《あいまい》な反応だ。

だがまあ、この歳でいっちょまえに本など読みたがるなんて立派な心がけではある。

そう思った俺は、請われるままに車を近所の図書館へと走らせた。

やがて到着したのは知識と暇潰しの殿堂『溝ノ口図書館』だ。有紗は児童書の棚には見向きもせず素通り。ミステリの棚には少し興味を示しながらも、やはり素通り。そうして彼女がたどり着いたのは、美術やら芸術やらについて書かれた専門書が並ぶ棚だった。

分厚い本を数冊抜き出し、閲覧室で熱心に眺めはじめる有紗。——おいおい、何が書いてあるか、判ってんのかよ？

若干の驚きを覚えつつも、有紗がおとなしく勉強してくれてるなら有難い。安心しきった俺は、閲覧室の椅子に座って適当な雑誌を開く。するとたちまち両の瞼《まぶた》は重くなり、いつしかうつらうつらと舟を漕《こ》ぎはじめる俺。職務怠慢といわれても仕方がないが、深夜のもうひと仕事を控える身としては、昼寝ぐらいさせてもらわないと困るってものだ。

そんなふうに自分に言い訳をしながら、いつしか俺は深い眠りへと落ちていった。

そして、しばらくの時間が経過。「——ハッ」と目を覚ました俺の前には、すでに本を片付け終えて、ランドセルを背負った有紗がニヤニヤしながら立っていた。俺は寝ぼけ眼《まなこ》を拳でゴシゴシ擦りながら、「なんらありひゃ、もうおへんきょうはおはったのか？」

「え、なになに!?　なんていったの、良太!?」

「『なんだ有紗、もうお勉強は終わったのか』と聞いたんだ。ちゃんと、いえてただろ?」

「えー、全然いえてなかったよー」有紗は呆れた表情を覗かせると、あらためて俺の質問に答えた。「うん、勉強なら終わったよ。――帰ろう、良太」

「ああ、そうだな」と頷く俺は、彼女が何をどう勉強したのか、結局判らないままだ。

ともかく図書館を出た俺は、再び有紗を軽ワゴン車へ乗せて出発。そのまま真っ直ぐ綾羅木邸まで送り届けた。玄関先で家政婦の長谷川さんに有紗を引き渡して、本日ひとつ目の任務は完了だ。別れ際、何事か企むような有紗に対して「いいな、おとなしく家でジッとしてるんだぞ」と一本太い釘を刺すと、少女は素直に頷きながら、「うん、判ったー。良太お兄ちゃんも、夜のお仕事、頑張ってねー」と明るく手を振る。

そんな彼女の隣で長谷川さんの顔が一瞬、妙に険しくなった気がしたが、ひょっとすると生真面目《きまじめ》な家政婦は、『夜のお仕事』の意味を勘違いしたのかもしれない――

俺はいったん武蔵新城のアパートの部屋に戻り、晩飯を食べシャワーを浴びて、身なりを整える。そして迎えた問題の夜。デニムパンツに黒のジャケットで普段より少しマシな恰好となった俺は、大きな鞄を持って愛車に乗り込んだ。目指すは溝ノ口の繁華街。その外れに位置する鉄筋二階建ての建物が『鳥男爵』だ。

建物の裏にある駐車スペースに車を停め、鞄を手にしながら運転席を降りる。裏口を開けて建物の中へと滑り込むと、そこはもう厨房《ちゅうぼう》だ。カウンター越しに、テーブル席の並んだフロアが見渡せる。すでに閉店時刻を過ぎた店内に、一般客の姿はない。その代わり、普段お客さんが座る席には、店の従業員らしい数名の男女の姿。その中から、店主の鳥山直次郎が立ち上がり、緊張した面持ちで俺を迎えた。

「やあ、よくきてくださいました。今夜はよろしく頼みますよ、代理探偵さん」

ん、代理探偵!? 眉をひそめる俺の耳元に、直次郎が囁くような声で打ち明けた。

「いえね、どうも『便利屋さん』って呼び名じゃ、イマイチ重量感に欠けると思って、みんなには敢《あ》えてそう伝えてあるんですよ。名探偵の代理の方だって……」

「ああ、そういうことですか」ならば、自分もそのように振る舞うべきだろう。そう考えた俺はジャケットの襟を正して、客席に座る一同を見やった。「初めまして。私が代理探偵、橘良太です。私がきたからには、もう大丈夫。怪盗ウエハースだろうが怪人チョコボールだろうが、秘伝のタレは、この私が守り抜きます。どうか、ご安心を！」

ドンと胸を叩く俺。すると根拠のない強気な発言にも、それなりの効果はあったらしい。張り詰めた緊張感が一瞬ホッと和らぐ。俺は店主以外の人々に視線を向けた。

まず目に入るのは、白い調理服姿の男性二人だ。ひとりは痩せた身体つきの男で、眼鏡を掛けた真面目そうなタイプ。年齢は俺より少し上ぐらいか。もうひとりは分厚い胸板を誇る大柄な男で、こちらは二十代に見えた。

二人を示しながら、直次郎が紹介した。「彼らは二人ともうちの職人でして、まあ、いわば私の弟子《でし》です。兄弟子の松岡弘樹《まつおかひろき》は弟子入りして十年目、二番目の弟子にあたる滝沢真一《たきざわしんいち》は、まだ二年ほどです」

松岡は眼鏡の奥から真剣な視線を向けながら、「秘伝のタレを守るために、ぜひとも協力させてください、代理探偵さん。必ずお役に立ちますから――なあ、そうだろ、滝沢」

兄弟子から同意を求められた滝沢は、太い腕を見せつけながら、「もちろんッスよ。コソ泥なんかきやがったら、ぶちのめしてやるッス」と乱暴な決意表明。

「ああ、頼んだよ」師匠の直次郎は頼もしそうに頷きながら、「いいですよね、橘さん？」

「ええ、もちろんです。見張り役は多いほうがいいですからね」頷いた俺は、職人たちの隣に控える男女二人に目を向けた。「ところで、ご主人、こちらの二人は？」

ひとりはエプロン姿の中年女性。渦を巻くようなパーマヘアと厚化粧の顔に見覚えがある。昨夜、俺たちから注文を取った店員だ。もうひとりは、ひょろりと背が高くてナヨッとした若い男。学生バイトだろうか。そう見当をつける俺に、直次郎が説明した。

「二人はこの店のフロア係です。パートの有島美幸《ありしまみゆき》さんと学生バイトの中条敏夫《なかじようとしお》君。二人は、まだこの店で働きはじめて一ヶ月程度でして、その、なんというか……」

何かをいいよどむ直次郎は、再び俺の耳元に顔を寄せると、「正直いって、この二人は心から信用できるほどの長い付き合いではありません。ひょっとして、泥棒に買収されているという危険性がゼロとは言い切れないかも……」

「なるほど。そういうことですか」

小声で頷いた俺は、一転してみんなに聞こえる大声でいった。「とにかく、いまは時間がありません。さっそくですがご主人、例の焼肉のタレを見せてくださいますか」

「焼き鳥のタレですよ！　焼肉じゃなくて、うちは焼き鳥です！」

「ああ、そうでしたね」でも、どっちだって同じだろ。タレはタレなんだし！

心の中で呟く俺の前で、直次郎は「タレなら、ここに」といって、離れたテーブルの上を指差した。そこに置かれているのは、昨日カウンター越しに見かけた茶色い壺だ。

蓋を取って覗き込む。壺の中はどろりとしたこげ茶色の液体で満たされていた。

「ふむ、これが秘伝のタレですね。――念のため、味見していいですか」

どうぞ、といって直次郎がスプーンを差し出す。俺はこげ茶色の液体をひと匙《さじ》すくって口に運んだ。直次郎が自信ありげな顔で聞いてくる。「いかがです、お味のほうは？」

「むむッ、これは、なんという深い味わい。甘辛くてなおかつ香ばしい苦味がありコクがあるのにキレがありアッサリしながら濃厚な味わい。これぞまさに秘伝の味……」

表現力の欠如といわれても仕方ないだろう。俺の言葉は、秘伝のタレの魅力をまったく言い表せていなかった。一同の冷たい視線を浴びて、俺は必死にその場を取り繕った。

「あ、あの、つまり、とても美味しいってことです。それに私が知っている『鳥男爵』の焼き鳥の味がしますしね。どうやら間違いなさそうです」

「そうでしょうとも。これぞ祖父の代から続く秘伝のタレです」と直次郎は得意顔だ。

「ところで、ご主人」と俺はいまさらのように尋ねた。「この大事なタレは、普段どのように管理されているのですか。ずっと、このお店のフロアに置いてあるとか？」

「いいえ、この店に置くのは営業中だけです。営業が終われば、このまま二階に運びます。二階が住居になっているんですよ。寝るときは寝室に運び、枕元に置いて寝ます」

「なるほど。美味しい焼き鳥の夢が見られるってわけですね」

「違います。万が一、火事や地震になった場合、この壺を抱えて逃げるためです」

「ああ、そういうことですか。いや、きっとそうだろうなあ、と思ったんですよ」

苦しい言い訳を口にしつつ、俺は話題を変えた。「では、さっそく二階の部屋でこのタレを一晩、見張るとしましょう。二階に鍵の掛かる部屋があると聞きましたが」

「ええ、応接室です。――こちらに、どうぞ」

茶色い壺を抱えながら直次郎が階段を上がる。他のメンバーも二階へと移動した。

応接室は六畳程度の洋間だった。テーブルとソファがあり、部屋の片隅には大型の空気清浄機がある。飾り棚には洋酒の瓶やグラス。壁には大きな鶏の絵が飾ってあった。

「ふむ、入口は一箇所のみ。他はサッシの窓がひとつあるだけだ。なるほど、これは泥棒を迎え撃つには、うってつけの部屋ですね。ではご主人、秘伝のタレはテーブルの上に置いてください。サッシの窓は私が施錠します」

俺は窓辺に歩み寄ると、いったん窓を開けて外を確認する。そこは店舗の裏側にあたる空間。駐車スペースの闇の中には、俺の軽ワゴン車が見下ろせる。

「よし、異状なし」と呟きながら窓を閉め、クレセント錠を回して施錠する。振り向くと、直次郎が入口に施錠しようと、扉に向かうところだった。俺はその背中に呼びかけた。「あ、ちょっと待ってください、ご主人。その扉を施錠する前に――」

俺はくるりと振り返ると、パーマヘアの中年女性と長身の学生バイトを指差した。

「申し訳ありませんが、そこの二人は、ここから出てもらえますか」

「ちょ、ちょっとぉ、なんですか、代理探偵さん、いきなり『出ていけ』だなんてぇ」

長身の中条敏夫が不満げに身体をくねらせる。隣の有島美幸も口を尖らせて抗議した。

「そうですよ、酷《ひど》いですよ。私らだって秘伝のタレを守るため、協力しようと思っていたのに。それとも代理探偵さんは、勤めて間もないパートさんやバイト君のことは、信用できないとでもいうんですか？」

まさしく彼女のいうとおりなのだが「いえいえ、とんでもない」と俺は咄嗟に言い繕った。「あなたがた二人には、一階にいてほしいんですよ。怪盗ウェハースが現れるとするなら、やはり一階から侵入してくる可能性が高い。二人が一階にいれば、怪盗ウェハースの侵入を妨げることができますからね」

そんな俺の説明は、彼らから一定の理解を得たらしい。「そうですか……」「そういうことならば……」と頷き合った二人は、揃って一階へと階段を下りていく。二人の背中が階下に消えるのを確認してから、俺は自らの手で応接室の扉に施錠した。

5

応接室に残ったのは俺、橘良太と店主の鳥山直次郎、それに弟子の松岡弘樹と滝沢真一を加えた計四名。テーブルの上の古い壺を見詰めながら、俺たちは犯行予告時刻である午前零時を待つ。そんな中、直次郎が口を開いた。

「怪盗ウェハースは本当に現れますかね？」

「ええ、現れます。奴は狙った獲物は確実に手に入れる――そういう奴です」

確信を持って頷く俺。すると隣で聞いていた松岡が「えッ」と驚きの表情を浮かべた。

「代理探偵さんはご存じなのですか、怪盗ウェハースがどういう人物なのか」

「は!?」一瞬、間抜けな声をあげた俺は、ブンと左右に首を振ると、「いいえ、見たこともないし、話をしたこともありませんよ。けどまあ、たぶんそういう男ですって。いや、もちろん女の可能性もありますがね」と極めていい加減な言葉でその場を誤魔化した。

「ところで、代理探偵さん」と続けて松岡がひとつの疑問を口にした。「怪盗ウェハースは、どうして何度も何度も犯行予告をよこすのでしょうね」

「あ、それは、俺も不思議だったッス」と滝沢も首を傾げる。「秘伝のタレを盗むなら、予告なんかしないほうが盗みやすいはず。犯人の狙いは何なんスかね、代理探偵さん？」

「え!? ああ、そうそう。いや、実は私もね、そのことをずっと考えていたんですよ」

ずっと考えていたどころか、いま初めてその疑問に気付いたようなリアクションになってしまった。俺は威厳を取り戻すように「ゴホン」とひとつ咳払いしてから口を開く。

「確かに、犯行を予告したところで、警備が厳重になるだけ。犯人側にこれといったメリットはないはず。そこで思ったのですが、おそらく怪盗ウェハースという奴、相当に自己顕示欲の強い人物なのでしょう。我々に挑戦状を叩きつけ、厳重な警戒態勢をとらせながら、それをかいくぐって獲物を手に入れる。そのことに一種スポーツ的な快感を覚える。きっとそういうタイプなのですよ。ま、いうなれば自信過剰の変質者ですね」

　俺の考察を耳にして、直次郎が複雑な表情を浮かべる。「なるほど、自信過剰の変質者ですか。そうだと良いのですが——いや、あんまり良くもないが——しかし、相手が自信過剰の泥棒なら、こちらとしては対処もしやすいということになる」

「いや、大将、油断は禁物ですよ」弟子の松岡が眼鏡を指先で押し上げながら、慎重な口ぶりでいった。「仮に代理探偵さんのいうとおりだとすると、過去に敵は、警察を相手に四連敗しているということになります。そして今回は五度目の挑戦。なおかつ今回は警察が関与していない初めてのケースです。もし敵が本気で秘伝のタレを狙うのであれば、今回こそは敵にとって絶対に負けられない戦いってことになる。いや、むしろ過去の四回は、今夜のための前振りだったのではないかとさえ、私には思えるのですが……」

　知的な表情の松岡。その優れた見解に、俺は迷わず全力で頷いた。「そのとおりですよ、松岡さん。私もまさしく、あなたと同じ可能性を考えていたところです！」

　本当に考えていたんスか、といわんばかりに、滝沢がいかつい顔で俺を睨む。

　俺は慌ててこの話題を打ち切るようにいった。「まあ、とにかく、あまり考えても仕方がない。今夜一晩見張りを続ければ、怪盗ウェハースが真の大泥棒か単なるコソ泥か、その見極めもつくってものです。――それより、みなさん、何か飲みたくありませんか」

俺の言葉を聞いて、いま初めて喉の渇きを意識したのだろう。「それは、まあ……」「いわれてみれば……」「そうッスね……」と三人の職人たちが互いに顔を見合わせる。

「そう思って、熱い飲み物を用意してきたんです」

俺は自宅から持ち込んだ鞄の中を掻き回しながら、「珈琲とココアがあります。紙コップも用意しましたから、どうぞ眠気覚ましに飲んでください」

俺は二種類のステンレスポットと紙コップをテーブルに並べて置いた。だが歓《よろこ》ばれるどころか、三人の職人たちの口からは、いっせいに「うッ……」という呻き声。その顔には揃って不安げな表情が浮かんでいた。

「あ、ありがとうございます――といいたいところですが、橘さん」直次郎はこわごわと俺の顔を覗き込みながら、「あのー、疑うわけではありませんけど、これってまさか『飲み物に眠り薬』――なんていうベタな展開じゃないでしょうね」

「そ、それだけは勘弁してもらいたいですが……」

「ほ、本当に大丈夫なんスか、代理探偵さん……」

松岡と滝沢は二種類のポットを気味悪そうに眺めている。まるでラベルに《劇薬危険》と書かれた薬瓶《くすりびん》を見るような目だ。気を利かせた俺に対して、実に失敬な態度ではあるが、しかしまあ、彼らが慎重になる気持ちも判らないではない。

「いいでしょう。そこまで疑うなら、私が自ら毒見役を務めようじゃありませんか」

俺は用意した珈琲とココアを自ら紙コップに注ぎ、全員の前で両方飲んでみせた。もちろん何も起こらない。俺が死なないことを確認すると、職人たちは互いに頷き合った。

「どうやら大丈夫そうだぞ」

「毒入りじゃないようです」

「だったら、いただくッス」

こうして職人たちも、いっせいに飲み物を口にした。もしも、これが毒入りならば、全員が「うぐッ！」と喉を押さえて苦しみ出すところだが、実際にはそんなことは起こらない。

そんな中、応接室の扉に突然ノックの音。俺は扉の外の人物に尋ねた。

「ん、誰です？　ひょっとして怪盗ウェハースさん？」

はい、そうです、私が怪盗ウェハース――と相手が答えるはずもない。

「ち、違いますよぉ。中条ですぅ」

「私もいますよ。有島です」

扉越しに応えたのは、バイト青年とパートの中年女性だ。代表する形で、中条のほうが話を続ける。「中に入れてもらえないようなので、せめてお役に立ちたいと思い、熱い珈琲をお持ちしましたぁ。僕らが厨房で淹れたものなんですけど、飲みませんかぁ？」

「やあ、ありがとうございます」そんな感謝の台詞から一転、俺は残酷な言葉を扉の向こうに投げた。「すみませんが、お気持ちだけ受け取っておきます。どうかお引き取りを」

たちまち扉の向こうから、二人の悲しげな声が届く。

「んもぉ、信用してくださいよぉ。毒とか入ってないですからぁ！」

「そうよそうよ。せっかく淹れてあげたのに！」

「申し訳ありませんが、間に合っているものですから」といって、俺は紙コップに残る珈琲を飲み干した。中条敏夫と有島美幸は諦めたらしく、力ない足音を残して階段を下りていく。

俺たちはタレの見張りを続けた。

気が付けば、時計の針は深夜零時に迫っている。さらに緊張感を増す応接室。だが、その一方で、なぜか俺は両の瞼が次第に重くなっていくのを感じた。

あれ、変だな……飲み物に毒なんて入っていなかったはず……なのになぜ、こんなに眠いんだ……いや、違う……これは飲み物のせいじゃない……なんだ、これは……？

眠気を振り払おうと、懸命に顔を振る俺。その隣で、ソファに座る松岡の上半身が突然ガクリと横に傾く。その光景を最後にして、俺の意識は徐々に遠ざかっていった——

6

低い唸り声を思わせるモーターの駆動音。そして微《かす》かに漂う柑橘《かんきつ》系の香りで目が覚めた。

ソファの上で身体を起こして見回すと、応接室では三人の職人たちが死んでいた。

――いや、違う。死んではいない！

隣に目をやれば、ソファからずり落ちそうな恰好でスースーと寝息を立てる松岡弘樹の姿があった。正面に座る鳥山直次郎と滝沢真一も眠っているだけのようだ。モーターの駆動音は、直次郎の服のポケットから漏れているらしい。携帯がマナーモードになっているのだ。

やがて音は止《や》み、代わって何者かが階段を駆け上がってくる足音が響く。

俺はふらふらと立ち上がり、窓辺に歩み寄ってサッシ窓を開けた。空気が澱《よど》んでいる気がしたからだ。そのとき扉を激しく叩く音。そして聞き覚えのある男女の声が響いた。

「大丈夫ですか、大将。やけに静かですけど、何も起こっていませんよね？」

心配そうな男の声はバイトの中条敏夫だ。それにパートの有島美幸の声が続く。

「変だわ。返事がない。――ちょっと、誰か返事をしてください！」有島美幸は扉を叩き、ノブをガチャガチャと回す。「駄目だわ。鍵が掛かってる。どうする、中条君？」

「うーん、こうなったら仕方がありません……」

「そうね、こうなったらやるしかないわね……」

扉の向こうの喧騒《けんそう》を聞きつつ、俺はよたよたと扉に歩み寄る。扉の向こうの二人に一刻も早くこの状況を伝えねば、と思ったからだ。と、そのとき扉の向こうで響く「いっせーの！」という掛け声。俺はノブのツマミを捻って施錠を解き、扉を全開にしながら、

「あの……」

と口を開く。すると次の瞬間、開いた扉の向こうから、猛然と飛び込んでくる二人組の男女の姿。彼らは俺の目の前を疾風のごとく通り過ぎ、応接室を一直線に横切ると、勢い余ってそのまま正面の窓——さっき俺が開けた窓だ——その窓枠を楽々と飛び越えて、向こうに広がる夜の闇にダイブして消えた。

「わあああぁぁぁ——ッ」

「あれえぇぇぇぇ——ッ」

闇に響く男女の哀れな悲鳴。そしてまた静寂が戻った。すべては一瞬の出来事だった。

「ん、いまのはいったい……!?」ちょうど目覚めた直次郎が、寝ぼけ眼で聞いてくる。

どう説明していいのか判らない俺は、「ええっと、いま二人組が外に……」と窓の向こうを指差しながら曖昧な返事。そしてすぐさま我に返って訴えた。「そ、そんなことより、大

変です。いつの間にか、私たち全員眠らされていたみたいですよ」

「ええ、確かにそのようです。――おい、大丈夫か、松岡、滝沢！」

直次郎が呼びかけると、弟子たちは揃って身体を起こし、目をパチパチさせた。

「あれ、どうしたんですか、僕ら？」松岡がずれた眼鏡を直しながら周囲を見回す。

「眠ってたみたいッスね」滝沢はハッと顔を上げると、「やっぱ、あの珈琲に毒が……」

「いや、違います、違いますって。私は珈琲に毒なんて盛ってないですから！」

俺は疑惑を打ち消すように手を振る。そしてすぐさま部屋の隅に置かれた空気清浄機に駆け寄った。きっと全部コイツのせいだ。俺は真犯人を糾弾する探偵の雰囲気を出しながら、

「おそらく、この空気清浄機に細工がしてあったのでしょう。時間がくるとタイマーが作動し、催眠効果のあるガスが流れ出すような、そんな特殊な仕掛けが」

「なんですって」と直次郎が驚嘆の声。「そんな手の込んだことを、いったい誰が？」

「もちろん怪盗ウェハースです。奴なら、きっとできる」

断固として宣言する俺。その瞬間ハッとなった一同の視線は、いっせいにテーブルの上に集中した。そこにあるのは茶色い壺だ。外観に変化はない。だが問題は中身だ。壺に歩み寄った俺は、自らの手で蓋を外して中を覗き込む。中身はこげ茶色のドロリとした液体――ではなかった。驚きのあまり、俺は壺の中に顔を突っ込むようにして叫んだ。

「ななな、ない！　ひひひ、秘伝のタレがなくなってるぅぅぅ……」

壺を満たしていたはずの秘伝のタレは、あらかた失われ、底の部分に僅かな残りカスがあるばかり。代わって壺の中に見えるのは、四角い板状の物体だった。「──まさか！」

俺は壺の中に右手を突っ込み、その板状の物体を指で摘んだ。思った以上に軽い感触。ザラザラした独特の質感が指先から伝わる。俺の予感は確信に変わった。

「ウ、ウェハースだ。空っぽの壺の中にウェハースが残してある！」

しかもその表面には例のごとく、チョコレートで書かれた文字が躍っている。俺は声に出して、その文面を読み上げた。「えーなになに、『秘伝のタレは確かにいただいた。悪く思うなよ。怪盗ウェハースより』──こ、これは怪盗ウェハースの犯行声明文だ！」

「畜生、ウェハースに犯行声明文なんて、小癪《こしやく》な奴め」松岡が悔しそうに唇を嚙む。

「代理探偵さん」と滝沢が声を震わせた。「こ、これは、どういうことッスか」

「いうまでもありません。怪盗ウェハースは私たちが寝ている間に秘伝のタレを盗み出したんです。きっと別の容器に移し替えて持ち出したんでしょう。そして空になった壺の中に、自らの犯行を誇示するウェハースを残していった。私たちはまんまと奴に、してやられたってわけです」

「だとしたら、橘さん」直次郎が全開になった窓を指差していった。「たったいま、外に飛び出していった二人組が、怪盗ウェハースなのではありませんか？」

「え!? いやいや、違います。あれは怪盗ウェハースじゃなくて中条君と有島さん……」

そうそう、その二人のことが後回しになっていた。窓枠を飛び越えて落下した二人は、無事だったのだろうか。いまさらのように不安を覚えながら、俺は開いた窓から真下を覗き込む。すると窓の下には、地面にへたり込む二人の姿。そして彼らの横には、なぜかもうひとつの小さな影が見えた。

軽ワゴン車の傍らに立つその人影は、落下してきた二人組のことを心配そうに覗き込んでいる。そのあまりにも小さなシルエット。特徴的な髪形とお人形のような装い。それを目にした瞬間、俺は愕然として目を見張った。

「あ、有紗じゃないか！ おまえ、なんでこんなところに！」

素っ頓狂な叫び声を耳にして、有紗はビクリと顔を上げる。そして二階の窓辺に俺の姿を認めると、「あ、良太ぁ、こんばんはー」と無邪気に手を振って深夜の挨拶。

俺は思わず両手で頭を抱えた。――馬鹿馬鹿、『こんばんはー』じゃねーだろ！

しかし有紗は悪びれもせずに涼しい顔だ。いまだ立ち上がれない男女二人を指差しながら、彼女は直次郎と似たようなことを聞いてきた。

「ねえ、良太ぁ、この人たちが、噂の怪盗マカロンなのー？」

——いや、全然違う。ていうか、マカロンじゃなくてウェハースだし！

心の中でそう呟きながら、俺は二階の窓辺で頭を振るばかりだった。

7

唐突な有紗の登場に激しい混乱を覚えながら、俺はひとり応接室を飛び出した。階段を下りて一階の裏口から外に出る。視界に飛び込んでくるのは、地べたで四つん這いになった中条敏夫、片膝立ちで「イタタ……」と身をよじる有島美幸。だが、そんな二人にはいっさい構うことなく、俺は軽ワゴン車の傍らに佇む少女のもとに駆け寄った。

「こらッ有紗！　何時だと思ってるんだ！　子供はもう寝る時間ですよ——キイィ！」

ヒステリックなママのごとく怒りを露《あらわ》にする俺。

しかしロリータ服の少女は唇を尖らせながら、

「だって気になったんだもん、怪盗ウェハースが本当に現れるかどうか。だけど『有紗も連れてって』ってお願いしても、良太は駄目だっていうに決まってるでしょ。だから有紗、おうちを抜け出して勝手にここまできてみたの。そしたら良太の車が停めてあったから、しばらくの間、助手席に乗せてもらってた——ってわけ」

「なにが、『ってわけ』だ。他人の車に勝手に乗り込むなんて。——ん!?　だけど有紗、なんでドア開けられたんだ？　ちゃんと鍵は掛けていたはずなのに、どうやって？」

「ああ、それはね」といって少女は驚愕の真実を語った。「良太は気付いてないと思うけど、この車、ずいぶん前から助手席側のドアの鍵、ぶっ壊れてるよ。一見、ロックされてるように見えても、実際は誰でも開けられるもん」

——マジかよ。俺の車って、そこまでポンコツだったのか！

衝撃のあまり啞然とする俺。一方、有紗は二つ結びの髪を揺らしながら、『鳥男爵』の二階の窓を指差した。「ところで、どうやら事件みたいだね。秘伝のタレが盗まれたの？」

「ああ、そうだ。まんまとやられた。みんなが催眠ガスで眠らされている隙にな」

「それって、やっぱり怪盗の——」

「そうだ。怪盗ウェハースの仕業に間違いない。ついに奴が姿を現したんだ」

叫ぶと同時に、俺は自分の役割を再認識した。「そうだった。いまの俺は有紗のお守り役なんかじゃなかった。代理探偵、橘良太だ。子供なんぞに構っている暇はない」

「『子供なんぞ』とは失礼ね。あたしだって探偵よ。怪盗が現れたと聞いちゃ、いまさら後には引けないわ」そういって有紗はいきなり俺の腕を取る。そのまま『鳥男爵』の裏口へ向かって、ぐいぐい俺を引っ張りながら、「ほら、いくよ良太。なーに、大丈夫だって。代理ナントカの邪魔はしないから。なんなら力になってあげるから！」

「え、そうか、それは有難いけど……」

でも、みんなにどう説明するんだ？　この娘、十歳《こ》ですけど名探偵です――ってか？

妙案が浮かばないまま、俺は有紗に腕を引かれて、『鳥男爵』の二階へと舞い戻った。


「あの、この娘は綾羅木有紗。かの名探偵、綾羅木孝三郎氏の娘さんでして……」

戸惑いがちに俺の口から説明すると、すでに面識のある鳥山直次郎は「知ってます」。だが、その他の面々からは一様に「それが何か？」という薄い反応が返ってきた。やはり想像したとおりの展開。だが有紗本人が自ら進み出て、「綾羅木有紗です。母の綾羅木慶子は現在、スイスのライヘンバッハの滝で悪徳教授と戦っています」と説明した途端、状況は一変。一同の間に「おおッ、あの世界的な名探偵ケイコ・アヤラギの！」というどよめきが起こり、少女はこの現場に立ち会うことを特別に許可された。――畜生、この手があったか。だったら、無駄にオッサンの名前なんか出すんじゃなかったぜ！

歯噛みする俺の隣で、少女は得意顔。だが、それはともかく――

いまは事件の話を整理することが先決だ。俺は一同の前で厳かに口を開いた。

「みなさん、怪盗ウェハースは予告状のとおり、午前零時に現れ、『鳥男爵』の秘伝のタレを奪っていきました。しかも壺の中身だけを、綺麗に奪い去ったのです」

俺は空っぽになった壺を指差して、事実を告げる。すると、店主の直次郎が不思議そうに室内を見回しながら、当然の疑問を口にした。

「犯人はどうやって、この応接室に侵入したんでしょうか。この部屋は扉も窓も中から鍵が掛かっていた。いわば密室だったはずなのに」

答えたのは直次郎の弟子、松岡弘樹だった。

「べつに不思議なことじゃないと思いますよ、大将。入口の扉の鍵は特殊な鍵じゃありません。犯人にピッキングの技術があれば、外からでも簡単に開けられたでしょう。犯人は扉の鍵を開けて応接室に入った。それから、我々を起こさないよう気を付けながら、壺の中のタレを別の容器に移し替えた。それを持って犯人は——」

といって、松岡は応接室の開いたサッシ窓を示した。「犯人は窓を開け放ち、二階から飛び降りて逃げた。たぶん、そんな経緯だったのでしょう。——ねえ、代理探偵さん？」

「いや、それは、どうですかね」と俺は松岡の説に疑問を呈した。「入口の扉はともかく、窓を開けたのは、この私なのですから」

「え、そうだったんスか？」と驚きの声を発したのは、もうひとりの弟子、滝沢真一だった。

「じゃあ、代理探偵さんが開けるまで、この窓は中から施錠されていたんスね」

「ええ、もちろ……ん!?」頷こうとして、ふいに俺は自信を喪失した。

そういえば、あの場面、寝起きの俺は朦朧《もうろう》とする中で無意識に行動していた。俺が窓を開けたとき、果たしてその窓は施錠されていただろうか。クレセント錠を解いてから窓を開けたような気もするし、その前からすでに錠は解かれていたようにも思える。

「うーん、そういえば窓の鍵は、あのときすでに開いていたかもしれませんね……」

「ほら、やっぱりそうですよ」松岡は再び主張する。「犯人は入口の扉から部屋に入り、タレの入った容器を抱えて、窓から逃げたんです！」

「そっかー、そうだったんだー」と大袈裟《おおげさ》な反応を示す有紗。しかし続けて少女は、あどけない声で意地悪な質問。「だけどなんで、わざわざ窓から逃げるのー？」

「え!?」虚を衝かれたように松岡が動揺を露にする。「……なになに、入ってきた扉から、出ていけばいいじゃないかって!?　た、確かにそうだね、お嬢ちゃん……はは、ホントなんでそうしなかったんだろうね……馬鹿なのかな、怪盗ウェハースって……ははは」

笑って誤魔化そうとする兄弟子を、慌てて滝沢が援護した。

「まあ、犯人はわざわざ怪盗を名乗るほどの目立ちたがり屋ッスからね。窓から逃げるのが、いちばん怪盗っぽいと考えたんじゃないッスか」

そんな理由が果たしてあり得るだろうか。俺は疑念を抱いたが、口には出さなかった。

だが、反論の声は意外なところから湧き上がった。

「ちょっと待ってくださぁい。いまの松岡さんの推理には、疑問な点がありますぅ」

突然、挙手したのは学生バイトの中条敏夫。先ほど勢い余って二階の窓から地上にダイブした二人組の片割れだ。いまはもう痛みも癒えたのだろう、彼は平然とした顔で、この議論の場に参加している。俺は彼のことを真っ直ぐ見詰めながら尋ねた。

「どうしました、中条君？　いったい何が疑問なんですか」

「まあ、聞いてくださぁい」中条敏夫はなよなよした動きで前に進み出た。「代理探偵さんに応接室から追い出された後、僕と有島さんは一階にいましたぁ。代理探偵さんにいわれたとおり、怪盗ウェハースの侵入を阻止しようと、裏口を見張っていたんですぅ」

「裏口を？　正面の入口ではなくて」

「正面の入口は鉄製のシャッターが下りていますぅ。もし、これを開けて誰かが侵入してくるとすれば、大きな音が響くに違いありませぇん。だから怪盗ウェハースの侵入経路としては裏口のほうが、より可能性が高いと、そう思ったんですぅ。そこで僕と有島さんは裏口の傍に椅子を置いて、見張りを続けましたぁ。万が一、怪しい人物を発見した場合は、身体を張ってでも、その侵入を阻む決意だったんですぅ――けれどぉ」

「――けれど？」

「けれど結局、僕らの前に怪しい人物なんて、ひとりも現れなかったんですぅ。判りますかぁ、代理探偵さん。先ほどの松岡さんの推理によれば、怪盗ウェハースは応接室の入口の扉から入り、窓から逃げたとのことですけど、そんなことは不可能なんですぅ。応接室の入口から入るには、一階の正面入口か裏口から侵入して、階段で二階に上がるしかないはず。しかし裏口は僕らが見張っていましたから、誰も通れたはずがありませぇん。一方、正面玄関のシャッターも開かれていませぇん。そんな音は一度も響きませんでしたから。――そうですよねぇ、有島さん？」

同意を求められて、パートタイマーの中年女性がガクガクと頷く。

「ええ、中条君のいうとおりよ。ウェハースだろうがチョコモナカだろうが、私たちに気付かれずに二階に上がることなんて、絶対できなかったはず。間違いないわ」

「ふうむ、そういうことですか……」

二人組の意外な証言を聞き、俺は困惑した。松岡がいったとおり、応接室の密室は犯人がピッキングの技術を持っていると考えれば、いちおう説明がつく。だが二人組の証言が事実だとすれば、犯行当時この『鳥男爵』の建物自体が密室状態にあったということになるではないか。

――畜生、なんてこった。こんな本格的な謎を解くのは、俺の頭では到底無理。こうなったら撤収だ、撤収！　と俄然《がぜん》、弱気になる俺だったが――いやいや、待てよ！

瞬間、脳裏に閃《ひらめ》くひとつの可能性。そして俺は二人組の前で余裕のポーズを示した。

「なるほど、そういうことですか。裏口では中条敏夫君と有島美幸さんが目を光らせていた。正面入口にはシャッターが閉まっていた。すなわち、この建物全体が密室だったと、そうおっしゃるのですね」

「だからー、そういってるじゃない、良太ぁー。なんで繰り返すのー」

隣で無用な茶々を入れる有紗を、俺は横目で睨みつけた。――うるさいな、繰り返しが多いのは、探偵のルーティンだろ。おまえだって、ちょいちょいやってるじゃないか！

そして俺はあらためて二人組のほうを向くと、大きく首を左右に振った。

「いいえ、これは密室なんかじゃありません。お二人はずっと建物の裏口を見張っていたという。けれど、実際には持ち場を離れる場面がありましたよね。ほら、お二人が、この応接室に珈琲を持ってきた、あのときですよ。犯人はその隙を衝いて、裏口から建物の中に侵入することができた。そして犯人はいったん建物のどこかに身を隠していたのでしょう。そして午前零時を待って、予告どおりに犯行をおこなったのです」

俺の推理に中条と有島は揃ってハッとした表情。俺はなおも説明を続けた。

「さらに午前零時過ぎ、中条君と有島さんは再び裏口を離れ、応接室の前に駆けつけます。

このときもまた裏口は無人になる。そのタイミングで、怪盗ウェハースは応接室の窓から裏口のある路上に飛び降りたのです。早い話、中条君と有島さんは二度、裏口から離れている。その二度の機会を利用して、犯人はこの建物に侵入し、そして脱出した。それだけのことです。密室でもなんでもありません。怪盗じゃなくたって、誰にでもできる犯行です」

こうして俺は、いとも簡単に建物の密室の謎を解き明かした。その顔には自信に満ち溢れた勝利者の表情が浮かんでいたはずだ。

一方の非正規雇用コンビの口からは、「あ、そうか……」「いわれてみれば……」というような間抜けな呟きが漏れる。松岡弘樹と滝沢真一の職人二人も俺の推理に納得した様子。店主の鳥山直次郎は、俺の存在を見直したように、「さすがです、代理探偵さん」と賞賛の拍手を送ってよこす。当然、俺は満面の笑みだ。

だが、そのとき得意の絶頂にある俺の頭上から冷水百トンを浴びせるかのごとく、少女の容赦ない声が響き渡った。「えー、なにいってんの、良太ぁ?」

「え⁉」と表情を曇らせる俺。

その傍らでは、ツインテールの探偵少女が意地悪そうな顔で俺を見詰めている。一同の視線が集まる中、有紗は可愛らしくも生意気な唇を開いた。

「あのね、良太、確かに中条さんと有島さんは、二度ほど裏口から離れたかもしれない。だからってその間、裏口がガラ空きになったわけじゃないよ。だって、二人が裏口を離れている間でも、その裏口にはもうひとりの見張り役がついていたんだから」

「ん、もうひとりの見張り役――え、それってまさか！」

「そう、あたし」といって少女は自分を指差した。「有紗、車の助手席から、ずっと裏口の様子を見ていたの。だけど、ときどき中条さんと有島さんが裏口の扉を開けて、外の様子を窺《うかが》うだけ。その二人以外に怪しい人の姿なんて、誰も見なかったわよ」

自信満々に断言する有紗。逆に俺は動揺の色を隠せなかった。「そんな、嘘だろ……」

だが確かに彼女は事実を語っているのだろう。裏口の駐車スペースに停めた軽ワゴン車。その助手席に座る有紗の目から、裏口の様子は丸見えのはず。そして、この好奇心の塊のような探偵少女のことだ。怪盗ウェハースの登場を見逃すまいとして、目を皿のようにしていたに違いない。だとすれば、彼女に気付かれることなく何者かが侵入、逃走することは、やはり絶対に不可能ということになる。

「それじゃあ、本当に現場は密室だったということなのか。そして犯人はこの監視された密室の中に易々《やすやす》と侵入し、堂々と秘伝のタレを奪い去ったというのか。――ううッ、恐るべし、怪盗ウェハース！」

目の前に立ちはだかる難解な謎と巨大な敵。その想像を絶する不可解さに、俺は眩暈《めまい》にも似た感覚を覚えた。――畜生、駄目だ。まったく歯が立たん。だって、そもそも俺、探偵じゃねえし。便利屋だし。普段、煙突掃除とかしてんだから、所詮、無理だって！

俺の中に巣食うヘタレ根性がムクムクと頭をもたげる。と、そのとき――

「ちょっと待ってちょうだい」突然、応接室に響く中年女性の声。有島美幸だ。彼女はパーマヘアの頭を掻きながら、俺の前に進み出た。「代理探偵さん、その女の子の証言を鵜呑みにするのは、まだ早いんじゃないかしら」

「え――というと？」

「『というと？』じゃないわよ。気付かないの？」といって有島美幸はビシッと有紗のことを指差した。「私だって、まさかとは思うけど、この小さな女の子こそが怪盗ウェハース――そういう可能性だって、ないとはいえないんじゃない？」

「な、なんですって!?」俺の声が思わず裏返る。「有紗が怪盗うぇぇはぁぁすぅぅ!?」

「ええ、そうよ。あり得ないって？　だけど少なくとも密室なんかに比べれば、むしろ現実的じゃないかしら。怪盗ウェハースっていう名前だって、どこか少女趣味だしね」

有島美幸の指摘に、応接室の一同がハッという表情を浮かべた。彼らの反応に気を良くしたように、中年女性は自らの推理を語った。「その女の子は軽ワゴン車の助手席から、しっかり裏口を見張っていた――と、自分でそういってるけど、それは真っ赤な嘘。実際は、私と中条君が裏口を離れたタイミングを見計らって、彼女は裏口から建物内に侵入。午前零時には応接室に忍び込み、秘伝のタレを奪った。そして窓から飛び降りると、再び軽ワゴン車の車内に戻った。そして何食わぬ顔で、私たちの前に姿を現した。そう考えれば辻褄《つじつま》は合うはずよ」

「…………」なるほど辻褄は合う、と俺は心の中で頷いた。

確かに、有紗が犯人だと考えれば、密室は密室でなくなるわけだ。それに有紗なら応接室の鍵をピッキングで開けることぐらい余裕でできるだろう。なにせ、彼女は十歳だけど探偵なのだ。大人を騙す演技力もある。「……ていうか、彼女の少女としての振る舞いは、すべて演技といっても過言ではない……有紗が怪盗ウェハースという可能性は充分だ……むしろ有紗以外には、あり得ない……綾羅木有紗こそが怪盗ウェハース……もはや、そうとしか思えん……」

うっかり心の声をダダ漏れにする俺は、隣の少女に直接確認した。

「有紗、おまえが怪盗ウェハースなのか？　頼む、俺にだけは本当のことをいってくれ」

「哀《かな》しいよ、良太……うッうッ……哀しすぎて涙が出るよ……あたしと良太のいままでは、いったい何だったの？……ああ、やっぱり大人ってキライ……良太なんて大キライ……」

そう呟いて眸をウルウルさせる有紗。――でも、どうせ嘘泣きだ。もう騙されないぞ！

俺は敢えて心を鬼にする。だが、なにせ有紗は内面的にはともかく、外見上は純真無垢《むく》でいたいけな少女の姿そのものだ。周りの男たちが黙っていない。彼らはいっせいに有紗を取り囲み、「大丈夫だよ」「私は君の味方だ」「彼は頭が悪いんだ」「性格も悪いですぅ」などといって、むせび泣く少女をなぐさめる。――畜生、俺は悪役かよ！

憮然《ぶぜん》とする俺に、そのとき直次郎が提案した。

「まさかとは思いますが、万が一、有紗ちゃんが怪盗ウェハースだったとしましょう。その場合、奪った秘伝のタレは、いまでも軽ワゴン車の中にあるはず。逆にいうなら、車の中にタレがないなら、それが有紗ちゃんの無実の証明になると思うのですが」

「さすが大将。それは妙案ッスね」と滝沢真一も嬉しそうに手を叩く。

こうして俺は滝沢を引き連れて、二人で愛車の車内点検に臨むこととなった。

だが点検の結果は、どこも異状なし。「まさか、こんなところにはあるまいが……」と半信半疑で給油口の蓋を開けて、中の匂いを嗅いだりもしたが、やはりガソリンの匂いがするばかり。焼き鳥の匂いはいっさい漂ってこなかった。まあ、当たり前のことだ。

俺たちは再び応接室に舞い戻り、結果を報告。《有紗犯人説》の言い出しっぺである有島美幸は不満げな表情だったが、他の男性陣は全員好感をもって結果を受け入れた。

「良かったな、有紗、くだらん容疑が晴れて」俺は少女の肩に優しく手を置いた。「俺は最初から信じていたぞ。おまえは、そんなことするような子じゃないってな」

「ありがとう良太、信じてくれて。有紗、すっごく嬉しいよ」

邪気のない笑顔を向ける有紗は、その足で俺の爪先をムギュ～ッと踏みつけていた。

8

そんなこんなで密室を巡る議論は一段落。そこで俺は鳥山直次郎に対して、ひとつ気掛かりな点を確認した。万が一、奪われた秘伝のタレが戻ってこなかった場合の話だ。

「これから『鳥男爵』は、どうなってしまうんでしょうか。私たちのよく知る、あの『鳥男爵』の味は、もう味わえなくなってしまうんですか」

「まあ、そうなるでしょうね。秘伝のタレがないのでは、あの味は再現できない」

「しかし、タレにだってレシピはあるはずですよね。そのレシピに沿って、新しいタレを作れば、いままでと同じ味を再現することができるはずでは？」

「いいえ、それは無理です」直次郎はゆるゆると首を振ると、『鳥男爵』の秘伝のタレについて語った。「焼き鳥を一本焼く度に、職人はその串をタレの中にくぐらせます。甘辛いタレの旨《うま》みが肉に染み込み、その一方で肉の旨みもまたタレに溶け出す。それを長年繰り返すことで、タレは秘伝のタレとなるのです。壺の中のタレが減った分を、注ぎ足し注ぎ足しながら、代々受け継いできたのです。一朝一夕にできあがるものではありません。また一から全部やり直しですよ」

「そうですか、それは大変ですね……」

俺の呟く声をきっかけに、重たい沈黙が応接室に舞い降りた。被害に遭った直次郎は、ソファの上でガックリと肩を落とし、痛々しいほどの落胆振りを見せている。その弟子である松岡と滝沢が、落ち込む師匠を励まそうと声を掛けるが、効果はないようだった。

するとそのとき有紗の口から前向きな提案。「ねえ、他の部屋を調べてみたら？　泥棒の足跡かなにか、見つかるかもしれないよ」

なるほど、それはやるべきことだ、と俺は思った。まさか本当に怪盗ウェハースの足跡が、床にべったり残っていることはあるまいが、なんらかの痕跡や遺留品が残っている可能性は否定できない。「――よし、念のために調べてみるか」

俺が気合を入れて立ち上がると、直次郎を始めとする全員がそれに従った。こうして俺たち一同は、いまさらながら建物全体を、ひと通り見て回ることになった。

まずは二階の居間や寝室などを調べる。だが、どこにも不審な点はなく、窓が破られたような形跡もない。浴室も同様で、小さなサッシ窓があるにはあるが、そこには鉄製の柵が付いている。二階のキッチンも調べたが、やはり異状は見当たらない。有紗は小さな鼻をヒクヒクさせながら、焼き鳥のタレの匂いを嗅ぎ取ろうと懸命な様子だったが、結局は「何もないようだね……」と呟いて、キッチンを後にするしかなかった。

そんな中、松岡弘樹は眼鏡のフレームに指を当てながら、「ひょっとして犯人の手口は、こうだったんじゃないでしょうか」といって、ひとつの可能性を口にした。「犯人は応接室での犯行を終えた後、窓から逃走したのではなかった。犯人はタレの入った容器を抱えて、扉から廊下に出ると、いったん二階のどこかに身を潜めたのです」

「はあ、身を潜めた？」

呟きながら、俺はトイレのドアを開け放つ。清潔感のある個室の中は、芳香剤から漂うレモンの香りが充満していた。「例えば、このトイレとか？」

「ええ、隠れる場所はトイレでも浴室でも、二階ならどこでも構いません。やがて事件が発覚する。一階にいた二人組、さらに軽ワゴン車にいた有紗ちゃんも、全員が応接室にいる私たちと合流しました。こうなれば、もう一階の出入りを監視する者は誰もいない。犯人は隠れ場所を出て、悠々と階段を下りる。そして誰もいない裏口から、自由に出ていった。そう考えれば、これはもう密室でもなんでもないということになる。そうじゃありませんか、代理探偵さん？」

「ええ、おっしゃるとおりです。実は私もいま、その可能性を考えていたところですよ」

重々しく頷きながら、俺はトイレの扉を閉める。隣では有紗が『嘘つき！』といいたげな眸で、俺のことを睨みつけていた。俺は少女の視線から目を逸《そ》らしながら、

「確かに、松岡さんがおっしゃったようなやり方で、犯人は逃走したに違いありま——」

しかし俺の言葉を遮るように、「そうかなあー」と有紗が横から異議を唱えた。「怪盗ウェハースは催眠ガスで応接室のみんなを眠らせたんだよねえ。だったら、みんなが眠ってる間に、さっさと逃げたほうがいいんじゃないの？ それを、わざわざ二階のどこかに隠れていたなんて、犯罪者の心理として理屈に合わないと思うんだけどなー」

「…………」やれやれ、理屈っぽいガキは、これだから困る。犯罪者の心理うんぬんなんていっていたら、本当に今回の事件は《密室窃盗事件》ってことになっちまうぞ。そんなことになったら面倒じゃないか——

難しい展開を極力回避したいと願う俺は、厳しい口調で少女にいった。

「あのな有紗、すべての犯人が、理屈に合った最上の手段を選ぶとは限らないだろ。ましてや怪盗ウェハースなんて、前もって自分から予告状を出すような変な奴だ。そりゃあ理屈に合わない行動だって取るさ。ハッキリいって松岡さんの説は充分な説得力があると、俺は思うぞ。だって、他に考えようがないじゃないか」

するとすると有紗はニンマリとした笑みを浮かべながら、「そうかしら」と意味深な発言。そして、もったいぶった口調でいった。「あたしには、別の考えがあるんだけどなあ――」

9

ならば、その別の考えというやつを、聞かせてもらおうじゃないか。――ということになって、俺たち一同は再び応接室へと舞い戻った。大人たちは全員、興味深げな面持ちで、有紗を取り囲む。その中央でソファにちょこんと座るロリータ服の少女。不思議の国から飛び出してきたような少女に対して、さっそく俺は尋ねた。

「で、どんな考えなんだ？　怪盗ウェハースが密室に忍び込んだ、その方法が有紗には判るっていうんだな。いったい、奴はどんな手を使ったんだ？」

「ううん、そんなの判んない。ていうか、この密室は案外難しいよ。犯人がどうやって侵入して、どうやって出ていったのか。理詰めで考えると、不思議な部分や不自然な行動がいっぱい出てくる。それは、さっきからみんなで議論してきたとおり。だったら、こう考えたほうがいいと思うの。つまり、あたしたちの見張りをかいくぐって、誰もこの建物に入ることはできなかった」

「入れなかった？　この建物に誰も——？」

「そう。そして出ていくこともなかったの」

少女の謎めいた言葉に、たちまち俺は混乱を覚えた。

「出ていかなかったって……それじゃあ、怪盗ウェハースは……？」

「最初から、この建物の中にいた人物。そして、いまもこの建物の中にいる」

アッサリ断言した有紗は、その澄みきった眸で周りの大人たちを見回した。「そう、いまここにいる人たちの中に犯人がいるんだよ」

有紗の意外な指摘に、俺は思わずハッとなった。店主の鳥山直次郎も呻き声を漏らす。彼の二人の弟子である松岡弘樹と滝沢真一は互いに顔を見合わせる。非正規雇用コンビの中条敏夫と有島美幸も揃って不安そうな表情だ。そんな中、俺は彼女に聞き返した。

「そ、それじゃあ有紗は、この五人の中に怪盗ウェハースがいると、そういうんだな？」

「違うよ、六人だよ」有紗は容赦なくいった。「だって良太も含まれるもん」

弾むような口調とは裏腹に、その眸には意地悪な色が滲《にじ》んでいる。——畜生こいつ、さっき自分が容疑者扱いされたことを根に持ってやがるな。俺が怪盗ウェハースなわけがないだろ。そんなの考えてみりゃ、すぐ判るじゃないか。仮に俺が怪盗だとして『ウェハース』なんて名前、自分から名乗ると思ってんのかよ。俺、武蔵新城の便利屋だぜ！

内心でそう叫びながら、思わず歯噛みをする俺。それをよそに、直次郎が根本的な疑問点を示した。「我々の中に怪盗ウェハースが紛れ込んでいる。その可能性は確かにあるかもしれないが、だとすればその人物は、奪った秘伝のタレをどこにやったのかな？」

「確かに、そうッスね」と滝沢真一も師匠の言葉に頷く。「ここにいる人間なら、みんなが寝ている隙に、秘伝のタレを壺の中から別の容器に移し替えることができる。けど、そのタレの入った容器を、どこにも持ち出すことができないッスよね。てことは――？」

「ひょっとしてまだ、この建物のどこかに隠してあるってことか？」

松岡弘樹が周囲を見渡す。そんな松岡の言葉に、バイトの中条敏夫が反論した。

「それは無意味ですよぉ。この状況になっちゃえば、いくら怪盗といったって、身動きできませぇん。いったん隠した秘伝のタレをこっそり持ち出すことは不可能ですぅ」

パートの有島美幸も頷きながら、「まったくだわ。そんなふうに二重の手間を掛けるなんて、いくらなんでも馬鹿げてるわよ」

「うん、オバサンのいうとおりだね」

有紗の無邪気な失言に、分厚い化粧を施した有島美幸の顔が一瞬、醜く歪む。だが有紗は気にする様子もなく淡々と続けた。「秘伝のタレは別の容器に移された状態で、どこかに隠されているわけじゃない。あたしたちが建物の中を調べても、それらしいものは見当たらなかったしね。じゃあ、いったい秘伝のタレはどこに消えてしまったのか？」

指を一本立てて、有紗は問い掛ける。俺は首を傾げるしかなかった。

「ううむ、サッパリ判らんな。まさか怪盗ウェハースが、壺の中のタレをごくごく飲み干したわけでもあるまいし……」

「死んじゃうよ、そんなことしたら」ビックリしたように目を丸くした有紗は、しかしすぐに真顔になって頷いた。「うん、だけど発想としては結構いい線いってるかもね」

「え、そうなのか？」俺は意外な思いで目をパチクリした。『飲み干す』という発想が『いい線いっている』。それは要するに秘伝のタレは、もうタレとしてはこの世に存在しない、という意味か。だとすればタレの処理の仕方は、いくつか考えられる。「例えばキッチンの排水口に流した？　いや、それだと匂いが残りそうだな。キッチンにタレの匂いはしなかった。だとすれば――あッ、トイレか。そうだ、秘伝のタレはトイレに流された！」

「そ、そんなことしたら、個室にタレの匂いが残るのでは？」

直次郎が素朴な疑問を口にする。だが俺は即座に答えていった。

「そう。だからこそ、芳香剤ですよ。私がトイレを見たとき、個室には芳香剤の香りが、ちょっと不自然なぐらい充満していました。きっと犯人は個室に満ちる濃厚なタレの匂いを、芳香剤のレモンの香りで掻き消そうとした。そのために犯人は芳香剤の容器を手に持って、個室の中で振り回したんでしょう……ん、芳香剤……レモンの香り!?」

と、そのとき自らの語った推理が、俺の脳裏にあった、ひとつの記憶を呼び覚ました。

催眠ガスによる眠りから目覚めた場面だ。あのとき俺は確かに奇妙な匂いを嗅いだ。微かな柑橘系の香りだった。いまにして思えば、あれはレモンの香りではなかったか――

瞬間、俺の中で閃くものがあった。「そう、二階のトイレの芳香剤はレモンの香り。そして私はそれと同じ香りを、この応接室で嗅いだ。おそらく個室の中で芳香剤の容器を振り回した際、香料が犯人の衣服に付着したのでしょう。私は眠りから目覚めた直後に、その香りを嗅いだのです。ではあのとき、目覚めた私の隣にいたのは誰だったか――」

そして俺は真っ直ぐ、その男の顔を指差した。

「犯人は、あなたですね、松岡弘樹さん」

名指しされた松岡は、端整な顔に苦い表情を覗かせた。発せられる言葉はなく、呆然《ぼうぜん》と立ちすくむばかり。すると有紗はソファから立ち上がり、松岡に歩み寄った。彼の身体に顔を近づけて鼻をヒクヒクさせる。

やがて振り向いた探偵少女は俺に笑顔を向けてコクンと頷いた。

「うん、良太のいうとおり。このおじさんの服、レモンの香りがするね」

無邪気で残酷な告発の言葉が、応接室に響く。

その瞬間、松岡弘樹は自らの罪を認めるかのごとく、床に膝を屈したのだった。

意外な展開を目の当たりにした一同は、たちまち騒然となった。中でも鳥山直次郎の驚きは大きかったらしい。うなだれる弟子を見下ろしながら、「お、おまえだったのか、松岡！」と唇を震わせる。だが松岡弘樹は床に膝を突いたまま一言もない。

そんな彼のことを、俺はさらに追及した。「松岡弘樹さん、あなたこそが今回の事件の真犯人だ。そのことを認めるんですね？」

「……は、はい、認めます」

「うーむ、やはりそうだったんですか」俺は腕組みして深々と頷いた。「私も、まさか、と思いました。しかし間違いなかったんですね。正直、いまでも信じられない思いですよ。松岡弘樹さん、あなたが世間を騒がせている大泥棒、怪盗ウェハースだなんて！」

「え!?」瞬間、松岡はその顔に唖然とした表情を浮かべた。そして突然バタバタと両手を振りながら、「いやいやいやいやいやいや、ちょっとちょっとちょっとちょっと！」

「は!?」今度は俺が驚く番だ。「ちょっと――ってなんですか、怪盗ウェハースさん？」

「ち、違いますよ！　私は怪盗ウェハースなんかじゃありません。焼き鳥屋で長年修業してきて、毎日お店に出ている私が、怪盗なわけないじゃありませんか！」

「え、いや、だって、さっき、あなた、自分で、そう……なあ有紗？」

俺は隣の少女に助けを求める。すると有紗は大人を小馬鹿にするような顔で、

「ううん、松岡さんは今回の事件の犯人だってことを認めただけ。『我こそは怪盗ウェハース』なんて、ひと言もいってない。彼は秘伝のタレをトイレに流しただけなんだよ」

「え、そうなのか⁉　いや、だけど――」俺はいまさらのように首を傾げた。「じゃあ、なぜ松岡さんは、秘伝のタレをトイレに流したんだ。そうすることに何の意味が？」

「そのヒントは、さっきの直次郎さんの発言の中にあったと思うよ」

「直次郎さんのさっきの発言って――『お、おまえだったのか、松岡！』ってやつか」

あの平凡極まる台詞の中に、果たしてどんなヒントが？　首を捻る俺の前で、少女は二つ結びの髪を激しく揺らしながら、「違ぁーう！」と叫んでいった。「それじゃなくて、もっと前の台詞。ほら、良太が秘伝のタレが戻ってこなかった場合、どうなるのかって聞いたとき、直次郎さんは答えたでしょ、『また一から全部やり直しです』って」

「ああ、確かにそういってたな。――え、じゃあ、まさか！」俺は松岡弘樹に向き直り、直接問い掛けた。「松岡さん、あなたは師匠である直次郎さんに、一から全部やり直させるために、今回の事件を？　そのために秘伝のタレをトイレに流したというんですか」

すると松岡は土下座するように両手を床に突き、その声を振り絞った。

「おっしゃるとおりです。大将の前ですがハッキリ申し上げましょう。『鳥男爵』に代々伝わる秘伝のタレは、確かに店にとって貴重な財産。ですが、長年にわたって注ぎ足し注ぎ足し受け継がれてきたその味には、いつしか微妙な狂いが生じていたのです。そのことは、お客の顔を見ていれば判ります。それが証拠に、次第に客足は遠のき、店内には空席が目立つようになっていました。溝ノ口でいちばんの名店と呼ばれる『鳥男爵』も、その名声には翳《かげ》りが見えつつあったのです。これではいけないと考えた私は、『鳥男爵』の味をいま一度見直すべきだと、大将に訴えました。ですが大将は『秘伝のタレの味を守り続ける』の一点張り。私の訴えを聞き入れてはくれません。そうするうちに私は、こう思うようになったのです。『この秘伝のタレこそが、すべての元凶だ』――と」

「秘伝のタレさえ無くしてしまえば『鳥男爵』は復活すると、そう考えたんですね」

「そうです。しかし、だからといって大将が大事にしている秘伝のタレを、弟子の私が勝手に捨ててしまうわけにもいきません。そんなことをすれば、私は破門になってしまうでしょう。しばらくは思い悩む日々が続きました。そんなとき、私はとある知り合いから妙な噂を聞いたのです。『南武線沿線を荒らしまわっている怪盗ウェハースという大泥棒がいるらしい』と。それを聞いたとき、私の頭にひとつの閃きがありました。そうだ、秘伝のタレは怪盗ウェハースに盗まれたことにしよう――私はそう考えたのです」

「なるほど。そこであなたは怪盗ウェハースに成り代わって、ウェハースでできた犯行予告を『鳥男爵』に送りつけた」

「ええ。ですが最初の犯行予告では、警察の警戒が厳しすぎて、私はタレの入った壺に触ることさえできませんでした。二度目、三度目の犯行予告の際も同様です。しかし、犯行予告を繰り返すうちに、相手の警戒感は薄れ、こちらのチャンスが広がっていくのが判りました。そして五回目の今夜です。もはや大将は警察を呼ぶこともなく、代わってタレの警備に当たったのは代理探偵さん、そして『鳥男爵』の身内のみ。ここまで警備が緩めば、もう簡単です。なにしろ実際にタレを盗み出す必要は全然ないのですから」

「でしょうね。あなたは私たちを催眠ガスで眠らせた。そして、タレの壺を持って応接室を出ると、その中身をトイレに流した。応接室に戻ったあなたは、空っぽの壺の中にウェハースでできた犯行声明文を入れる。そして私の隣で眠っているフリを演じた。やがて眠りから目覚めた私たちは、壺の中身を見て大騒ぎ。それが怪盗ウェハースの犯行であることを疑いもしなかった――というわけですね」

「おっしゃるとおりです。しかしまさか、トイレの芳香剤が服に付いていたとは。やはり悪いことはできないものです」

自嘲気味に首を振った松岡は、土下座をしたまま師匠である直次郎のほうを向いた。

「申し訳ありませんでした、大将。私の勝手な思い込みで、秘伝のタレを台無しにしてしまいました。我ながら軽率なことをしでかしたと、いまは後悔しております。どうか警察を呼ぶなり破門にするなり、なんなりとご処分を……私は、どのような処分も甘んじて受ける覚悟ですので……」

深々と頭を下げる松岡。沈黙が舞い降りる応接室。と、そんな中――

「いや、処分なんて必要はない。確かに秘伝のタレを失ったことは残念だけれど、今回の事件、すべては店の将来を真剣に思えばこそ起こった出来事。誰も悪くはない――って、あたしはそう思うんだけど、それでもやっぱり警察呼ぶの、おじさん？」と有紗がいった。

――馬鹿馬鹿、有紗！　なんで、おまえがでしゃばるんだよ。ここ大事なとこだぞ！

そう叫ぶ代わりに俺は横目で少女を睨む。少女は直次郎のことを見詰めている。

直次郎は困惑の表情だ。しかし、すぐに柔和な笑みを覗かせると、弟子に向かって慈悲深い声を掛けた。

「いや、松岡、おまえを処分することはない。今回の事件はおまえが、店の将来を真剣に考えればこそ起こした出来事。おまえのやったことは確かに悪いことだが、しかし私も悪かった。私は代々続く秘伝のタレを大事にするあまり、その味がお客に受け入れられにくくなっている事実から目を逸らしていたのだ。これから『鳥男爵』の味を、また一から作り直していこうじゃないか。その良いキッカケになるのならば、今回の事件も悪いことではなかった。

——そうじゃないか、松岡？」

「た、大将！」泣き顔の松岡が、差し出された師匠の手を摑む。

「お、俺も協力するッス、大将！　兄貴！」滝沢真一も二人の手をしっかり握る。

職人たちの熱い絆《きずな》に、中条敏夫と有島美幸も、もらい泣きの表情だ。

そんな中、有紗もつぶらな眸をウルウルさせながら、

「うッうッ、良かったね良太……なんだか有紗、感動しちゃったよ、うッうッ……」

と懸命に涙を堪《こら》えている。だが、彼女のでしゃばった発言がなかったなら、この場面、もう少し感動的なシーンになったはずでは？　そのことを残念に思う俺は、なんだか損したような気分で、目の前の美しい光景を見詰めるのだった。

10

それから、しばらくの後。田園都市線の最終電車もとうの昔にいってしまい、酔客たちの胴間声も途絶え、《なかなか眠らない街》溝ノ口にも、ようやく束の間の静寂が舞い降りようとするころ。

ひと騒動済んだ『鳥男爵』の裏口にも、すでに人の気配はなかった。

ゴミ置き場には数個のビニール袋が無造作に置かれているばかり。店主、直次郎が自ら出した《燃えないゴミ》だ。

するとそこへ暗がりから突然現れる人の姿。闇に溶け込むような黒いマントを羽織っている。頭はスッポリと黒いニット帽で覆われ、口許には黒いマスク、目許には黒いサングラスという装いだ。

さては花粉症か、それとも犯罪者、あるいは花粉症の犯罪者か。

それはともかく、マントで隠された身体つきからは、それが男なのか女なのか、それすら判然としない。そんなマントの怪人は人目を憚るような低い姿勢で、ゴミ置き場に歩み寄る。そして周囲を気にするようにキョロキョロ。やがて誰もいないと判断したのだろう。ゴミ置き場に頭を突っ込むような勢いで、いきなりゴミを漁《あさ》りはじめる。ビニール袋を摑んでは手放し、また摑んではその重さを確かめるように振ってみたり――

そんなことを繰り返すうち、ついにマントの怪人は一個のビニール袋にたどり着いた。そう大きくはないが、重そうなビニール袋だ。怪人は結んであった袋の口を解いて、中身を確認。やがて満足そうに頷くと、袋を大事そうに両手で抱えて、また周囲の様子を窺う。袋を抱き、少し猫背になりながら歩き出すマントの影。だが次の瞬間――

道端に停められた車のヘッドライトが点灯。怪人の全身を鮮やかに照らし出した。眩《まばゆ》いほどの光を浴びながら、路上に立ちすくむマントの怪人。と同時に、軽ワゴン車の助手席から路上に降り立つ小さな影。ロリータ服の彼女は、怪しい人影を真っ直ぐ指差しながら『いーけないんだ、いけないんだ♪』とでもいうように、いきなり相手を告発した。

「ねえー、そこの人、こんな夜中にひとりでコソコソなにやってんのー？」

綾羅木有紗に続いて、俺、橘良太も運転席から路上に降り立つ。

「ああ、まったくだ。夜中に他人の家でゴミ拾いか？」

だが黒いマントの人物は無言のまま。店の裏口を背にして逃走の機会を窺う素振りだ。しかし、その背後でいきなり裏口の扉が開く。飛び出してきたのは鳥山直次郎だ。背後から摑みかかられて、マントの怪人もさすがに慌てた様子で駆け出す。だが、その進路に俺と有紗が立ち塞がった。一気に距離を詰め、マントから覗く二の腕を摑んだ俺は、「もう、逃げられないぜ」といって相手の身体をぐっと引き寄せた。「おい、あんた、誰なんだ？　悪いけど、そのツラ、拝ませてもらうからな」

叫ぶようにいって、相手のサングラスとマスクをむしり取る。さらにニット帽を強引に脱がすと、現れたのは見覚えのあるパーマヘアだ。その顔、その髪形を見るなり、直次郎が意外そうな声をあげた。「あッ、き、君は、有島……有島美幸さんじゃないか！」

驚いたのは、俺も同様だった。そもそも俺は有紗の指示に従って、軽ワゴン車の中から裏口のゴミ置き場を見張っていただけなのだ。詳しい事情などいっさい聞かされていないし、自分で推理する能力もない。そんな俺にとって、この状況はまったく予想外の展開だった。『鳥男爵』のパート店員、有島美幸。その彼女が、なにゆえ深夜のゴミ拾いに興じるのか。しかも捨てられたものとはいえ、これは『鳥男爵』から出たゴミなのだ。

唖然とする俺の前で、有島美幸は顔を伏せるように膝を屈した。

地べたにしゃがみこむ中年女性の腕の中から、直次郎が無理やりゴミ袋を奪い取る。

「いったい中身は何なんだ？　そんな大事なものを捨てた覚えはないが……」

直次郎は袋の口を開いて中身を覗き込む。たちまち彼の口から「むむッ」という呻き声が漏れた。「こ、これは『鳥男爵』秘伝のタレ……が入っていた壺じゃないか」

そうよ、というように有島美幸が深く息を吐く。意味が判らない俺は、直次郎の手から袋を受け取り、自ら中を覗き込む。確かに、それは壺だった。見るからに古そうな茶色の壺だ。蓋を開けてみると、中は空っぽ。微かにタレの残り香が漂うばかりである。

「まさしく、これは壺……いや、しかし、こんな古い壺なんか盗んで、どうすんだ？」

首を傾げる俺の隣で、有紗は脅かすような口調でいった。

「あのね良太、古い壺といっても、それ、ただの壺じゃないよ。その壺は、江戸時代の名人が作った備前焼《びぜんやき》の逸品。――だから良太、絶対落として割ったりしないでね。絶対だよ、絶対落とさないで。絶対、落としちゃ駄目だからね！」

「…………」有紗の意地悪な警告を聞くほどに、俺の腕の中でその壺はずっしりと重みを増していく。と同時に、俺は酷く混乱した。「どういうことなんだ？　松岡弘樹は『鳥男爵』の味を新しくするために、秘伝のタレをトイレに流したんだよな。その一方で、空っぽになった壺には骨董的な価値があった、というのか。それって、偶然かよ？」

「まさか。偶然なわけないでしょ」有紗はそう断言した。「有島美幸は『鳥男爵』から高価な壺を奪おうと考えた。そのために秘伝のタレに不満を持つ松岡弘樹を利用したの」

「じゃあ、彼女が主犯で松岡が共犯ってことか――ハッ、ってことは、つまり！」

「うん、そういうことだよ」

有紗は足許で俯《うつむ》くマントの女を指差しながら、その正体を告げた。

「有島美幸こそが今回の事件の黒幕。すなわち怪盗ウェハースなんだよ！」

ついに明らかになった怪盗ウェハースの正体。その事実に啞然とする俺と直次郎。有紗は足許にうずくまる黒マントの女を見下ろしながら口を開いた。

「怪盗ウェハースは、きっと独自の情報網か何かを持っているんだろうね。彼女は『鳥男爵』に備前焼の名品が眠っているとの情報を得た。それともテレビの『ナントカ鑑定団』の中によく似た壺でも出てきたのかな。――ねえ、どっちなの、怪盗ウェハース？」

怪盗ウェハース＝有島美幸はマントの端で顔を半分ほど隠しながら、「ふ、ふふッ、面白い質問だから答えてあげるわ、お嬢ちゃん。――ええ、お察しのとおり、後者よ！」

「後者かよ！」まあ、キッカケは様々だがな！

渋々納得する俺をよそに、中年女性の告白は続いた。「テレビ番組の中で取り上げられた備前焼の壺を見るうちに、私はふと気が付いたの。そういえば『鳥男爵』の店内にもよく似た壺があるってことにね。そこで私はパートタイマーとして店に潜入したの。その一方で、私は『溝ノ口図書館』で、備前焼について詳しく調べた。そして、店にあるその壺が名品に違いないとの確信を得たの――」

後を引き取るように有紗が続けた。「あなたは普段使いされている壺を、こっそり盗み出そうと、そう考えたのね。だけど実際には、その機会はまったくなかった。なぜなら、直次郎さんは壺の値打ちには気付いていないけれども、壺の中に入っている秘伝のタレのことは、なによりも大事に思っていたから」

「そうか」俺は壺を抱いたまま頷いた。「直次郎さんは、秘伝のタレの壺を常に自分の目の届く場所に置いていた。寝るときは枕元に置いて寝るほどだった。しかも秘伝のタレは注ぎ足し注ぎ足しされながら続いているから、壺が空っぽになるということがない」

俺の言葉に、直次郎自身も頷いた。

「確かに、私に気付かれずに壺を奪うことは、簡単ではなかったでしょうね」

「もちろん暴力的な手段で奪うことは簡単なはずよ。だけど彼女には怪盗としてのプライドがある。彼女はもっとスマートな手段で、壺を奪いたいと考えた。大事な壺を奪われたことに、奪われた本人でさえ気付かない、そんなやり方でね」

そういって有紗は指を一本立てた。

「そこで一計を案じた彼女は、松岡弘樹を利用することにしたの。松岡は以前から秘伝のタレの味に不満を抱いていた。そんな松岡に、彼女はひとつの噂を吹き込んだ。『南武線沿線を荒らしまわっている怪盗ウェハースという大泥棒がいるらしい』ってね――」

「あッ、その噂を松岡に教えた『とある知り合い』って、有島美幸のことだったのか」

「ええ、お察しのとおりよ」と答えたのは当の有島美幸＝怪盗ウェハースだった。「私は松岡にこういってやったの。『秘伝のタレの存在が邪魔なら、怪盗ウェハースに盗まれたことにして、トイレに流しちゃえばいいじゃない』ってね。なにも知らない彼は、私の提案に喜んで乗ってきたわ。さっそく松岡は怪盗ウェハースの名前を騙《かた》って、店に予告状を送りつけた。『秘伝のタレをいただきに参上する』という例の予告状をね」

「なるほど」と俺は唸った。「あの予告状は、松岡にとっては『秘伝のタレを捨てる』という真の目的から、俺たちの目を逸らすためのものだった。だが、怪盗ウェハースにとっては『壺そのものをいただく』という目的を誤魔化すためのものだったわけだ」

「そういうことだね」と有紗は頷いた。「そして今夜、松岡弘樹が何をどうやったかは、ご存じのとおり。彼は秘伝のタレをトイレに流した。その犯行自体は結局バレてしまったけれど、彼は泣かせる美談でみんなを感動させて、事件はそのまま終了。だけど、それは本当の終わりじゃなかった。怪盗ウェハースにとっては、ここからがむしろ本番。彼女は直次郎さんが空っぽになった壺をどうするか、注意深く観察していたんだね。そうとは知らない直次郎さんは、古い壺を単なる燃えないゴミとして外に出した。彼女にとっては、それこそが待ち望んだ展開だったってわけ——そうでしょ、ウェハー？」

「ウェハーって、略さないでちょうだい！」

「だって長いんだもん、『怪盗ウェハース』って。それに、なんだかちょっとダサいし」

「ダサくないわよ！　むしろお洒落よ！」

「はあ、どこがお洒落だよ」呆れる俺はマントで覆われた彼女の肩に手を置いた。「いい歳したオバサンが『怪盗ウェハース』とか名乗ったところで、そんなのイタいだけだぞ」

「イタい!?　この私がイタいオバサンですって……ふ、ふ、ふふッ」地面にうずくまる彼女の口から、なぜか突然あふれ出る笑い声。その響きは徐々に大きくなり、やがては恐怖を感じさせるほどのけたたましい哄笑《こうしょう》となった。「あは、あはは、あはははははは……」

「お、おい、どうした、何がおかしい？」

「ふん、甘く見ないでちょうだい。仮にも怪盗ウェハースを名乗る私が、この一ヶ月もの間、みんなの前で素顔を晒《さら》していたと思うわけ？」

自信に満ちた彼女の言葉に、俺はハッとなった。確かにそうだ。有島美幸という名前は間違いなく偽名だろうし、パーマヘアの中年女性という外見も素顔である保証はない。

「ということは――おい！」俺は俯く彼女の顔に手を伸ばしながら、「もういっぺん顔を見せやがれ。怪盗ウェハースの素顔、この目でじっくり拝んでやる！」

だが意気込む俺の前で、中年女性はニヤリと余裕の笑み。素早く自らの頭上に手を伸ばしたかと思うと、次の瞬間、パーマヘアのカツラが地面に落ちる。代わって現れたのは、豊かな栗色のロングヘアだ。その意外さに「うッ」と俺は息を呑む。続けて、彼女は自分の顎のあたりに手を掛けた。有島美幸の厚化粧の顔。それがまるでミカンの皮をむくように、顔の端からめくられていく。そして彼女は一気にその偽りの『仮面』を脱ぎ去った。一瞬、露になったその顔を見て、俺は思わず「あッ」と声をあげた。

目の前に現れたのは、見たこともない美貌の女性だった。透明感のある白い素肌。切れ長の目の奥に輝く魅惑的な黒い眸。ツンとした高い鼻は、強い意志と気高さを感じさせる。彼女の気品溢れる美しさに、俺は一瞬、確かに見惚《みと》れた。が、そこに俺の油断が生じた。彼女は動揺する俺に向かって、素早く顔を寄せたかと思うと、いきなり必殺のキス——と思わせての平手打ち！　さらに平手打ち！　そして高速の往復ビンタ！

美女からの手酷い仕打ちに遭って、俺はたまらず地面にへたり込む。そんな俺の前で、美女は身体を覆っていたマントを一気に脱ぎ捨てた。一瞬、大きく広がったマントが、俺と有紗の視界を遮る。慌ててそれを振り払った俺たちが、ようやく顔を上げた視線の先。怪盗ウエハースは軽ワゴン車の屋根の上にいた。

ほっそりとした肢体を黒いキャットスーツに包んだ妖艶な姿。背中に流れるストレートロングの髪が美しい。先ほど一瞬だけ露になった顔は、すでにバタフライ型のアイマスクで半分ほど隠されている。そのしなやかな右手は壺の入ったビニール袋を、これ見よがしにぶら提げていた。さっきまで俺が抱えていたはずのビニール袋だ。それがどういうわけか、いまはまんまと怪盗の手に渡っていた。

「ああっ、いつの間にそんな！」訳が判らずに俺が叫ぶと、

「往復ビンタの間に、でしょ！」アッサリと有紗が答える。

確かに、そうだ。面目ない——思わず頭を掻く俺は、気を取り直してキャットスーツの女

を真っ直ぐ指差した。「おい、怪盗ウェハース！　そこから下りろ。俺の車はおまえの舞台じゃないぞ。おい、下りろ。そして、その壺を返せ！」

叫びながら軽ワゴン車に駆け寄る俺。それをあざ笑うかのように怪盗ウェハースは「だったら下りてあげるわ」といって車の屋根からヒラリと華麗なジャンプ。俺の肩を踏み台にして、再び地上に舞い降りる。そのまま逃げ出そうとする彼女に、そのとき有紗が「ええいッ！」と渾身《こんしん》の体当たり攻撃。虚を衝かれた怪盗の口から「あッ」と悲鳴があがる。と同時に壺の入ったビニール袋が彼女の手を離れ、一瞬高々と宙を舞った。

「チャンス！」と叫んでジャンプする有紗。

だが、そこは未熟な肉体しか持たない小学生の哀しさ。ジャンプする彼女よりも、遥かに高い位置で、怪盗の両手が再びそれをキャッチした。

「ふん、残念だったわね、おチビさん！」

悠然とした笑みを覗かせて、勝ち誇る怪盗。だが、そのとき無防備になった彼女の細い腰を、背後に迫った俺の両腕がしっかりと摑まえた。「ふん、残念なのは、おまえのほうだ、怪盗ウェハース！」

「ちょ、ちょっと、なにすんのよ、このスケベ！　どこ触ってんのよ、変態！」

「え、ああ、ゴメンなさい……」一瞬、うろたえる俺だったが――いやいや、違うだろ！

俺はべつに下心があって、こんな体勢を取っているんじゃないんだからな！

そう自分に言い訳しながら、俺は彼女の腰に全体重を預けていく。たまらず地べたに腰を落とす怪盗。それでも俺は彼女の腰に回した腕を離さない。必死にもがく怪盗ウェハース。背中に張り付く俺。まさに千載一遇のチャンスだ。咄嗟に俺は有紗の姿を捜す。

少女はすでに怪盗から距離を取り、準備万端の構え。

俺は大声で叫んだ。「よーし、いいぞ、有紗。やっちまえ！」

「よーし、いっくよー、良太！」この瞬間を待ちわびていたかのように、有紗は全力ダッシュ。スピードに乗った助走から「とりゃあぁぁ――ッ」と鋭い気合を発すると、大きく右足を振り上げる。赤い靴を履いた少女の右足は、そのまま真っ直ぐ怪盗ウェハースの美貌を正面から打ち抜く――かと思われた次の瞬間！　俺の両腕を彼女の細い腰がスルリとすり抜ける。目の前にあったはずの背中が掻き消えた――と思ったときにはもう遅い。

代わって俺の眼前に現れたのは、少女の赤い靴底だった。「ぎゃあああぁぁ――ッ」

少女の強烈な蹴りが俺の顔面に炸裂《さくれつ》。壮絶な悲鳴をあげて、俺はその場に轟沈《ごうちん》した。

「きゃあ、ごめん、良太！」と耳元で聞こえる有紗の声。

それを掻き消すように響くのは、「おーッほッほッほッ」という怪盗ウェハースの高笑いだ。薄れゆく意識の中、視界の片隅を走り去っていく黒いキャットスーツの女。その姿は徐々に遠ざかり、やがて暗闇に紛れて見えなくなり、そして――

そのまま俺は気を失ったのだった。

11

気が付くと、病院のベッドの上だった。上体を起こすと、目の前にはロリータ服の少女の心配そうな顔。その傍らには洒落た眼鏡を掛けた、スーツ姿の若い男が立っている。

こいつ、誰だっけ？　ボンヤリした頭のまま、俺は彼に直接確認した。「おまえ誰だ？」

「ふざけるな、橘。おまえの記憶喪失コントに付き合っている暇はない」男は眼鏡を指先で押し上げて、黒革の手帳を取り出した。「それより、いくつか質問に答えてくれ」

やれやれ、仕事熱心な奴め。仕方がない。頑張って自力で思い出してやるか。

「そうそう、おまえの名前は長嶺勇作《ながみねゆうさく》。俺の高校時代の同級生で、現在は神奈川県警溝ノ口署の刑事だったな。――で、俺に聞きたいことって何だ？　ああ、そうか、怪盗ウェハースについてだな」

「そういうことだ」と頷いた長嶺はさっそく今回の事件について、いくつか質問した。

俺は答えられることについては正直に答え、答えられない点については適当に答えた。

ちなみに《答えられない点》とは、例えば不意打ちのキスかと思ったら往復ビンタだった一件などのことだ。

やがて、ひと通りの質問が済むと、長嶺は手帳を閉じながら、「しっかし、だらしない奴だな」といって哀れむような視線で俺を見やった。「怪盗ウェハースの正体は、女だったんだろ。女に顔面を蹴られるなんて、おまえ、どんだけ油断してたんだ？」

「…………」そうか、俺は女の怪盗に顔面を蹴られたのか――って、違うだろ！

俺は有紗に『どういうことだ？』と抗議の視線を向ける。有紗は『さあ、知らないわ』とばかりにアサッテの方角を見やった。仕方がない。ここは少女の犯した過失傷害事件を隠蔽《いんぺい》してやるとするか。俺は額に巻かれた包帯を触りながら、「ああ、長嶺のいうとおり、油断したのさ。まさか、あんな女の子離れした蹴りだとは、想像してなかったから」

俺の優しい嘘を耳にした有紗は、一瞬ハッとした表情。そして俺だけに見える角度で「べえー」と小さく舌を出した。感謝の心を素直に表せないガキは、本当に可愛くない。

「そんなことより長嶺」俺は気になっていたことを刑事に尋ねた。「あの備前焼の壺は、あの後どうなったんだ？　やっぱり怪盗ウェハースの手に渡っちまったのか」

「壺か。ああ、壺は確かに怪盗に奪われた。だがな――」長嶺はニヤリとした笑みを浮かべて意外な事実を語った。「橘は知らないだろうが、あの壺は備前焼の名品ではない。名品によく似せて作られた、ただの茶色い壺だ。もちろん値段も数千円程度。――ま、数千円でも盗みは盗みだがな」

「備前焼の名品じゃなかった!?　どういうことだ!?」

「あのな、橘にはショックな話かもしれないが、鳥山直次郎氏は代理探偵の警備能力なんて、本当のところ信じてなかったんだよ。だから彼は万が一のときに備えて、秘伝のタレの贋物《にせもの》を用意していたんだ。安物の壺と一緒にな」

「え!?　てことは、つまり俺たちは安物の壺に入った贋物のタレを守ってたってわけか」

それは最後の最後で明らかになった衝撃の事実だった。だとすれば、怪盗ウェハースが奪っていった壺は安物の壺。松岡がトイレに流したタレも贋物。本物の秘伝のタレは、高価な備前焼の壺に入ったまま、いまもなお直次郎の手元にあるというわけだ。

――じゃあ、昨夜の俺たちの奮闘ぶりは、いったいなんだったんだ?

そう思わざるを得ないところだが、俺は依頼人から騙された屈辱よりも、むしろ笑い出したいような愉快な気分を覚えた。「そうか……へへッ……じゃあ怪盗ウェハースは、きっといまごろ地団太踏んでるんだろうな……ふふッ」

「まあ、そういうことだ。だから直次郎氏のことを悪く思うなよ。結果的には彼の機転のお陰で、被害は最小限に抑えられたわけだからな――じゃあ、俺はこれで失敬するぜ」

そういって長嶺は片手を挙げると、ひとり病室を出ていった。静かに閉じられる病室の扉。それを待ってから、俺は少女に向かって親指を突き出した。

「良かったじゃんか、有紗。俺たち、完敗したってわけでもないみたいだぜ」

しかし誇り高き探偵少女は、俺の言葉に頷くことはしなかった。ツインテールの髪を左右に振りながら、「どこが？　全然、良くないよ！」と不満げに頬を膨らませる。そして少女は遥か遠くのライバルに挑むかのように、拳を握って叫ぶのだった。

「怪盗ウェハースめぇ！　今度会ったときには絶対、蹴り飛ばしてやるんだからぁ！」

第三話

便利屋、運動会でしくじる

1

十月っていえば世間的には何だっけ。野球なら日本シリーズ、競馬なら菊花賞。職場や学校なら衣替えの季節だったりもするかな。——え、なになに、新雑誌の創刊月⁉ なんだ、それ。わざわざ十月に創刊する雑誌なんてあんのかよ。俺は聞いたことねーけど。

でも、まあ普通に考えるなら、やっぱり十月っていえば運動会だよな。特に小学校の運動会ともなれば、子供たち以上にまわりの大人たちが大騒ぎだ。先生は子供たちに対して、将来、二度と役立てる機会のないダンスや組体操を、ここぞとばかりに叩き込む。それを重大なミッションと勘違いした子供たちは、懸命にそれを身につける。母親は味よりも見栄えを重視したお弁当作りに精を出し、父親は早朝から学校前で場所取りの行列に並ぶ。田舎の祖父母がもし元気なら、わざわざ新幹線で駆けつけるかもだ。

そうして迎えた運動会本番。子供たちは予定されたプログラムを無難に遂行する。間違いは案外少ない。当然だ。子供たちは複数回の予行演習を経て本番に臨んでいる。ダンスだって組体操だって新鮮味なんて皆無。なんなら少し飽きはじめているくらいだ。

一方、絶好のポジションを獲得した家族は、そんな子供たちの晴れ姿を最高のアングルでビデオカメラに収めて大喜び。お弁当を囲めば幸福感を示すメーターは最高潮だ。舞い上がる砂ぼこりが極上の調味料。それでも不満を口にする者はいない。母親はある種の優越感に浸り、父親の株はぐんと急上昇。もちろん祖父母も大満足。一家の絆はいっそう深まり、親と子の美しい信頼関係が醸成される——って、確かそういうイベントだよな、いまどきの運動会って？　あれって要は、撮影会&昼食会だろ？

まあ、俺の認識が間違っていないことは、まず間違いないと思うが（？）。

それにしても三十一歳独身で便利屋稼業のこの俺が、そんなイベントに参加することになるとは、夢にも思わなかった。——え、なんで、そんなことになったのかって!?

いや、べつに邪《よこしま》な理由があったわけじゃない。そういう依頼があったんだよ——

俺、橘良太の営む『なんでも屋タチバナ』に、その依頼人が現れたのは体育の日を間近に控えた週末のことだった。依頼人は年のころなら四十代。背が低くてなで肩で痩せた身体に安っぽい背広を着た中年男だった。手には通勤に持ち歩くような黒いビジネスバッグを提げている。要は、ひと目で会社員と判るような外見の男だった。

「竹本洋輔《たけもとようすけ》と申します」

男は丁寧に頭を下げながら、俺に名刺を差し出した。名前の右上に『中原工務店』という、あまり聞いたことのない会社名と『総務課長』の肩書きが記載されている。住所は川崎市中原区とあるが、これは会社の住所だ。彼自身は「生まれも育ちも溝ノ口でして……」と力のない笑顔で告げた。溝ノ口は俺の事務所兼自宅のある武蔵新城から電車で一駅だ。

俺は竹本洋輔にソファを勧め、自分はその正面に腰を下ろした。

「それで、僕に依頼したいことというのは？」

そう尋ねると、竹本洋輔はいきなりビジネスバッグから箱のような物体を取り出し、目の前のテーブルに置いた。それは黒いボディの小型ビデオカメラだった。ごく最近のモデルらしく形状はシンプルで実に小さい。まさに《文庫本サイズ》というやつだ。

「ははぁーん、さては、このビデオカメラで何かを撮影してくれっていう話ですね？」

「ええ、お察しのとおりです。お願いできますか」

「それは撮影対象によりますね。配偶者の浮気現場を撮影してくれ、なんていう仕事は過去にも経験があります。だけど犯罪的な盗撮とかはNGですよ。うちは犯罪以外なら、なんでもやるのがモットー。逆にいうと犯罪だけはお手伝いできません」

キッパリ断言すると、竹本洋輔は手を振りながら、「違います違います。そんな犯罪的なお願いじゃありませんから」と慌てた様子。そしてソファから身を乗り出すようにして実際の用件を告げた。「便利屋さんに撮影してもらいたいのは、娘の運動会なんですよ」

意外な依頼内容に、俺は思わずポカンと口を開けた。

「え、運動会の撮影!?　へえ、便利屋って、そんな仕事もやるんですか」

「いや、『やるんですか』って私に聞かれても……」依頼人は困惑の表情で頭を掻く。「だけど、さっき便利屋さん、『犯罪以外なら、なんでもやる』っていいましたよね？」

シマッタ。確かにそういったかも。だが正直、運動会の撮影という仕事は頭の片隅にさえない仕事だった。もちろん妻ナシ子ナシの俺は、子供の運動会を撮影した経験など一度もない。まあ、時季的なことを考えれば、この手の依頼が舞い込むことは前もって想定しておくべきだったのかもしれないが――どうする、橘良太？

戸惑いの色を滲ませていると、竹本洋輔は両手を合わせながら懇願してきた。

「お願いします、便利屋さん。運動会は体育の日におこなわれるのですが、その日、私は千葉に出張するんです。それで運動会に参加できなくなってしまったんですよ」

「なるほど、それは残念ですね。でも、それなら奥さんがビデオカメラを回せば……」

と口にした瞬間、俺はハッとなって自らの鈍感さを呪った。敢えて便利屋を頼ろうとする、この冴《さ》えない中年男には、娘はいても奥さんはいないのだ。口を噤《つぐ》む俺の前で、案の定、依頼人はうなだれるように首を振った。「実は、妻とは随分前に別れまして……」

瞬間、狭い事務所にどんよりとした重苦しい沈黙が舞い降りた。

そんな中、竹本洋輔が語ったところによれば、妻と離婚した彼は娘と二人暮らし。その分、娘の学校行事には積極的に参加してきたのだという。もちろん運動会を欠席したことなど一度もない。だが今回ばかりは、どうしても参加することは叶わない。そこで彼は考えた。せめて可愛いひとり娘の活躍する姿を、映像として残しておきたい。そうすれば後日、娘と一緒にその映像を見てあれこれ語り合うことができるだろう。「――と、そんなわけですので、どうかお願いします。便利屋さんぐらいしか、頼める相手がいないんですよ」

どうか、このとおり――とテーブルに両手を突く依頼人。そんな懸命な姿を見せ付けられては、この男気の塊のような俺、橘良太にそれを断る選択などあろうはずがない。

「よーし、判りましたよ、おっさん――いや、竹本さん！」

俺は目の前のビデオカメラを自ら手にすると、それを胸に押し当てる。そして依頼人の目を見据えながら、決意表明するようにいった。「任せてください、竹本さん。娘さんの運動会での晴れ姿、この僕が完璧に撮影して差し上げますよ。なーに、心配はご無用。こう見えても撮影には自信があるんですから。クロサワばりの斬新なアングル、ゴダールを思わせるキレのあるカット、ジョン・フォード並みの流れるような移動撮影、そこに僕自身のオリジナルテクニックを加味すれば、きっと娘さんの運動会は優れた映像叙事詩となることでしょう。――ふふふっ、楽しみにしといてくださいよ、おっさん！」

「誰が、おっさんですか！」依頼人は目を剝《む》いて抗議すると、また元の顔に戻って「普通に撮ってもらえれば、それでいいんですよ。妙なテクニックとか必要ないですから」

「えー、そうですかー？」だけど、それでは映像作品としての完成度が……いや、違う違う。そんなことは実際どうでもいい。我に返った俺は、意外と大事な情報を知らされていないことに思い至り、いまさらながら依頼人に尋ねた。「ところで娘さんのお名前は？　学校はどちらです？」

「やあ、これは申し遅れました」竹本洋輔は自らの額をピシャリと叩いて苦笑い。そして驚きの答えを口にした。「娘の名は竹本理奈《りな》。小学五年生でして、溝ノ口にある『私立衿糸小学校』に通っています。ご存じですかねえ、衿糸小って？」

「え、衿糸小ね……ああ、その学校なら、まあまあ知ってるほうですよ……」

と俺は敢えて控えめなリアクション。だが実際は、まあまあどころか、結構よく知っている。正確には、その学校に通う小悪魔のごとき少女を知っているのだ。その子の名前は綾羅木有紗。名探偵を両親に持ち、自らもまた探偵であることを信じて疑わない小学四年生だ。

しかし、あの子の通う学校で、この俺が運動会の撮影を――？

その光景を思い描いた瞬間、胸の奥に広がったのは、なんともいえない嫌ぁーな予感。

そして俺は漠然と思う。——悪い予感ってのは大抵当たるんだよな、俺の場合!

2

そうして迎えた体育の日。南武線の電車に揺られて、俺は武蔵溝ノ口駅に降り立った。

駅から数分ほど歩いたところが私立衿糸小学校だ。ちなみに衿糸小といえば、その名のとおり過去に数多くのエリートを輩出してきた名門校。当然、親たちも地元の名士やお金持ちばかりだ。そいつらの、いや、その方々のお車なのだろう。校門前には黒塗りの高級車や銀色の外車、超邪魔くさいリムジンなどが長蛇の列を成して、一般車両の通行を著しく妨害している。

——なぜ、この人たちは南武線を利用しないのだろうか?

首を傾げる俺の中に、また別の疑問が湧き上がった。「——にしても、あの冴えないおっさん、こんなところに娘を通わせて大丈夫なのかよ。だいぶ背伸びしてんじゃねーか」

だが、余計な心配をしても仕方がない。俺は万国旗と手作りの造花で飾られた正門をくぐって、学校の敷地内に足を踏み入れる。だがそこはセキュリティに気を遣う、いまどきの有名私立小学校。観覧に訪れた親たちは、それぞれに身許を証明できるものを提示して中へと入っていく。もちろん俺も受付の人に対して自分の身を明らかにした。

「五年三組竹本理奈ちゃんの関係者です。父親の竹本洋輔さんの友人です。橘良太です。便利屋です。これ、運転免許証です。所持品はビデオカメラのみです。はい、竹本理奈です。ええ、ですから竹本洋輔さんの友人。だから橘良太ですって。便利屋なんですよ。運転免許証も本物ですから。ビデオカメラしか持っていませんって。ちょっと俺、何を疑われてんですか。俺が何をしたっていうんですか。ねえ俺、何か悪いことしました!?」

やはりというべきか、小学校の運動会にひとりで現れる便利屋は珍しかったらしい。俺は散々疑われた挙句、二十分にも及ぶ質疑応答を経て、ようやく衿糸小学校への入国を許可された。《入場》ではなく《入国》だ。――だって、ここ外国だろ？　外国だよな？　いま俺が経験したのは、どう考えたって入国審査だよな？　畜生、意味判んねえぜ！

だがまあ、これも予想の範囲内。俺は気にせず校庭へと歩を進めた。

白線で描かれたトラック。本部席の白いテント。応援席に並ぶ児童たち。その周囲には、すでに大勢の家族が集結し、思い思いに敷物を広げて撮影場所を確保している。最前列に目をやれば、他人の迷惑も顧みずに堂々と折りたたみ式の肘掛け椅子を広げて、悠々とグラウンドを眺めているグラサン姿の中年オヤジの姿も見える（完全なマナー違反である）。

まったく困った親がいるもんだな――と舌打ちしながら俺は、とりあえず校庭の片隅にある藤棚へと足を運ぶ。出張に出かける前の依頼人と、そこで落ち合う約束なのだ。

到着してみると、藤棚の下では背広姿の竹本洋輔がキャリーバッグを手にしている。その傍らには体操服を着た女の子の姿も見える。前髪パッツンのおかっぱ頭。華奢《きゃしゃ》な身体つきと、ほっそりとした手足。胸のゼッケンに「5年3組竹本」とあるから、この子が依頼人の娘であることは一目瞭然だ。

「どうもー、お待たせしましたー」俺は片手を挙げて二人のもとに駆け寄った。

「ああ、便利屋さん」竹本洋輔は俺の顔を見て、ホッと安堵の息を漏らした。「なかなか現れないから心配しましたよ。ひょっとして受付で揉《も》めましたか？」

「受付で揉めた？　いいえ、全然。すんなり通してもらえましたよ。学校側から拒絶される理由なんて、僕には微塵《みじん》もありませんからね」精一杯強がった俺は、さっそく傍らに佇む女の子へと顔を向けた。「お嬢ちゃんが竹本理奈ちゃんだね。今日はよろしく」

全力全開の笑顔で挨拶すると、竹本理奈は気恥ずかしそうな表情。父親の背後に隠れがちになりながら「よろしくお願いします……」と消え入りそうな声で応えた。その控えめな態度に俺は好感を持った。大人を顎でコキ使う、どこぞの名探偵気取りとは大違いだ。

「心配しなくていいよ。理奈ちゃんは、ただ運動会を楽しんでくれれば、それでいい。その姿をこの僕がクロサワばりのアングルとジョン・フォードばりの移動撮影で……」

預かり物のビデオカメラを手に力説する俺。だが、そんな俺の撮影方針は小学五年生女子には難解すぎたらしい。理奈はポカンとした顔で「クロサワって……？」と首を捻っていた。

とにかく俺と理奈の顔合わせは済んだ。それで安心したのだろう、竹本洋輔は「それじゃあ、理奈。頑張るんだぞ。お弁当は先生たちと一緒に食べるんだぞ」

「うん、判った。パパもお仕事、頑張ってね」

娘の健気な台詞に、依頼人は一瞬泣きそうな表情。それからあらためて俺に向かって「よろしくお願いしますね」と念を押す。そして彼はキャリーバッグを転がしながらひとり校庭を去っていった。竹本洋輔はこれから出張先の千葉へと電車で出掛けるのだ。

それからしばらくの間、俺は竹本理奈と二人で打ち合わせ。運動会のプログラムを見ながら、理奈がどの競技に出場するのかを詳しくチェックする。それが済むと理奈は、ペコリとお辞儀をしながら、「あの……それでは私、友達のところに戻りますね……」

そういって児童たちの集まる応援席へと駆け出していった。手を振って彼女を見送った俺は、さっそく撮影に相応しい場所を探し回る。だがトラックの周辺はすでに大勢の観客で埋まって立錐《りっすい》の余地もない。「困ったな。これじゃあ観客の頭しか撮れねーぞ」

キョロキョロとあたりを見回して、なおも隙間を探そうとする俺。と、そのとき——携帯に突然の着信音。俺は携帯を耳に押し当てながら、「はい、橘です」

すると耳元に響いてきたのは、明らかに聞き覚えのある男の声だ。

『やあ、橘君か。私だ。綾羅木だ』

「綾羅木⁉　綾羅木って……」俺はその名前を何度か繰り返してから「——ああ！」と大きく頷いた。「全国にその名を轟かせる、あの超有名私立探偵の綾羅木孝三郎さんですね！」

『………』電話の相手は充分すぎるほど間を取ってから、『……うむ、そのとおりだ』

「まいどぉ——ッ。大変お世話になっておりますぅ——ッ」

俺は携帯を耳に当てたまま、遠くにいるであろうお得意様へと誠心誠意、頭を垂れた。

「で、今日はまた何の御用です？」

『うむ、実は折り入って君に頼みたいことができたんだ。いまからこられるかね？』

「え、溝ノ口のご自宅に⁉　えーっと、それはちょっと無理……」

『いや、自宅じゃないんだ。実はいま娘の小学校にいてね。そう、衿糸小学校だ。君は知らないだろうが、今日は我が愛しのひとり娘、有紗が心待ちにしていた運……』

「運動会ですよね。ああ、判りました。だったら参ります。ええ、いますぐに……」

『え、いますぐって……おい、君……』電話の向こうで探偵は戸惑いの声。

だが俺は一方的に携帯の通話を終えると、その場所から、ぐるっと周囲を見回す。やがて歩き出した俺は、例の肘掛け椅子に座るマナー違反の中年オヤジに接近。背後からぬっと首を突き出しながら、「やあ、お待たせしました、孝三郎さん！」

唐突に呼びかけるとグラサン姿の中年探偵、綾羅木孝三郎は「うわあッ」とひと声叫んで、椅子の上からボールのように転がり落ちる。そして斜めになったグラサン越しに俺を見やりながら、「た、橘君ッ、嘘だろ！　いくらなんでも、そんなッ！」

「まあ、驚くのも無理ないですがね。これにはいろいろ訳がありまして――おや？」

尻餅をついた孝三郎の傍らに、もうひとり馴染みの顔を見つけて、俺は言葉を止めた。

クーラーボックスの上に、ちょこんとお尻を載せた少女だ。子供ながら目鼻立ちのくっきりした顔は、どこかお人形めいた印象。普段は『不思議の国のアリス』を思わせる青いロリータ服に身を包む彼女も、今日ばかりは、みんなと同じ体操服姿だ。頭には赤い体育帽。その両側から、二つ結びの黒髪がぴょんと左右に飛び出していた。

胸のゼッケンには「4年2組あやら木」とある。いうまでもなく綾羅木有紗、十歳だ。

いきなりの俺の登場に、彼女も驚いた様子。すっくと立ち上がって俺の名を呼んだ。

「わあ、良太ぁ……じゃない、良太お兄ちゃん、めちゃくちゃ早かったねえ」

「あれ、おまえ……いや、有紗ちゃんもいたんだね。おはよう、有紗ちゃん」

「おはようございまぁーす、良太お兄ちゃーん！」

有紗は元気いっぱいの挨拶を披露する。運動会だけあって朝からテンションが高い。俺はあらためて地べたに転がる孝三郎を見やると、その巨体を引っ張り上げながら、

「で、何ですか、僕に頼みたいことって？　徒競走で有紗ちゃんを勝たせろ——とか？」

「馬鹿な。そんな卑怯《ひきょう》な真似など……え、できるのか、君？　え、いくら払えば？」

——本気にすんなよ、この親馬鹿名探偵！　そんなの、できるわけねーだろ！

俺は心の中で孝三郎にツッコミを入れる。隣で有紗は二つ結びの髪を揺らしながら、

「大丈夫だよ、パパ。ズルしなくても、有紗、普通に勝てるもん」

と自信満々のガッツポーズ。たちまち孝三郎はとろけるような笑顔になって、「ああ、そうだろうとも、有紗が一番に決まってるさ」と再び親馬鹿ぶりを発揮する。そして彼は再び俺のほうを向くと、ようやく本題に移った。「君を呼んだのは他でもない。今日は娘の運動会。私は有紗の活躍を、この目に焼き付けようと楽しみにしていたのだが——ああ、まったくなんてことだ！　こんなときにも、悪党どもは私を自由にしてはくれないらしい」

「というと、また急な事件ですか」

「そうだ。寝台特急『はやぶさ』号に纏わる殺人事件が発生したと、国鉄の上層部から連絡があってね。これから私は西鹿児島駅に駆けつけなくてはならないのだよ」

――寝台特急「はやぶさ」も西鹿児島駅も国鉄も、いまはもう存在しませんよね。大丈夫ですか、その事件。ガセネタの匂いしかしませんけど。

「そこで、橘君に頼みたい。私の代わりに可愛い可愛い有紗の姿をビデオに収めてくれ。頼む。このとおりだ。こんなことを頼めるのは、君しかいないんだよ」

「はあ、そうですか。――ちなみに奥さんの綾羅木慶子さんは、いまどちらに？」

ケイコ・アヤラギは世界的な名探偵。大方、海外を飛び回っているに違いない。そう思って聞いてみると、有紗のほうが目を輝かせながら答えた。「ママはいまヨーロッパにいるの。雪に埋もれた寝台急行『オリエント』号で起こった殺人事件を調べているんですって。でも大丈夫。きっとママなら、どんな難事件でもズバリと解決しちゃうはずよ」

「そ、そうなんだ……」でも、その事件はズバリとは解決しない気がするが――いや、そんなことはともかく、「だけど困ったな。似たような依頼が同時に二つか……」

そんなの絶対無理じゃん、と思ったその直後、いや問題ないぞ、と俺は思いなおした。なぜなら有紗は四年生で竹本理奈は五年生。学年が違えば基本、同じ種目には出ないはず。ならば、二台のビデオカメラを駆使して二人の姿を撮影することは不可能ではない。同じ時間に同じ場所で二件の依頼をこなせるのなら、むしろ効率が良いともいえる。

そう判断した俺は「判りました。どうぞ、お任せください」といって自分の胸を拳でドンと叩いた。「有紗ちゃんの運動会での晴れ姿、この僕が完璧に撮影して差し上げましょう」

「クロサワばりのカメラワークで頼むよ！」

「宮崎アニメのヒロインっぽく撮ってね！」

綾羅木親子は竹本親子とは違って、映画芸術に理解とこだわりのあるところを見せた。

それから孝三郎は鞄の中から自分のビデオカメラを取り出すと、「それでは橘君に、これを預けるとしよう。最新の小型軽量カメラだ。いわゆる《単行本サイズ》というやつだよ。どうだね、凄いだろ？」

「え、ええ、凄いですねぇ」ぎこちなく感嘆の声をあげる俺は、肩から提げていた《文庫本サイズ》のビデオカメラをそっと背中に隠す。そして何食わぬ顔で《単行本サイズ》のそれを受け取りながら、「へえ、い、いまどきの最新機種って、こんなに小さいんだぁ」

俺の優れた演技力を見せ付けられて、有紗は微妙な表情だ。

一方、機嫌を良くした孝三郎は、まあまあ時代遅れのビデオカメラの使い方を得意げにレクチャーする。「操作は簡単だ。電源ボタンを押せば液晶画面に映像が現れる。それを見ながらアングルを決める。録画ボタンを押せば録画がスタートする。もう一度押せば録画はストップして待機状態になる。また録画ボタンを押せば、また録画がスタートして――」

まあ、ビデオカメラなんて最新式でもちょっと前のやつでも、基本的な操作は同じだろう。

俺は適当に頷きながら彼の説明を聞き流す。そうして説明がひと通り済むと、

「では橘君、後のことは頼んだよ。クーラーボックスにお弁当が入っているから、お昼休みに有紗と一緒に食べるといい。それじゃあ、私はこれで失敬するよ――」

孝三郎は鞄を手にすると慌ただしく別れの挨拶。そして、いつものように有紗の小さな身体をムギュ～ッと抱きしめる。有紗は苦悶《くもん》の表情で父親の愛情を受け止める。そして、ようやく満足したのだろう、孝三郎は手を振りながらひとり校庭を去っていった。

その姿が見えなくなるや否や、俺は「ふーっ」と深い溜め息。二台のビデオカメラを左右の肩からぶら提げながら、思わず弱音を吐く。「やれやれ、結局、二つも仕事を引き受けちまった。俺、ホントに大丈夫かな？」

「なに溜め息ついてんのさ、良太ぁ。運動会はこれから始まるんだよ」

「ああ、そうだな。でも、なんだか俺はもう疲れた気分だよ」

そう呟きながら、俺は目の前に置かれた肘掛け椅子にどっかと腰を下ろす。すると、いままでの鬱憤《うっぷん》が溜まっていたのだろう。観覧者たちの怒りの声が背後から飛んできた。

「こら邪魔だ、馬鹿！」「おめーがそこに座ったら！」「後ろの人が全然見えないでしょ！」「このマナー違反！」「その椅子、たたみーや！」「たたまんのやったら、てめーをたたんだろーか！」

——は、はい、はいッ、たたみます！　たたみますから、僕をたたまないで！

沸き起こる怒号の中、俺は慌てて肘掛け椅子から飛び退《の》く。そんな俺に有紗がいった。

「うーん、パパにはいえなかったけど、有紗もその椅子は邪魔だと思うよ——」

3

そうして、いよいよ迎えた開会式。選手宣誓があって、ラジオ体操があって、校長先生の長すぎる挨拶があって、その間に数名の女子児童がパタリパタリと貧血で倒れて——と、毎度お馴染みの光景が繰り広げられた後、いよいよ運動会の幕は切って落とされた。

衿糸小学校の場合、全校児童が赤組と白組に分かれて対抗戦をおこなうという昔ながらの形式らしい。俺は観覧席の最前列に敷いたレジャーシートの上であぐらを掻いた恰好。手許の大会プログラムを眺めながら、有紗と理奈、二人の出番を確認する。

「ふむふむ、有紗たちの徒競走があって、理奈ちゃんたちのダンスがあって……」

ブツブツと呟く俺の目の前では、すでに二年生の徒競走がおこなわれていた。これは撮影する意味がないので、俺は横目で眺めるばかりだ。すると背後から「頑張りや！」「ほれ、そこや、そこ！」「差せ、差せ！」と関西弁っぽい特徴のある声援が聞こえてくる（もっとも『差せ！』は関西弁ではなくて、競馬競輪用語だが）。そういえば先ほど俺に浴びせられた罵声の中にも、関西弁のものが交じっていたようだ。

気になった俺は密かに後ろの様子を窺ってみる。少し離れた場所に敷かれたレジャーシートの上に、目立つカップルの姿があった。ともに三十代半ばくらいか。男は唐草模様の柄シャツに黒い革ジャン。女は紫のシャツに豹柄のスパッツ。目の前の徒競走に声援を送っているところを見ると、小学二年生の子供を持つ親なのだろう。洋服のセンスはどうにも理解できないが、金持ちの匂いだけはプンプンと感じさせる夫婦だ。女の指には高そうな宝石が輝いているし、男の腕には関西弁でいうところの《ゴッツイ》金の腕時計が巻かれていた。

先ほど俺のことを「たたんだろーか」と息巻いていたのは、どうやらこの男らしい。まあ、けっして友達になりたいタイプじゃないが、離れているから問題ないか――

そう判断した俺は前を向き、再び手許のプログラムに視線を戻す。やがて二年生たちの徒競走は、すべて終了。俺は次なるプログラムを確認して、顔を上げた。

「おっ、今度は四年生の徒競走じゃないか。ってことは、有紗の出番だな……」

こうしちゃいられない。俺は慌てて単行本サイズのビデオカメラに右手を伸ばす。電源ボタンを入れて液晶画面をチェック。やがてカメラを構える俺の前に、児童たちが高校球児の入場行進のごとく整然とした足取りで登場する。その列の中にツインテールを揺らして歩く有紗の姿を発見。意外なことに彼女は普段、滅多に見せない真剣な顔つき。いつになく緊張していることは、彼女の手と足が同時に前に出ていることからも歴然だ。

「なんて歩き方してんだ、有紗の奴。いくらなんでも緊張しすぎだろ」呟きながら俺は、そんな彼女の姿をバッチリと映像に収めてあげた。「へへ、後で大笑いしてやろっと……」

邪悪な笑みを漏らしながら、俺はカメラを回し続ける。

だが競走に移れば、そこは驚異の脚力を誇る探偵少女だ。過去に数多くの悪党どもを蹴り殺してきた（いや、実際は半殺し程度だが……）彼女の足は、ひとたび地面を蹴れば抜群の推進力を生んで他を圧倒。同学年の女子を遥か後方に置き去りにして、見事ぶっちぎりでゴールテープを切った。ビデオカメラの液晶画面の中、指を一本立てながら歓喜の表情を浮かべる少女。その姿を俺は戦慄《せんりつ》の思いで眺めるしかなかった。

「綾羅木有紗……なんて恐ろしい子……！」

そんな有紗の活躍をビデオに収める一方、もちろん俺は竹本洋輔の依頼も忘れてはいなかった。理奈の出場する徒競走やダンスなどの様子を、逃さず映像に残していく。有紗ほどではないが、理奈も駆けっこは得意らしくて結構速い。そこで俺はふと気付いた。

昼休み前の最後のプログラムは、選抜女子による紅白対抗リレー。この種目には四年生の有紗と五年生の理奈、その両方がエントリーしているのだ。「マズイな、これは……」

だが、こうなった以上は仕方がない。ひとりで二台のカメラを同時に回すしかないだろう。すなわち右手に単行本サイズ、左手に文庫本サイズのカメラを構えるのだ。その姿を脳裏に思い描きながら、俺は思わず腕組みをした。「うーむ、まさに二刀流だな」

しかも、プロ野球大谷翔平ではなく、剣豪宮本武蔵のそれに近い。

「でもまあ、なんとかなるだろう。大谷翔平だって、『無理だ』『できるわけない』『プロ野球を舐《な》めている』とか散々いわれながら、結局なんとかなったんだから」

楽天的というべきか日ハム的というべきか、とにかく俺は二刀流でいくことに決めた。

ならば、きたるべき大仕事に備えてトイレを済ませておいたほうがいい。そう考えた俺はレジャーシートの上にカメラ二台を置いて立ち上がった。ひょっとして、このカメラが置き引きの被害に遭ったりしないだろうか。そんな懸念が一瞬胸をよぎったものの、

「まあ、大丈夫だろう。いまどきカメラ泥棒なんていないさ……」

そう高を括った俺は、カメラ二台の上に脱いだブルゾンを掛けただけの状態でトラックに背を向けて歩き出した。敷き詰められたレジャーシートと、そこに座る多くの観覧者たち。足の踏み場もないとはこのことだ。俺は敷物と敷物の間の僅かな地面を縫うようにして慎重に歩を進める。だが数メートルほどいったところで突然、「――おっと！」

バランスを崩した俺は叫び声をあげて前のめりに倒れた。そこは無人のレジャーシートの上。だが豹柄の鞄や黒い革ジャンを見て、ここが誰のテリトリーであるかは、すぐに察しがついた。例の関西弁夫婦が座っていた場所だ。いまはトイレにでもいっているのか、二人の姿は敷物の周辺にも見当たらない。——助かった。文句をいわれずに済む。ホッと胸を撫で下ろした俺は、その場で四つん這いの体勢。脱いだ革ジャンが目の前に無造作に置かれていた。ポケットの口の部分からは金色に輝く物体が半分ほど姿を覗かせている。それが例のゴッツイ金の腕時計であることは一瞬で判った。

——おいおい、無用心だな。こんな高そうな時計を放置するなんて！

そう思いはしたものの、他人の腕時計がどうなろうが、こっちの知ったことではない。俺はすぐさま立ち上がると、再び慎重な足取りで観覧者たちの間を進む。早くトイレを済ませよう。そして有紗と理奈の出場する紅白対抗リレーを撮影するのだ——

それからしばらく後。ついに迎えた大一番、選抜女子による紅白対抗リレー。競技直前の俺は右手に単行本サイズ、左手に文庫本サイズのビデオカメラを持ちながら、きたるべき本番に向けて入念なイメージトレーニング。そうして準備万端整うと、あとは開始のときを待つばかり。選手が入場する直前に二台のカメラの録画ボタンを押せば、その瞬間から前代未聞の二刀流撮影が始まるというわけだ。

やがて場内放送で流れるのは、いかにも小学校の運動会らしい男子児童の声。

「次の種目、は選抜女子に、よる紅白対抗リレーです。みんな、頑張っ、てください」

棒読み以下のアナウンスに導かれて、入場ゲートに選手たちが姿を現す。

俺はまず文庫本サイズのカメラの録画ボタンを左手の指で押した。続けて単行本サイズの録画ボタンを――と思った次の瞬間、いきなりガツンと後頭部に激しい衝撃。

思わず「うッ」と呻き声を発した俺は、いったん両手のカメラを敷物の上に置いてから、「痛《い》てててて……」と両手で後頭部を押さえた。「畜生、なんだよ、いったい……？」

苦悶の表情で背後を見やると、俺の真後ろにはロケットランチャーを構えた中年男性の姿。ワイルドなGジャンにベージュのチノパンという装いで片膝を突きながら、前方の標的に狙いを定めている。――さては大会の成功を阻止しようとするテロリストか！

一瞬そう思いかけたが、いや、よく見れば違う。俺の後頭部にガツンと衝突した謎の物体。その正体はロケットランチャーではなくて、カメラだった。超巨大な望遠レンズを装着した高級一眼レフカメラ。Gジャンの中年男が、それを前方に向けて両手で構えているのだ。

――なんて望遠レンズだ！　こいつ、イスカンダル星の運動会でも撮る気かよ？

唖然として言葉を失う俺。一方、中年男はカメラの焦点を合わせることに夢中らしい。望遠レンズの先端が俺の頭を直撃したことに、気付いてさえいないようだった。

不満な点は山ほどあったが、いまは文句をいってる時間がない。もうすでに子供たちの入場は始まっているのだ。俺は慌てて二台のビデオカメラを両手に持ちなおすと、あらためて録画ボタンを押した。女子たちの一群の中に有紗と理奈、二人の姿を確認する。

やがて選ばれし女子たちが誇らしげな顔でスタートラインに整列。観覧席からは温かな拍手。父親、母親、祖父母、便利屋などが四方八方から多くのカメラを向ける中——

やがて号砲が鳴り響き、リレー競技がスタートした。いっせいに駆け出す第一走者たち。俺は二台のカメラを駆使して熱戦の模様を追いかけた。

さすが俊足自慢の子供たちが勢揃いしただけあって、紅白対抗リレーは中盤まで縺《もつ》れる展開。一進一退の攻防が続いていたが、しかしそれも第三走者まで。赤組の四番手として綾羅木有紗が登場した途端に状況は一変。彼女は前を行く白組の走者を並ぶ間もなくかわし去ると、あとはもう二十五年ぶりのリーグ優勝を目指す広島カープのごとく完全な独走状態。続けてバトンを受けた五年生、竹本理奈もそのリードを保ったまま最終走者へバトンを渡す。

そしてついに赤ヘルは、いや、赤組は大歓声に包まれながら念願の勝利をもぎ取った。歓喜する選手たちの輪の中で新井と黒田が——じゃない、有紗と理奈が抱き合いながら喜びを分かち合っている。

感動的な場面を二台のカメラで同時に追いかけながら、

「なんだ、あの二人、仲良しだったんだな」

と俺は意外に思う。あるいは今回の勝利が二人の距離を近づけたのだろうか——

そんなこんなで紅白対抗リレーは無事に終了。俺は左右それぞれのビデオカメラの録画ボタンを押して、録画を終了させる。そして二台のカメラをクーラーボックスの蓋の上に並べて置いた。

リレーが終われば、待望のお昼休みである。

腹をすかせた有紗が弁当を食べにやってくるはずだ。そう思って周囲を見渡せば、父親や母親、さらには祖父母や親戚に囲まれながら、賑《にぎ》やかにお弁当を囲む幸せそうなガキども、いや、幸せそうな少年少女たちの姿が目立つ。

そんな子供たちに比べると、有紗はいかにも孤独な存在に思える。母親はいつも海外を飛び回っているし、頼みの孝三郎も鹿児島へといってしまった……

だが大丈夫。何も問題はない。運動会のお昼休みにひとり寂しく弁当を食べる。そんな惨めな思いを彼女が経験することは絶対にない。

——なぜなら有紗には、この俺が付いているのだから！

ある種の使命感を抱く俺は、周囲に有紗の姿を捜す。やがて人ごみの中から登場した有紗は、敷物と観覧者の間を飛び石のように伝って、俺のいる最前列までやってきた。

「もう、お腹ペコペコだよー。良太ぁ、お弁当あるー？」

無邪気な笑顔を向ける少女に対して、俺は片手を挙げながら健闘をたたえた。

「よお、お疲れさん。相変わらず凄い脚力だったな」

俺はビデオカメラ二台をいったん敷物の上に退《ど》かせてから、クーラーボックスの蓋を開ける。そして中から弁当と飲み物を取り出した。「弁当、いろいろ揃ってるぜ。おにぎり、サンドイッチ、から揚げに玉子焼きにウインナー……どれがいい？」

尋ねながら、俺はクーラーボックスの蓋を閉めて、その上に二台のカメラを置きなおした。

少女は顎に指を当てる仕草で、しばらく迷った挙句、「有紗、これにする」といってサンドイッチが詰まったバスケットに手を伸ばす。それからペットボトルのジュースを一本手に取ると、「じゃあね、良太」といって、いきなり俺に片手を振った。

「は!?　じゃあねって……」

「あたし、竹本理奈ちゃんって子と一緒にお弁当食べる約束したの」

「え……竹本って……えぇッ……？」

「悪いけど、いくね。残ったやつは、良太が全部食べていいから」

「え、おい、待てよ!」呼び止めようとする俺の前で、有紗は体操服の背中を向ける。そして二つ結びの黒髪を揺らしながら、瞬《また》く間に人ごみの中へと消え去っていった。

それから数分後の観覧席――

「畜生、なんだよ、有紗の馬鹿……」

運動会のお昼休みにひとり寂しく弁当を食べる三十男の姿が、そこにあった。

――こんな惨めな思いを自分が経験することになろうとは!

弁当片手に我が身の不幸を嘆く俺。するとそんな俺の耳に、遠慮という概念を持たないガキの――いや違う、少年の――いやいや違わない、間違いなくガキだ――クソガキの声がどこからともなく聞こえてきた。

「ねえ、ママー、あのお兄ちゃん、ひとりでお弁当食べてるよー」

「こら、黙って食べなさい。指差しちゃ駄目。可哀想《かわいそう》でしょ!」

――そうなのか? 俺は可哀想なのか? そういうふうに見えているのか?

俺は屈辱に肩を震わせながら、黙々と箸を動かす。こんなことなら運動会なんてくるんじゃなかった。帰れるものなら、いますぐにでも帰りたい。だが――

そのとき俺の視線が、クーラーボックスの蓋の上に並んだ二台のビデオカメラに留まった。

そう、俺には仕事があるのだ。しかも重大な仕事が二件。これを途中で投げ出すわけにはいかない。

「そうだとも。俺は遊びで、ここにきてるわけじゃないんだからな」

気を取りなおした俺は弁当の残りを胃袋に詰め込む。そして、再び二台のビデオカメラを手にすると、午後の撮影に備えてバッテリーの交換作業に取り掛かるのだった。

4

カメラの電源をいったんオフにして、本体からバッテリーを取り出す。そして予備のバッテリーと入れ替える。そんな地道な作業をちょうど二台分、終えたころ――

「ああん？　ないな。ないぞ。ない、ないッ。なくなっとるぅ――ッ」

突然、後方で関西弁の叫び声。なんだろう、と振り返ってみれば、そこには黒い革ジャンを着た三十男の姿。男は革ジャンの左右のポケットを手で探りながら、「ない、ない、やっぱりない！」と同じ言葉を繰り返している。その隣では、豹柄スパッツを穿《は》いた奥さんが「ホンマなん!?　ホンマにないん!?」と心配そうな顔。そんな二人の様子を周囲の観覧者や、その子供たちが「何事だ……？」と見守っている。やがて、関西弁の男はその場で立ち上がると、わざと周囲に聞こえるように大きな声をあげた。「俺の腕時計がなくなっとる。確かに、このポケットに入れとったはずやのに。——さては誰か、盗みおったな！」

睨むような視線で周囲を見回す革ジャン男。その瞬間、周囲の人々は「いえ、私いっさい関知していませんから……」というように、いっせいにアサッテの方角を向いた。

その様子が気に障ったのか、男はさらに声を荒らげながら、「誰や、おい！　俺の腕時計、盗んだ奴。どっか、このへんにおるんやろ。名乗り出る奴は、おらんのかいな！」

隣で奥さんも一緒になって、「そやそや。盗んだんなら、正直にいいや！」

すると二人の息子らしき小学二年生の男子も、両親の隣ですっくと立ち上がる。そして似たような関西弁で怒鳴り散らすのかと思いきや、「まあまあ、落ち着いてくださいよ」と少年はなぜか標準語で（しかも敬語で）怖い顔の両親をなだめにかかった。「そんなに他人のことを疑っちゃ、駄目ですよ。お父さんもお母さんも」

何なんだ、この家族？　俺には、この親子三人の関係性がまるで理解できない。

だが、息子の言葉が多少の影響力を発揮したことは確からしい。父親は少しだけ口調を和らげながら、右隣に座るポロシャツ姿の初老の男性に尋ねた。

「あんた、知りませんか。俺の腕時計？」

白髪頭の男性は迷惑そうな顔で、左右に首を振った。「さあ、知りませんね。私は孫娘の姿を見にきただけなんだ。他人のことなど気にもしていなかった」

そんな男性の傍らでは、低学年らしい女子児童が不安げな表情を浮かべていた。

「そうか。ほな、あんたは、どうですか？」

男は身を翻すと、今度は左隣に座る三十代らしき女性に質問の矛先を向けた。質問を受けた青いカーディガンの女性は、「いいえ、知りませんよ」といって軽く右手を振る。

すると彼女の息子だろうか。隣に座る高学年の男子児童が、「おじさん、服のポケットに貴重品入れたまま、どっかいっちゃうから盗まれるんだよー」と見事な正論を口にする。

先ほど俺は屈辱のあまり、この子のことを『遠慮のないクソガキ』と呼んだが、どうやら訂正が必要らしい。この子は『遠慮がない』のではなくて『勇気がある』のだ。実に『勇気ある少年』だ。彼の発言はまったく正しい。お陰で隣の母親は顔面蒼白である。

「…………」関西弁の夫婦も一瞬、毒気を抜かれたように黙り込む。「…………」

すると、そんな関西弁夫婦に、なぜか標準語の息子が追い討ちをかけるように、

「その子のいうとおりですよ。そもそも子供の運動会に金の腕時計なんかしてくるからいけないんです。ふふッ、自業自得ですね、お父さん」

本当にこの子は二年生なのか。『自業自得』って二年生の使う言葉じゃないと思うが。まさか『身体は子供、頭脳は大人』っていう、あの有名なパターンじゃあるまいな……？

唖然として成り行きを見守る俺。すると革ジャンの男は次なる標的として、目の前に座る

Gジャンの男を選んだ。ロケットランチャーのごとき望遠レンズを振り回していた、例の中年男だ。革ジャン男は自分より明らかに年上の相手に臆することなく嚙み付いた。

「そういや、あんた、そのカメラ持って何遍もここを通っとったなあ？　ひょっとして、あんたが俺の服から時計をこっそり抜いたんと違うんかいな？」

完全に言い掛かりだ。彼らの敷物の傍を通り抜けていったのは、Gジャン男ばかりではないはず。案の定、Gジャン男はブルブルと首を振って自分の無実を訴えた。

「ち、違いますよ。僕は何も盗んでなんかいません。あなたたちの傍を何遍も通ったのは、あちこち場所を変えながら撮影していたから、自然とそうなっただけで……」

「そうだぞ、言い掛かりもいい加減にしろ、君たち」業を煮やしたように叫んだのは、最初に質問を受けたポロシャツ姿の初老の男性だった。「そもそも、この人ごみだ。君たちの敷物の傍を通った人は、彼だけじゃないはず。そんなことで疑うのは変じゃないか」

「そうよそうよ」と逆方向から声を発したのは、さっきまで顔面蒼白だった青いカーディガンの女だ。「疑おうと思えば、誰だって疑えるわ。例えば、そこの彼だって……」

そういって彼女は突然、最前列に向かって指を差す。

そんな彼女の指し示す先にいるのは――「え、なに、俺のこと？」

自分の顔を指差して啞然とする俺。カーディガンの女は静かに頷いた。

「そうよ。あなた、さっきリレーが始まる直前に、ここを通り抜けていったわよね」

「ああ、そういえば」と記憶を呼び覚まされたようにGジャンの男が頷く。

「君、この夫婦の敷物の傍で、いきなり転ばなかったか。べつに躓《つまず》くような障害物もないのに」

「ふむ、私にも記憶があるぞ」今度は初老のポロシャツ男がいった。「確か、敷物の上には革ジャンが置いてあった。そのすぐ傍で、君は四つん這いの恰好をしていたんだ。いったい何をしているのかと、そのときちょっと不思議に思ったんだが……」

「え、えっ？　ちょ、ちょっと待ってくださいよ」俺は慌てて顔の前で両手を振った。

カーディガンの三十女。Gジャンの中年男。ポロシャツの初老の男。三人の見事な連係プレイによって、いつの間にか俺は窃盗事件の疑惑の渦中へと引きずり込まれていた。

困惑する俺のもとに、豹柄スパッツの関西弁女が歩み寄って、いきなり聞いてくる。

「そういや、あんたのこと、何か変やと思っとった。あんた何者？　子供は何年生？」

「え!?　いえ、僕、子供はいませんけど……」

うっかり漏らした真実の一言に、たちまち周囲の者たちがザワッとなる。

そんな中、革ジャン男が顔を強張らせながら俺ににじり寄った。「子供もおらんのに小学校の運動会でビデオカメラ二台も回しとるって、それ、いったい何目的やねん！」

「いやいや、誤解です。これは、けっして不純な目的ではなくて、知り合いの子が……」

「嘘つけ。おまえ、ずーっとひとりやったやんか」

するると、横から再び聞き覚えのある男子児童のあどけない声。「うん、僕も見てたー。このお兄さん、ずっとひとりでお弁当食べてたー。ねえ、ママ？」

「やめなさい。ほら、指差しちゃ駄目って、ママいったでしょ！」

「…………」俺は先ほどの訂正を、もう一度訂正した。――畜生、『勇気ある少年』なんかじゃねえ。やっぱり、おまえなんか『遠慮のないクソガキ』で充分だぜ！

俺は歯嚙みをしながら自らの不幸を嘆く。確かに俺はこの関西弁夫婦の敷物の傍で転倒した。そのとき目の前には黒い革ジャンが置いてあり、そのポケットには金の腕時計があった。盗もうと思えば簡単に盗めただろう。だが俺は盗んでいないのだ。そのことを、この大勢の人たちに、どう説明すればいいのだろうか。どうすれば信じてもらえる？

いや、そんなの無理だ。なぜなら彼らの目に俺の姿は『運動会に紛れ込んでビデオカメラを二台も回している変質者』としか映っていない。信じてもらうには誰かの助けが必要だ。

――ん、誰かの助け？

そう思った直後、俺のすぐ真横から突然響く少女の声があった。

「ねえねえ、いったい何の騒ぎなのー？」

見ると、そこには澄み切った眸で大人たちの騒動を眺める体操服の少女。地獄に仏とは、このことか。彼女の立ち姿には後光が差しているようにさえ思えた。

「――あ、有紗！」

救いを求めるように俺はその名を呼ぶ。だが、それを掻き消すように革ジャン男の野太い声が彼女に向けられた。「なんやねん、お嬢ちゃん？　このコソ泥の知り合いか？」

男の関西弁に導かれるかのごとく、騒動の渦中にいる全員の視線が、いたいけな少女のもとにいっせいに注がれる。俺もまた、すがるような視線を彼女に送った。

大人たちの熱い視線を一身に浴びて、有紗は一瞬キョトンとした顔。「え、なに？」と困ったように一同の顔を見渡す。それから革ジャン男の強面《こわもて》と救いを求める俺の顔とを交互に見返すと、少女は心の中で何かを決断したのだろう。澄み切った眸をそっと伏せると、小さな声でこう答えた。「う、ううん……この人、全然、知らない人……」

「………………」こここ、この裏切り者めぇ――ッ！

少女のあまりの仕打ちに、俺は目を剝きながら絶句。地獄に仏なんていない、という事実をあらためて思い知らされたのだった。

5

それから話は飛んで数時間後。運動会の熱戦も終了し、夕闇迫る校庭の片隅――

「ねえ、良太ぁ、早く帰ろうー、ほら、さっさと家まで送ってよー」

黒のセーラー服にえんじ色のベレー帽。衿糸小学校の制服に着替え終えた綾羅木有紗が、無邪気な声で俺を呼ぶ。しかし俺は人の姿もまばらになった観覧席で地面に「の」の字を書きながら、「え、なぜです？　なぜ僕が知らない女の子を送っていかなきゃいけないんです？　僕とあなたは知らない者同士ですよね。あなた、さっき、そういいましたよね。『この人、全然、知らない人』って……」

「なに、いじけてんのさ、良太。大のオトナがみっともない。――ねえ、理奈ちゃん」

有紗が女の子の名前を呼ぶ。振り返って見れば、有紗の隣には竹本理奈の姿。仲良くなった二人は一緒に帰るつもりらしい。有紗はしゃがみこむ俺の背中を指差しながら、

「ごめんね、理奈ちゃん。昼間の事件のせいで、良太が毛虫みたいになっちゃって」

「誰が毛虫だ、誰が！」俺はすっくと立ち上がると、親指で自分の顔を指差した。「怒るに決まってるだろ。有紗の裏切りのせいで、こっちは散々な目に遭ったんだからな――」

昼休みの観覧席にて突如として巻き起こった金の腕時計盗難事件。それが、あの後どうなったかというと、事態はなかなか収束しなかった。

まず騒動を聞きつけて現れたのは、衿糸小の教師たちだ。なんとか事を穏便に済ませようと考える彼らは、「まあまあ、落ち着いて……」「せっかくの運動会ですから……」と別次元の話を持ち出して被害者夫婦を懸命になだめにかかった。

だが、これは完全に逆効果。頭に血が上った夫婦は「なんやねん、その事なかれ主義は！」「ほな、なにか、運動会の最中やったら、人のもん盗んでもええんか！」と関西弁で教師たちに詰め寄る。その様子を黙って見ていた二年生の息子は「すみませんね、先生。僕の両親はこんなですけど、いまの件に関しては正直、彼らの言い分のほうが正しいと思いますよ」と標準語でキッパリ断言。親と教師の争いをさらなる混乱へと陥れた。

ポロシャツ姿の初老の男。青いカーディガンの若い母親。Gジャンを着たカメラ男などは、その様子を遠巻きに眺めるばかり。俺も彼らと一緒になって成り行きを見守った。

すると、これでは埒が明かないと判断したのだろう。関西弁夫婦はその場で携帯を取り出して一一〇番通報。やがて近所の交番から制服の巡査が駆けつけて、昼休みの運動場は一時騒然となった。

うろたえる教師たち。心配そうに見守る観覧席の親や児童。巡査に対して被害を訴える関西弁夫婦。「ふふ、これは面白くなってきましたね」と邪悪な笑みを覗かせる標準語の息子。この子はいったいどういう立ち位置なんだ？　と首を傾げる俺。

そんな中、依然として有紗は「あたし、関係ないもん」といわんばかりの態度。そのくせ野次馬の一列目にしっかりと加わりながら、騒ぎの様子を窺っていた。

一方、俺は疑われる立場だ。制服巡査からも詳しく事情を聞かれた。だが敢えて隠し立てするような部分は、こちらにはない。俺はただ二台のビデオカメラを駆使して少女たちの姿を撮影していただけである。

そのことを正々堂々と訴えたところ、巡査たちからは問答無用で「超怪しい奴……」と見なされたらしい。俺は窃盗事件とは別の容疑で、交番へと連れていかれそうになる。

結局、自分が正真正銘の便利屋であることを証明するために、俺は溝ノ口署に勤務する友人、長嶺勇作の名前を出さざるを得なかった。

すると、さすが警察は階級社会。長嶺刑事の名前は巡査たちに対して、確かに効果があったらしい。彼らはさっそく長嶺と連絡を取ると、たちまち納得した様子。お陰で俺の盗撮容疑は晴れたのだが、果たして窃盗の容疑は晴れたのか、どうなのか――？

その点はよく判らないが、盗まれた金の腕時計がどこからも発見されなかったことは、間違いない。巡査たちは周囲の観客に話を聞いて回り、任意で持ち物検査などもおこなった。観客たちも協力的な態度で、それに応じたのだが、誰の持ち物からも高級腕時計が発見されることはなかった。

こうなると、巡査たちもそれ以上は手が出しづらかったのだろう。「とにかく、交番にきて被害届けを提出してもらえますか」と被害者夫婦に要請。すると二人は揃って舌打ちしながら、「くっそー、運動会の見物料が高級腕時計かいなー」「ホンマ割に合わんわー」と肩を落とす。

そんな二人の背中をポンポンと叩きながら、「まあまあ、いいじゃありませんか。お陰で今日の運動会が一生の記憶に残るものになったと思えば、安いもんですよ。ねえ、お父さん、お母さん」といって、標準語の息子がニヤリと微笑む。

その姿を気味悪そうに眺めながら、関西弁の両親は「いったい誰が、こんな子に育てたんやー」「うちらの子とは思えへんなー」と複雑な表情。そして革ジャンの父親は被害届けを出すために、巡査たちと一緒に交番へ。残った豹柄スパッツの母親は、その後はおとなしく息子の運動会を眺め続けたのだった。

「——ったく、もう少しで窃盗犯にされてしまうところだ。なのに、おまえって奴は！」

横目でジロリと睨むと、有紗はベレー帽から覗く二つ結びの髪を左右に振った。

「有紗、悪くないもん。悪いのは、あのガラの悪い夫婦だもん。あんなふうに大きな声で凄むから、有紗、咄嗟に考えたの。『よし、ここはひとつ良太に任せよう』ってね」

「なにが『ここはひとつ』だよ」俺は溜め息をつきながら、「判った、もういい。さっさと帰ろうぜ。といっても車で送るわけにはいかねーけどな。俺、今日は電車だから」

「うん、そのほうがいいと思う。だって、あのオンボロ軽ワゴンは、理奈ちゃんには見せられないもん。――いこう、理奈ちゃん」

有紗と理奈は手を繋いで俺の前を歩き出す。二人の弾む会話が自然と俺の耳にも届く。

「ねえ、そんなにオンボロなのー」「うん、あれは走る奇跡だねー」「あたし、逆に乗りたかったなー」「絶対やめといたほうがいいよー」「駄目だよ、そんなふうにいっちゃー」

竹本理奈はとても素直な良い子だ、と俺は思った。それに引き換え、今日の有紗はまったく酷い。俺を馬鹿にするだけならまだしも、軽ワゴン車をこうまで見下すなんて、身の程知らずというものだ。軽ワゴン車なしでは、この世の中は成立しない。その簡単な理屈が小学四年生の有紗には理解できないのだ。だが、まあいい。とにかく二人を自宅に送り届ければ、本日の任務は完了だ。

俺は折れそうになる心を奮い立たせて、二人の後に続いた。

小学校の校門を出て溝ノ口の街を歩くこと十数分。やがて住宅街の外れにある小さな一軒家に到着した。かなりの築年数を感じさせる、瓦屋根の古い建物だ。

「ここが、うちの家なんだけど……」恥ずかしそうに指を差す竹本理奈だったが、小さな門のほうに視線を向けた瞬間、その口から明るい歓声が漏れた。「わあッ、パパだ！」見ると門前には、キャリーバッグを転がす男性の背広姿。娘の声を耳に留めたのか、竹本洋輔は振り返って軽く手を挙げる。父親のもとへと一目散に駆け出す理奈。俺と有紗も理奈の後に続く。こうして俺は数時間ぶりに依頼人との再会を果たした。

「ああ、便利屋さん、娘を送ってくれたのですか。どうも、わざわざすみません……」

「いえいえ、もののついでですよ。いま千葉からお帰りですか」

「ええ、思ったより早く仕事が片付いたものですから。便利屋さんには、ご面倒をお掛けしました。無茶な仕事を頼んでしまって。大丈夫でしたか」

「なーに、べつに問題ありませんでしたよ」たぶんね——と心の中で付け加えながら、俺は肩から提げた二台のビデオカメラの小さいほう、文庫本サイズのカメラを手にとって依頼人に示した。「理奈ちゃんの大活躍する姿は、この中にバッチリ映っているはずです。でも、どうしますか。いちおう中身、確認します？」

「いや、その必要はないでしょう。信じますよ、便利屋さんの腕前を」といって竹本洋輔は俺の手から直接ビデオカメラを受け取った。「どうも、ありがとうございました」

「いえいえ、こちらこそ」ただし、あくまでこれは慈善事業ではなくて、ビジネスですからね。約束の報酬を所定の銀行口座に入金するよう、お願いしますよ。いいですね、必ずですよ、絶対ですよ——と視線で強く訴えてから、俺は頭をペコリと下げる。「じゃあ僕らは、これで」

「じゃあ理奈ちゃん、またねー」と有紗が手を振ると、

「うん、有紗ちゃん、またねー」と理奈も手を振った。

竹本親子は二人並んで小さな門を入っていく。その幸せそうな後ろ姿を見届けた俺はホッと息をつくと、「よし、それじゃあ、今度は有紗の番だな」

そして俺は有紗を綾羅木邸に送り届けるべく、再び溝ノ口の街を歩きだすのだった。

6

それからの数日間は何事もなく過ぎた。運動会の撮影の仕事は、あの日一日限りの仕事だったが、有紗のお守り役としての仕事は、その後も継続中だった。なぜなら彼女を残して鹿児島に飛び立った綾羅木孝三郎が、なかなか溝ノ口に帰還しなかったからだ。

聞けば、事件解決に思いのほか手間取っている、とのことだが——いやいや、そんなはずはないだろう。寝台特急「はやぶさ」に纏わる事件なんてガセネタに違いないのだから（そもそも、その電車がもう走っていないのだから）、孝三郎はとんぼ返りで溝ノ口に戻れるは

ずなのだ。さては綾羅木孝三郎、娘の世話を俺に押し付けながら、ひとり鹿児島で思いっきり羽を伸ばしているに違いない。

「――てことは、いまごろは天文館あたりで焼酎三昧か」

そう呟く俺は、武蔵新城でビール＆ホッピー三昧。庶民感覚溢れる飲み屋のカウンター席に座りながら、鳥だか豚だか判らない謎の串焼きを味わっていた。すると、しばらくして携帯に着信音。愛用のガラケーを開いて耳に当てると、俺はのんびり口を開いた。

「ふぁあ～い、ひっく、橘れすよ～ぅ、誰でッすかぁ～？」

『えーッ、マジ!?　夜の七時半で、もうそんなに酔っ払ってるの!?』呆れる声の主は有紗だ。随分と慌てているらしい。『良太、そこにテレビある？　あるなら見てよ、テレビ』

「はあ、テレビぃ？　あるっていや、あるけどよぉ」俺は店内の高いところに神棚のごとく設置されたテレビを見上げながら、「なんかバラエティ番組やってるみたいだぜ。どうした、ひょっとして『探偵少女アリサの事件簿』みてーなドラマでもやってんのか。ひひッ……」

『なに、くだらないこといってんの！』電話越しに有紗が叫ぶ。『いや、くだらないってことはないけど、それよりいまはｔｖｋを見て！　ほら、ｔｖｋｔｖｋｔｖｋｔｖッ！』

「はあ、ｋｔｖじゃなくてｔｖｋだろ？』

ｔｖｋといえば我らが神奈川県民にとって絶対に欠くことのできないローカル放送局。俺はカウンターの端にあったリモコンを勝手に取り上げると、「おばちゃーん、チャンネル変えるよー」と女将《おかみ》にひと声掛けてリモコンを操作した。

テレビ画面がｔｖｋに切り替わる。たちまち他の客から「馬鹿野郎、チャンネル変えんな！」という罵声が飛ぶが、俺は気にせず画面に目をやる。ローカルニュースの時間だろうか。映し出されているのは、どこか見覚えのある夜の街角。立ち並ぶ住宅と小さな公園の風景だ。画面の右上に「ＬＩＶＥ」の文字。どうやら事件現場からの生中継らしい。マイクを持ったレポーターが、早口に何事かを捲《まく》し立てている。

「……発見した男性の話によりますと、被害者は頭から血を流しており、まったく喋れない状態だった、とのことです。現在、病院に搬送されていますが、意識不明の重態との情報が入っています。調べによりますと、被害者は溝ノ口在住の会社員、竹本洋輔さん四十五歳。警察は通り魔の犯行の可能性もあると見て、周辺の住人に注意を呼び掛けています。以上、溝ノ口から中継でした……」

たちまち飲み屋の連中がザワッとなった。ここ武蔵新城は溝ノ口から電車で一駅。溝ノ口の通り魔事件は、新城の住人にとっても対岸の火事ではない。先ほど「チャンネル変えんな！」といっていた酔客が今度は一転、「ボリューム上げろ！」と叫んでいる。俺は手にしたリモコンを、そいつに向かってブン投げると、再び携帯を耳に押し当てた。

「テレビ、見たぞ。どういうことだ、有紗？　竹本洋輔さんって運動会のときの……」

『うん、間違いない。理奈ちゃんのパパだよ。――良太、これは事件だよ！』

探偵少女の血が騒ぐ、とでもいいたいのだろうか。電話越しの有紗の声は、いまにも現場に向かってすっ飛んでいきそうな危うさを感じさせる。俺は慌てて携帯に叫んだ。

「待て、落ち着け、有紗。テレビでもいってただろ。ひょっとすると通り魔かもしれないんだぞ。おまえはおとなしく家でジッとしてろ。いいな。どこにもいくんじゃないぞ。絶対家にいろよ。絶対だからな。絶対だぞ。絶対家から出るなよ。いいな、絶対だぞ」

『んーっと、確か〈絶対押すな〉は〈しっかり押せ〉の意味だよね。てことは――』

「違ぁ――う！　本気でいってんだ。とにかく家から出るな。そこにいろ。いいな！」

『えー、でもぉ……』

「『でも』じゃありません！　そこは『はい』でしょ、『はい』っていいなさい、キィッ！」

ヒステリックな母親のごとく叫ぶと、有紗は渋々ながら『はぁ～い』という返事。

「よし、それでいい」俺は携帯での通話を終えると、「おーい、女将さん、お勘定！」

こうして店を飛び出した俺は、すぐさま軽ワゴン車を飛ばして溝ノ口へ――と走り出したかったのだが、やっぱり飲酒運転はマズイと判断して、南武線の電車で溝ノ口へと向かった。

生中継されていた現場の光景には見覚えがあった。というのも先日、竹本理奈を自宅に送っていく途中に、よく似た街並みを通った記憶があったからだ。おそらくは竹本親子の自宅の近所に違いない。そう見当を付けた俺は、武蔵溝ノ口駅に到着するなり、竹本家へ向けて歩を進めた。すると案の定、住宅街の一角に人だかりができている。

すぐさま駆け寄って野次馬の最前列に割り込む。そこは住宅街の公園だった。小さな滑り台とジャングルジムが見える。そんな中、前方に見覚えのあるスーツ姿を発見。俺はさっそく両手をブンブンと振り回しながら、「おーい、長嶺ッ、長嶺ぇ～ッ」

大声で呼ぶと、彼は眼鏡越しに俺のことを睨みつけて迷惑そうな表情。ゆっくりこちらに歩み寄ると、「ん、なんだか怪しい奴がいるな。そんなに職務質問されたいのか」

「おう、いいぜ。してくれよ、職務質問。俺もおまえに聞きたいことがあるんだ」

「そうか。じゃあ、この際だから聞くが、この前のアレは何だ。交番の巡査から『橘良太という名前の便利屋を知っていますか』っていう問い合わせがあったんで『浅い知り合いだ』と答えておいたが、あれで良かったのか？　話によれば、小学校の運動会で高級腕時計の盗難事件が起こったらしいな。それで、たまたま現場付近にいた盗撮マニアらしい男が容疑者として浮上したとか聞いたんだが――橘、おまえ、まさか本当は！」

「ああ、あれな。いや、心配すんな、長嶺。あれはまったくの濡れ衣だ。俺はただ竹本洋輔さんの依頼を受けてビデオを回していただけで、やましい点はいっさい……」

「なに、竹本洋輔だって！」と、こちらの思惑どおり長嶺はその名前に食いついた。立入禁止テープの内側に俺の身体を引っ張り込みながら、「おいこら橘、ちょっとこっちへこい。おまえ、竹本洋輔氏を知っているのか。どういう関係だ？」

「だから、いったろ。竹本さんは娘の運動会のビデオを撮るよう、俺に依頼した人だ」

「便利屋の依頼人ってわけか。意外な繋がりだな」

「ああ、俺も驚いた。それで慌てて駆けつけたんだが——通り魔って話は本当なのか」

「いや、その可能性もあるってだけの話だ。まだ捜査は始まったばかりさ。——にしても妙だな」長嶺は眉間に皺《しわ》を寄せると、指先で眼鏡を押し上げた。「なんで橘の周辺で、こう立て続けに事件が起こるんだ？　依頼されて運動会に出向けば、そこで腕時計盗難事件が起こり、そして数日後にはその依頼人が殺人未遂に遭う。これって単なる偶然か」

「たぶん偶然だと思うが……なんだよ長嶺、その目は？」俺は友人の向ける疑惑の視線から逃れようとして数歩ほど後ずさり。「やめろ、こら、そんな目で俺を見るなっての！」

だが疑り深い友人は、犯罪者を眺めるような視線を、真っ直ぐ俺に向けたままで、

「念のため聞くが、橘、今日の夕方以降、おまえはどこで何を？」

と、まさかのアリバイ調べ。——くそ、完全に容疑者扱いじゃねーか！

俺は「はぁ」と小さく溜め息を漏らしながら、「ふん、夕方以降か。だったら武蔵新城にいたぜ。ああ、明るいうちから飲み屋でビールだ。ざまーみろ」

「畜生、最低なアリバイだな！」

どこが最低なのか、俺にはサッパリ理解できない。『明るいうちから』っていう部分だろうか。むしろサイコーだと思うのだが、それはともかく――

「じゃあ、今度は俺の質問に答えろよ。竹本さんは頭から血を流して倒れているところを発見されたってな。現場はこの公園か。殴られたのか。それとも刃物で切られた？」

「ああ、現場はこの公園の奥だ。頭を鈍器のようなもので殴られたらしい。見てのとおり住宅街の外れの公園だから、日没を過ぎれば立ち寄る人は少ない。たまたまトイレを利用しようとした学生が、倒れている竹本氏を発見して警察に通報した。竹本氏はおそらく会社から自宅に戻る途中だったんだろうな。彼がなぜ公園に立ち寄ったのかは判らん。第一発見者の学生と同じく、トイレを使おうとしていたのかもな。とにかく竹本氏は背後から後頭部を打ち据えられた。当たり所が悪ければ即死していたところだ」

「助かりそうなのか。意識不明の重態と聞いたが」

「それは予断を許さないな。だが仮に意識を取り戻したとしても、竹本氏が犯人を見ているかどうか判らない。いきなり犯人が背後から殴りかかったなら、竹本氏は犯人の姿を見ていないかもだ。付近の防犯カメラの映像に何か映っていればいいんだがな」

「そうか」俺は小さく頷き、そして大事なことを思い出した。「そういえば、理奈ちゃんは？竹本さんには娘さんがいただろ。あの子はいまどうしている？」

「娘さんなら父親の病院にいるはずだ。酷くショックを受けているそうだがな」

「……そうか。無理もない話だ。可哀想に……」

それでも病院にいるのならば、とりあえずは安全だ。被害に遭った父親の周囲には医者もいれば警官もいるだろう。竹本理奈が思わぬ被害に遭遇する危険性はない――

そう判断した俺は、「判った、ありがとよ」と友人に礼をいって現場を離れた。

7

長嶺と別れた俺は、その足で同じく溝ノ口にある綾羅木邸へと向かった。あの好奇心旺盛な探偵少女が、言い付けどおりに家でジッとしているかどうか、気になったからだ。

到着してみると不安は的中。ちょうど巨大な門扉が開き、中から小さな影が現れ出るところだ。俺は背後からその人影を呼び止めた。「おい、何やってんだ、有紗！」

瞬間、青いロリータ服の背中がビクリ。振り向いた有紗は「ああ、良太ぁ」と作り笑いを浮かべて懸命の言い訳を試みる。「んーっと、有紗ね、いま正門のお掃除中なの……」

「コラコラ、すぐバレる嘘をつくなよ。馬鹿にしてんのか！」

もちろん探偵少女は夜の現場に駆けつける気だったに違いない。俺は有紗を敷地の中へと押し戻しながら、「ほら、とにかく家に戻れ。事件のことなら、俺が知ってることを話してやるよ。さっき長嶺から情報を仕入れてきたんだ。――ん、ところで、おい」

「なによ？」

「長谷川さんはどうしたんだ？　彼女がおまえの外出を許すはずがないよな」

長谷川さんは綾羅木家の家政婦。たとえ孝三郎が出張中でも彼女の存在がある限り、有紗が勝手な行動を取ることは許されないはずなのだが――「長谷川さん、留守なのか」

「ううん、いるよ。ただ疲れちゃったのかな。リビングで居眠りしちゃって……」

――なにい、あの堅実無比の家政婦さんが、居眠りだってえ!?

怪訝に思う俺の前で、有紗は屋敷の玄関扉を開け放つ。俺は小声で「お邪魔しまーす」といって建物の中へと足を踏み入れた。玄関ホールを抜けて長い廊下を進む。

途中、半開きになった扉から中を覗くと、そこが噂のリビングだ。メイド服姿の長谷川さんは大きなソファの上。半分ずり落ちたような不自然な寝姿でガーガーと派手な鼾をかいている。テーブルの上には横倒しになった湯飲み。そして怪しい錠剤が入った薬瓶。

その光景に俺は強い戦慄を覚えた。

「うッ……なにが居眠りだ……完全に『一服盛られた』って雰囲気じゃねーか……」

俺は脅威に満ちた視線を少女の背中に向けた。――綾羅木有紗、やっぱり恐ろしい子！

だが少女は何事もないかのように歩を進め、俺を二階の一室へと案内した。

そこは有紗の部屋だ。天蓋付きのお姫様ベッドに高級学習デスク。天井まで届く背の高い本棚は、その大半が国内外の本格ミステリ小説で占められている。

有紗はベッドの端に腰を下ろすや否や、俺の話を催促した。「じゃあ、さっそく聞かせてよ、良太。理奈ちゃんのパパの身に何が起こったのか。長嶺さんはなんていってた？」

俺は学習デスクの回転椅子に腰を落ち着けると、先ほどの長嶺との会話を繰り返した。

有紗は真剣な表情で俺の話に耳を傾ける。だが話が終わると、少女は「はあッ」と落胆の溜め息を漏らした。「なんだ、全然、手掛かりらしいもんがないじゃない。要するに理奈ちゃんのパパは、会社から帰宅途中の公園で何者かの襲撃を受けたってことね」

「そうらしい。だから通り魔の可能性も否定はできないそうだ。仮に通り魔だとすれば、これは警察の仕事だ。探偵の出る幕はないってことになる。あまり首を突っ込まないほうがいいんじゃないか。それよりむしろ理奈ちゃんのことを心配してやるんだな」

「確かに理奈ちゃんは可哀想……だけど、どうも気になるのよねえ」有紗はベッドの端からすっくと立ち上がると、腕組みしながら子供部屋をウロウロと歩きはじめた。「長嶺さんが指摘した点は有紗もまったく同感。良太の周囲で、立て続けに犯罪が二件も起こっている。偶然とも考えられるけど、ひょっとするとそうじゃないのかもね」

「おいおい、おまえまで疑るのか。俺は犯人じゃないっていってるだろ」

「良太は竹本洋輔さんから依頼を受けた。良太はその依頼を実行した。ところが竹本さんは約束の報酬を払わなかった。腹を立てた良太は暗い公園で竹本さんを襲撃した――」

「おーい、聞いていなかったのかー、俺には完璧なアリバイがあってだなー」

「うるさいなあ、もう、判ってるってば！」有紗は二つ結びの髪を振り回しながら背中を向けると、さらに独り言を続ける。「良太は犯人じゃない。でも、まったく無関係とも思えない。――てことは、どういうこと？　ああ、なんだか判りそうで判んない事件ね」

と少女が頭を抱えた瞬間、ふいに俺の携帯が着信音を奏でた。

「ん、誰だよ、こんな大事なときに」呟きながら携帯を開くと、発信者は綾羅木孝三郎その人だ。「わ、有紗のパパからだぞ。いったい何の用だ？」

驚きながらも、恐る恐る携帯を耳に押し当てる。「は、はい、橘ですが」

『やあ、私だ、綾羅木だ。ひっく、夜分に悪いが気になって電話してみたんだ。寝台特急の事件はもう解決したのだがね、ヤボ用があってまだ鹿児島にいるんだ。――ひっく』

――なにがヤボ用だ。焼酎飲んですっかりご機嫌じゃねーか！

心の声とは裏腹に、俺は丁寧な口調で頷く。「そうでしたか。で、気になることとは？」

『例の件だよ。君に依頼した運動会の件だ。ちゃんとビデオは回してくれたんだろうね』

「もちろんですとも。きっとご満足いただけるはずですよ。そりゃまあ、素人の回したビデオですから、多少は見苦しい場面があるかもしれませんがね」

といって懸命に予防線を張る俺。すると孝三郎の声が急に大きくなった。

『見苦しい場面だって!?　それは聞き捨てならないな、橘君。他の種目はともかく、紅白対抗リレーだけは、ちゃんと撮ってもらえたんだろうね。あの種目では、うちの有紗が代表選手を務めている。いわば有紗にとっては最大の見せ場だ。見苦しい場面など、あってもらっては困るんだがねえ』

「ああ、紅白対抗リレーね。それは大丈夫です。問題ありませんから」

『そうか。だったらいい。君に撮ってもらったビデオ、帰ったらさっそく見させてもらうよ。いや、つまらない電話をしてすまなかったな。それじゃあ――ひっく！』

派手なしゃっくりの音を残して、孝三郎からの電話は一方的に切れた。

――ええい、正真正銘つまらねー電話、よこしやがって！

腹立ち気味に俺は携帯を仕舞う。そして、ふと気になって有紗に尋ねた。「おい、例のビデオカメラって、おまえに渡してあったよな。あれって、ちゃんと撮れてたか？」

するとと意外にも彼女は小首を傾げながら、「さあ、知らない。有紗、あのビデオカメラ、あれから一度も触ってないもん。だから中の映像もまだ見てない。だって、あれには有紗が映ってるんでしょ。そりゃあパパは見たがるかもしれないけど、有紗は撮影された自分の姿を見たって、べつに楽しくもなんともないもん」

「へえ、そういうもんか」意外に有紗はナルシストではないらしい。それは結構なことだが、俺は少しだけ不安になった。要するに運動会の日に撮影したビデオ映像は、その後、誰も中身を確認していないということだ。「おい有紗、あのビデオカメラ、もう一度見せてくれないか。ちゃんと撮れているか、なんだか心配になってきたから」

「判った、取ってくるー」といって有紗はいったん子供部屋を出る。やがて舞い戻ってきた彼女の手には、見覚えのある単行本サイズのビデオカメラが握られていた。

古い形式のこのカメラの場合、記憶媒体はＤＶＤだ。俺はカメラを受け取ると、さっそく中から銀色のディスクを取り出す。そして子供部屋の中をキョロキョロと見回した。

「ここにはテレビもパソコンもねーみたいだな」

「うん、ないよ。『パソコンが欲しい』って、おねだりしてるんだけど、パパは絶対買ってくれないの。『子供があんなものを持ってもロクなことにならん。犯罪に巻き込まれるか、その子が犯罪に手を染めるかの、どちらかだ』っていうのよ。どう思う、良太？」

――ネット社会に対する偏見がスゲーんだな、おまえの親父！

俺は呆れつつ苦笑いするしかない。「判った。じゃあリビングで見させてもらうぞ」

「勝手にどうぞ。有紗はいま事件のことで頭がいっぱいだから」

腕組みして背中を向ける探偵少女。それをひとり残して、俺は子供部屋を出る。

一階のリビングに向かうと、そこに最新の大画面テレビがあった。当然DVDプレーヤーもある。一服盛られた長谷川さんは、ソファの上で深い眠りに沈んだままだ。その哀れな姿を横目で見やりながら、俺はディスクをプレーヤーにセット。再生ボタンを押すと、たちまちテレビ画面にあの日の運動会の模様が映し出された。

最初の場面は開会式だ。選手宣誓。ラジオ体操。校長先生の挨拶。女子児童が貧血でパタリパタリ……。見覚えのある場面が続くのを見て、俺はホッと胸を撫で下ろした。

「なんだ。ちゃんと撮れているじゃないか。これなら大丈夫そうだな……」

安心した俺は、手元のリモコンを操作してDVDの続きを倍速再生にする。画面の中の有紗は加速装置を用いたサイボーグ戦士のごとく、猛スピードで運動場を駆け抜け、目にも留まらぬダンスを舞い踊る。「うひゃひゃ、なんだ、これ。おもしれー動き！」と俺はひとり腹を抱えていたのだが、「おっと、確かこの後だよな、紅白対抗リレーって」

俺は再びリモコンを操作して、再生速度を通常モードに戻す。有紗のダンスが本来の動きに戻って演技は終了。整列して退場していく四年生たち。その直後、一瞬だけ映像が乱れて、画面が切り替わる。そこに映し出されたのは妙にガランとした運動場の光景だ。ここに選ばれし女子児童たちが入場してくるのかと思って、しばらく眺めてみるが、いっこうにその気配はない。スピーカーからは会場のザワザワとした音声が雑音として聞こえてくるばかりだ。

不安になった俺はテレビ画面に顔を寄せた。

「なんだ、これ。こんな場面、撮影した記憶ねーけどな……」

と、そのとき背後から突然響く少女の声。「ねえ、どうだった、良太。有紗のこと、上手に撮れてた？　新海誠アニメのヒロインみたいに？」

ん!?　なんか、この前いってたことと違うな——と若干の疑問を抱きつつ、俺は後ろを振り返った。「なんだよ有紗、結局、見にきたのか」

「うん、恥ずかしい場面が映っていたら消去してもらおうと思ってね。——でも、なによ、これ？」有紗は動きのない画面を不思議そうに指差した。「運動場の静止画？」

「確かに、そう見えるだろうな」だが、これは静止画ではない。よく見れば映像は動いている。運動場のトラックを挟んだ遥か向こう側の観覧席。楽しそうにお弁当を広げる親子の姿が、辛うじて確認できるではないか。「——弁当!?　てことは、これはもう昼休みなのか」

そんな馬鹿な、と俺は目を疑った。では昼休み前の大一番、紅白対抗リレーの映像は、どうなってしまったのか。あるはずのリレーの映像がなく、その代わり、撮った覚えのない運動場のどうでもいい映像が残っている。これはいったいどういうことなのか？

「よ、よく判らんが、どうやら俺はしくじったらしい。紅白対抗リレーの映像が……その映像だけが撮れてない……困ったな、有紗のパパになんて説明すりゃいいんだ……」

愕然とする俺の隣で、有紗はマジマジとビデオの映像を見詰める。まるで静止画風の景色の向こうに、興味深い何かが見えるかのように。

すると少女は何を思ったのか、いきなりリモコンを操作してDVDを倍速再生する。静止画風の運動場の光景がしばらく続き、途中、何度か映像が乱れたかと思うと、また運動場の光景に戻る。そして有紗は再生速度を通常モードに戻した。

テレビ画面は何事もなかったように、児童たちによる応援合戦の光景を映し出していた。応援合戦は午後の最初のプログラムだ。とりあえず俺はホッと胸を撫で下ろした。

「良かった。午後の部からはまた元どおり、ちゃんと映っているみたいだな」

俺はDVDを倍速再生させて、それ以降の映像をチェックする。不思議なことに、撮影ミスや撮影漏れらしい箇所は一箇所もない。なおさら俺は首を捻らざるを得なかった。

「なぜだ？　なぜ肝心の紅白対抗リレーだけが撮れてないんだよ」

悔しがる俺の隣で、そのとき有紗が何事かに気付いたようにハッとした表情。いきなり俺のほうを向くと、ずいと顔を寄せてきた。「ねえ良太、ひょっとすると、これは！」

「ん、これは――って、なんだよ？」

「いや、待って。まだ決め付けるのは早いわ」有紗は慎重な態度を見せると、あらためて俺に要求してきた。「ねえ良太、紅白対抗リレーを撮影しようとしたとき、良太の周りで何があった？　良太はどういうふうにカメラを回したの？　リレーの後で良太、カメラをどうにかしなかった？　当時の状況を詳しく教えてほしいんだけど」

「そりゃ教えるのは構わないさ。でも、いいのかよ？」俺は僅かに首を傾げた。「おまえ、竹本さんの殺害未遂事件のことを考えてたんじゃなかったのか」

「そうだよ」有紗は真っ直ぐ頷いた。「だから聞きたいんじゃない、良太の話を――」

8

翌日の午後。俺は衿糸小学校の前に軽ワゴン車を停めて待機。やがて終業のチャイムが鳴り響くと、下校する集団の先陣を切って、制服姿の有紗が校門を飛び出してきた。

「理奈ちゃんの教室にいってみたけど、駄目だった。やっぱり学校休んでるって」

助手席に乗り込みながら、有紗が早口に捲し立てる。俺は運転席で頷いた。

「まあ、当然だよな、父親が重態なんだから……で、これから、どうするんだ？」

「とりあえず理奈ちゃんの自宅にいってみて。そこが駄目なら病院にいるはずだから」

有紗は竹本理奈に直接会いたいらしい。会って何がしたいのか、その点はよく判らないのだが、とにかく彼女の指示に従って車をスタートさせる。竹本家にはものの数分で到着。だが車を停めて降りようとすると、大きな撮影機材を抱えた複数の男女が、俺たち目掛けて駆け寄ってくる。俺は思わず舌打ちした。

「畜生、テレビ局の連中だな！」

竹本洋輔殺害未遂事件は、通り魔的犯行として世間の注目を集めている。被害者の自宅周辺に報道陣が殺到していることは当然予想できたことだ。しかし俺はいいとしても、小学生である有紗の姿をテレビカメラの前に晒すべきではない。そう考えた俺は自分たちに向けられた不躾《ぶしつけ》なマイクに向かって「○○ッ○！　オ○○○！　○ッ○○！」と大きな声で叫ぶ。

女性レポーターが「まあ！」と顔を赤らめている間に、俺と有紗は無事、竹本家の敷地内へとたどり着いた。「へへッ、ざまーみろ！　思いっきり放送禁止用語を喋ってやったぞ。これなら夕方のニュースでは放送できまい。――どうだ、有紗」

「んーと、有紗、よく判んない」

本当に『よく判んない』のか、その逆なのか、俺にもよく判んないのだが、とにかく有紗は顔を伏せながら小走りに玄関へと駆け寄る。呼び鈴を鳴らすと、玄関の向こうで人の気配があった。「理奈ちゃーん、いるー？」と有紗が可愛く呼び掛ける。

やがて、ためらいがちに開く玄関扉。顔を覗かせたのは白髪の女性だった。おそらく竹本理奈の祖母だろう。有紗が再び「理奈ちゃん、いますか」と尋ねると、その女性は「ええっと、理奈は……」と逡巡《しゅんじゅん》する態度。

だが、その背後から竹本理奈本人の声が響いた。

「おばあちゃん、その人たちはいいのよ。入れてあげて――」

こうして俺と有紗は揃って家の中へ。通されたのは畳敷きの居間だ。父親の容態を尋ねると、理奈は力なく首を左右に振って「まだ意識は回復しないそうです」と不安そうな顔。俺には掛ける言葉がない。いまさらながら、なんという深刻な場面に足を踏み入れてしまったのか、と激しく後悔する。有紗も「パパのこと心配だね……」と呟くしかない。

理奈は有紗に向かってポツリポツリと状況を話した。

「昨夜は病院に泊まったの。でも、いつまでも病院にいられないから、今日はずっと家に……。田舎からおばあちゃんがきてくれたから、家のことは大丈夫なんだけど、外が騒がしいのがちょっとね……。まあ、通り魔事件だから無理もないんだけれど……」

と、その言葉を聞いた瞬間、有紗が顔を上げた。「それは違うよ、理奈ちゃん！」

「え、違うって、何が違うの？」

「理奈ちゃんのパパが襲われたのは、単なる通り魔事件じゃないと思う。犯人にはちゃんとした目的があって、理奈ちゃんのパパを狙ったんだよ」有紗は一歳上の友人の顔を覗き込むようにしながら、「ねえ、理奈ちゃん、パパを襲った犯人を捕まえたい？」

「そ、そりゃあ、犯人は捕まってほしいけど、それが誰だか判らないし……」

「ううん、それは調べれば判ると思う」

「そうなの⁉　でも調べるって何を――」

「運動会のビデオあるでしょ。良太が撮ったやつ。あれって理奈ちゃん、中身を見た？」

「ううん、あたしは見てない」首を左右に振った理奈は、ふいに何か思い出したように言葉を続けた。「そう、それが変なのよ。パパはあのビデオをあたしに全然見せてくれないの。あたしはパパと一緒に見たいって思ったんだけど、パパは『また今度な』とか適当なことをいって先延ばしに……そしたら、こんなことになっちゃって……」

理奈の話に、有紗は「うんうん」と何度も頷きながら、「きっと、そんなことだろうと思ったよ。理奈ちゃん、そのビデオの映像、いま見られる？」

「うん、たぶんパパの部屋にあると思う。取ってくるね」

ひとりで居間を出ていった理奈は、数分後、一台のビデオカメラと付属のケーブルを持って戻ってきた。見覚えのある文庫本サイズのビデオカメラだ。理奈はそのカメラを有紗に手渡しながら、「最近、ビデオを回すような行事はなかったから、まだ運動会のときのままだと思うんだけど……」

「判った。とにかく確認してみようよ」有紗はケーブルでカメラ本体とテレビを接続する。カメラ本体の再生ボタンを押すと、テレビ画面に映像が流れ出した。開会式の場面だ。選手宣誓。ラジオ体操。校長先生の挨拶。女子児童がパタリパタリ……

それを見て有紗が満足そうに頷く。「うん、うちで見たのと、おんなじだね」

「当然だろ。この場面は二台のカメラを並べて撮っただけの、やっつけ仕事なんだから」

とにかく、このビデオカメラに運動会の映像と音声が収められていることは確認できた。ならば、とばかりに有紗は再生速度を上げる。五年生の徒競走、五年生のダンスが猛スピードで再生されたところで、有紗は再生速度を通常モードに切り替えた。

「たぶん、この後が紅白対抗リレーのはずだよね」

「そうだ。理奈ちゃんの場合、五年生のダンスに出て、その後が紅白対抗リレーのはず」

だが待てよ、と俺は不安になった。有紗を撮ったビデオがあんな具合だったのだ。同時に撮影した理奈のほうも、まともに映っていないのではないか。いや、むしろ映っているほうが変だ。そんなふうに決め付ける俺の目の前、テレビ画面の中では理奈たちのダンスが終了。五年生児童が退場すると、次の瞬間、画面はゲートから入場してくる女子児童の映像に切り替わる。それを見て俺は逆に驚いた。

「これって紅白対抗リレーの入場シーンだよな。なんだ、普通に映っているじゃないか」

ホッとすると同時に、俺の胸には新たな疑問が湧き起こった。では、なぜもう片方のカメラには、この映像が撮れていなかったのか。有紗を狙ったカメラだけ、操作するのを忘れたということか。そんなヘマはしなかったと思うのだが――

首を傾げながら映像を眺めていると、突然テレビのスピーカーから『ガツン！』という音。続いて『うッ……痛てて……畜生、なんだよ、いったい……』と聞き覚えのある声が響く。録画中のビデオカメラの内蔵マイクが拾った俺の声だ。と同時に画面が極端なローアングルの映像になる。おや、と思ったその直後、映し出されたのは、またしても別の映像だ。それは、昨夜も見たあの無意味な映像。静止画風の運動場の光景だ。

「はあ!?　なんで、こんなどうでもいい景色が映ってるんだ。ていうか紅白対抗リレーは、どこにいったんだよ？　これからがレース本番のはずなのに……」

思わず首を捻る俺。だが隣の有紗は納得の表情で深々と頷いた。

「やっぱり思ったとおりだよ、良太。これは間違いなく二度押しだね！」

昼休みのガランとした運動場を撮った映像。それを見やりながら、有紗は説明した。

「紅白対抗リレーには有紗と理奈ちゃんの両方が出る。良太はそれをひとりで撮影するために、二台のビデオカメラを両手に構えた。そこで、まずは理奈ちゃんを撮るための文庫本サイズのカメラ――仮に《理奈ちゃん用カメラ》と呼ぶけど――その録画ボタンを押した。理奈ちゃん用カメラは録画を開始する。続いて良太は、有紗を撮るための単行本サイズのカメラ――仮に《有紗用カメラ》と呼ぶね――そっちの録画ボタンを押そうとした。だけど、このとき、ちょっとしたアクシデントがあったはずだよね、良太？」

「そういや、そのタイミングで俺の頭に激痛が走ったっけ。後ろのカメラオタクっぽい男が構える一眼レフカメラ――仮に《オタク用カメラ》と呼ぶが――その望遠レンズが、俺の頭を直撃したんだ。俺は敷物の上にいったんカメラを置いて、両手で頭を押さえた」

「映像が急にローアングルになったのは、そのせいだね」

「そういうことだ。俺は後ろの奴に文句をいってやろうかと思ったんだが、運動場ではちょうど選手たちの入場が始まったところだった。だから、俺はまた両手にカメラを持ちなおして、すぐに前を向いたんだ。そして、あらためて有紗用カメラの録画ボタンを押そうと……

ん、待てよ」

俺は急に自分の記憶に自信が持てなくなった。なんだか、その場面の記憶が酷く曖昧なのだ。俺の不安げな顔を見て、逆に有紗は自信を得たような表情を覗かせた。

「そのとき良太が間違いなく有紗用カメラの録画ボタンを押したのなら、有紗の入場シーンがちゃんと映像に収まってるはずだよね。でも実際は、そうなってない。有紗用カメラには、リレー選手の入場シーンも競走するシーンも映っていなかった。つまり良太はそのとき有紗用カメラの録画ボタンを押したつもりで、実際は押していないんだよ」

「そ、そうなのか!? でも、俺は何かボタンを押した気がするぞ……あッ、てことは!」

「そう。良太は有紗用カメラと間違えて、理奈ちゃん用カメラの録画ボタンを、もう一度押しちゃったんだね。つまり録画ボタンの二度押しってこと。すると何が起こるか。——判るでしょ、良太?」

「あ、ああ、なんとなく判る」録画ボタンは一度押せば録画がスタートして、もう一度押せば録画がストップする仕組みだ。ということは——「いったんは正しく録画を始めたはずの理奈ちゃん用カメラが、すぐに録画をやめてしまうってわけだ。そうか。それで、さっきの入場シーンは始まった直後にプッツリ途切れてしまったんだな」

「そういうこと。一方、有紗用カメラは録画ボタンを一度も押してないから、当然何も録画していない。要するに、良太はあの紅白対抗リレーをちゃんと撮影しているつもりでいながら、実際は、動いていない二台のカメラを両手に構えていただけだったんだよ」

「ううッ、そうだったのか」事実を知らされて、俺は思わず俯いた。ビデオカメラの二刀流を気取っていた俺だったが、実際は二刀流どころか、ゼロ刀流だったわけだ。

愕然とする俺をよそに、有紗の説明はなおも続いた。

「録画ボタンの二度押しって、結構ありがちなことなんだよ。一種の《ビデオ撮影あるある》だね。だけど二度押しの本当の怖さはここからだよ。良太は何も知らずに紅白対抗リレーを二台のカメラで撮影したつもりでいた。で、リレーが終わるよね。良太は二台のカメラの録画ボタンを押して、録画を《停止》させた。少なくとも良太は、そう思っているはず。でも、それは《停止》じゃない。実際には、ボタンを押したその直後から、二台のカメラはやっと本当の録画を始めたんだよ。二台のカメラは揃って運動場のほうを向きながら、昼休みのどうでもいい風景を延々と撮り続けていたってわけ」

「そうか。そういやリレーが終わった後、俺はクーラーボックスの上に二台のカメラを並べて置いていた。そのレンズが揃って運動場のほうを向いていたから、二台とも同じ運動場の映像を記録しているんだな」

納得して頷く一方で、俺はふと疑問を覚えた。そもそも有紗が明らかにしようとしている謎は何だったか。それは録画ボタンの二度押しの件などではなかったはず。そう、彼女は竹本洋輔殺害未遂事件の真相を暴こうとしていたはずだ。それなのに、なぜ――？

腑に落ちない思いの俺。その耳に突然、どこからともなく有紗の声が聞こえてきた。

『もう、お腹ペコペコだよー。良太ぁ、お弁当あるー？』

これは確か、運動会の昼休みに観覧席に現れた有紗が、俺に向かって開口一番放った台詞。それがテレビのスピーカーから流れているのだ。録画中のビデオカメラの内蔵マイクが有紗の声を拾ったものだ。当然、続く俺の台詞もスピーカー越しに聞こえてくる。

『よお、お疲れさん。相変わらず凄い脚力だったな……』

と次の瞬間、テレビ画面の映像が急激に変化した。運動場を映していることには変わりないが、またしてもローアングル。地面スレスレから撮影した映像だ。俺はその意味を即座に悟った。「確かこのとき、弁当を取り出そうとしてクーラーボックスの蓋を開けたんだ。それで蓋の上にあったカメラ二台を、いったん敷物の上に退かした。それで弁当を取り出して、また蓋を閉めて、カメラを蓋の上に戻したはず……」

当時の記憶をたどる俺。その言葉どおり、テレビ画面の映像が再び揺れ動く。弁当を取り出し終えた俺が、再びカメラをクーラーボックスの上に置きなおしたのだ。だがその直後、画面に映し出された映像を見て、俺はキョトンとした。

「ん、なんだよ、これ!?」

先ほどまで運動場の風景を映し出していた画面上に、いまはもう運動場は見えない。代わって映し出されているのは、レジャーシートに腰を下ろしながら楽しそうに弁当を食べている人、人、人の姿。中でも青いカーディガンを着た母親と、俺が密かに《クソガキ》と名付けた遠慮のない男子児童が、画面のほぼ中央で弁当を広げていた。

その映像とは関係なく、スピーカーからは『じゃあね、良太』『は!? じゃあねって……』という有紗と俺の当時の会話が流れている。俺はすぐさま状況を理解した。

「これって観覧席の風景だよな。ああ、そうか。カメラをクーラーボックスの上に置きなおしたとき、理奈ちゃん用カメラだけ、百八十度逆の向きに置いちまったんだな。だから今度は運動場側じゃなくて観覧席側が映っているんだ」

「そういうこと」と有紗が満足そうに頷いた。「昨夜、あたしと良太は有紗用カメラの映像を見たけど、あっちは最後まで運動場を向きっぱなしだったよね。でも理奈ちゃん用カメラはそうじゃない。途中から観覧席のほうを向いている。――そして、ほら見て！　この映像の右端に何が映っている？　レジャーシートがあって、その端っこに黒い洋服が放り出されているよね。あれは何？」

「あ、あれは、ひょっとして革ジャンか。そうだ、間違いない。あの関西弁夫婦の旦那のほうが着ていた革ジャンだ」

息を呑んで画面に目を凝らす俺。画面の右端には豹柄のスパッツを穿いた女性の背中が見切れている。おそらく関西弁夫婦は、あの標準語の息子と一緒に弁当を囲んでいるのだろう。旦那と子供の姿は画面上には映っていないが、旦那の脱いだ革ジャンだけは無造作に敷物の片隅に置いてある。俺の記憶が確かならば、そのポケットからは例の高級腕時計が半分顔を覗かせているはずなのだ。――あッ、ということは！

緊張して成り行きを見守る俺。すると画面の中で再び動きがあった。

画面の右端から、突然ひとりの男性が登場。その男性は敷物の間を通って関西弁夫婦の傍まで歩み寄ると、そこでふいに立ち止まる。どうやら靴紐《くつひも》が解《ほど》けたらしい。男性はその場でしゃがみこむと、背中を丸めながら靴紐を結び始める。だが次の瞬間、男性の片手が自分の足許ではなく、そのすぐ隣にある革ジャンへと素早く伸びた。

「――あッ」画面を見詰める理奈が小さく声をあげる。

その視線の先。画面に映る男の手には、すでに金色に輝く腕時計が握られていた。だが豹柄スパッツの女は自分の背後で起きていることに、まったく気付かない。周囲の親子連れも揃って無反応だ。そんな中、男性はすっくと立ち上がると、時計を握った手をズボンのポケットに突っ込む。綺麗に整えられた白髪を撫でながら、画面の左端へと立ち去っていく男性。

その横顔とポロシャツ姿をカメラはしっかりと映し出していた。

「なんてこった……」唖然としながらも、俺は事の次第を充分理解した。ポロシャツ姿で白髪。そういう人物が、あの付近の観覧席にひとりいた記憶がある。確か孫娘の応援に訪れていた初老の男性だ。「あの人が腕時計を盗んだ張本人だったのか……」

「そういうこと」と有紗が頷く。「そして、その犯行の一部始終を良太は自分でも知らないうちに、ビデオカメラで撮影していたんだね。ちなみに、この無意識の撮影は、良太がカメラのバッテリーを交換したときまで続いていたはず。だけどバッテリーを交換した時点で、カメラの電源はいったんオフになる。すべてはそこでリセットされ、午後のプログラムからはまた普通の撮影がおこなわれた。それは運動会の終了まで続いた――」

「そして何も知らない俺は、そのカメラを理奈ちゃんのパパに渡したってわけだな」

竹本洋輔はその映像を見ただろう。だが娘の理奈には見せなかった。映像の中に窃盗事件の決定的瞬間が映りこんでいたからだ。子供に見せるべきではない、と考えるのは親として当然の判断だろう。では竹本洋輔はこの映像をどうしたのか。本来なら警察に届けるべきだと思うが、彼はそうしなかった。そして昨夜、彼は帰宅途中の公園で何者かに襲撃された。

ということは――「ああ、そうか。そういうことだったんだな」

たちまち俺の中でひとつの推理が形を成す。いまや事件の全貌は明らかに思われた。

だが、この推理を竹本理奈の前で語るわけにはいかない。おそらくは有紗も同じ考えなのだろう。普段なら得意げに推理を披露する探偵少女も、これ以上、事件の真相に踏み込むつもりはないらしい。有紗は不自然に黙り込んでいる。

俺はビデオの再生をストップさせて電源をオフにした。そしてカメラの本体から記憶媒体であるSDカードを引き抜くと、その場ですっくと立ち上がった。「理奈ちゃん、このSDカード、俺に預けてくれないか。絶対、君の悪いようにはしないから」

「え……あ、はい、いいですけど……」おどおどと頷く理奈。

隣で有紗が怪訝そうな表情を浮かべながら、「どうするつもり、良太?」

「心配すんなって。後のことは俺に任せろ」拳でドンと自分の胸を叩く俺。

すると有紗はすべてを見透かしたような目でコクンと頷いた。

「うん、判った。じゃあ、後のことは長嶺さんに任せるね!」

9

鋭くも有紗が見透かしたとおり、俺はその足で溝ノ口署の長嶺勇作のもとを訪れた。

すると口の利き方を知らない友人は「なんだ、橘か。何しにきやがったんだ?」と迷惑そうな顔。俺は預かったSDカードの映像を彼に見せながら、自らの推理を語った。

すると決定的瞬間を捉えた映像を見て、長嶺の顔色が一変。俺に対する礼の言葉もそこそこに、彼は仲間の刑事とともに溝ノ口署を飛び出していった。ビデオに映った白髪の窃盗犯の身許を洗い出すためだ。警察の力をもってすれば、それはいともたやすいことに違いない。

そして翌日の放課後――もちろん有紗にとっての放課後だが――俺は警察署近くの喫茶店で再び長嶺と会った。制服姿の有紗も同席して、ストローでオレンジジュースを飲んでいる。

長嶺は俺に向かって、その後の顚末《てんまつ》を語った。

「例の初老の窃盗犯だがな、すぐに逮捕されたよ。岡部《おかべ》圭一《けいいち》という男だ。孫娘が衿糸小学校に通っている。ビデオを見せて問い詰めたところアッサリと観念した。運動会のさなかに腕時計を盗んだのは、間違いなく岡部だ。で問題は、この後なんだが――」

長嶺はテーブル越しに俺の顔を覗き込みながら続けた。

「さらに問い詰めたところ、彼はもうひとつの容疑も認めた。やはり竹本洋輔氏を公園で襲撃したのは、岡部圭一の仕業だったようだ。自宅を調べたところ、凶器のハンマーが見つかったから、まず間違いはないな」

「うーん、やっぱりそうか」俺は暗い顔で頷いた。

俺が偶然撮ってしまったビデオ。それを見て、竹本洋輔は窃盗犯が誰であるかを知ってしまった。そこで彼は何をどうしたか。おそらく彼は自ら窃盗犯と会い、そして相手を強請ったのだ。『警察に黙っていてほしければ、カネをよこせ』という具合にだ。父子家庭である竹本家の暮らしぶりが楽でなかったことは、想像に難くない。そこに恰好の強請のネタが舞い込んできた。このネタを上手に使えば、大金を手にすることも可能だ。竹本洋輔はその欲求に逆らえなかったのだろう。だが強請られた側も黙って彼のいいなりにはならなかった。凶器片手に待ち伏せして、帰宅中の竹本洋輔を殺害しようと試みたのだ――

これが俺の推理であり、おそらくは有紗の推理でもあったはずだ。

だが、この内容の推理を竹本理奈の前で披露するわけにはいかない。だから昨日の俺は、証拠のSDカードを持って竹本家を出ると、後のことを長嶺に委《ゆだ》ねたのだった。

「結局、俺の推理したとおりだったんだな。理奈ちゃんにとっては嫌な話だろうが……」

「いや、それはちょっと違うぞ、橘」意外にも長嶺は首を左右に振った。

俺と有紗は咄嗟に顔を見合わせた。――いったい何が違うというのか？

「竹本洋輔氏は、橘が思うような悪党じゃないってことさ。確かに竹本氏はビデオ映像を見て、窃盗犯が岡部圭一であることを知った。二人は同じ町内に住んでいて、もともと面識があったらしい。しかも竹本氏の娘と岡部の孫は同じ小学校だからな。会えば会話ぐらいは交わす間柄だったようだ。だが、竹本氏はよく知る仲の岡部圭一を強請ろうなどとは、考えなかった。――要するに、おまえとは人間のデキが違うんだよ、橘！」

「そ、そうだよ、良太！　理奈ちゃんのパパは、そんな人じゃないよ！」

「な、なんだと有紗、おまえまで……」長嶺はともかく有紗は俺と同じ考えだったはず。絶対そうに決まっているのに――くそッ、有紗め、土壇場で態度を翻しやがったな！

ギリギリと歯軋《はぎし》りする俺の前で、長嶺はさらに話を続けた。

「まあ、よく聞け、橘。竹本洋輔氏は岡部圭一を強請らなかったし、警察に突き出そうともしなかった。かといって、知ってしまった悪事を見て見ぬフリもできない。そこで竹本氏は岡部圭一に直接会って、こう提案したらしい。『盗んだ腕時計を被害者に返してやったらどうか』と。しかし岡部圭一にしてみれば、自分が窃盗犯であることを竹本氏に知られてしまったという、その事実こそが恐ろしい。たとえ竹本氏が『このことは自分の胸だけに収めるから』といったところで、その言葉が現に盗みを犯した岡部には信用できない。万が一にも自分が窃盗犯だとバレたなら、子や孫にまで影響が及ぶんだからな。やがて恐怖に駆られる岡部の胸中には、竹本氏への殺意が生まれていった――ということらしい」

「なるほど、そういうことだったのか」

「じゃあ、理奈ちゃんのパパは悪い人じゃなかったんだね、長嶺さん」

「そうだよ、有紗ちゃん」

優しげな笑みで頷いた長嶺は、一転、険しい顔を俺へと向けながら、

「いいか橘、《竹本洋輔＝恐喝者》という図式は、おまえの心が勝手に生み出した邪悪な憶測にすぎない。要するに、おまえの心がすさみきっているんだよ。理奈ちゃんを見てりゃ判るだろ。あんなきちんとした女の子の父親が、そんなに酷い真似すると思うか。まったく、おまえの心はなんて醜いんだ。俺は友人として悲しくなるぞ！」

「そ、そうだよ、あ、有紗も悲しくなるよ！」

少女は慌てて長嶺に同調する。当然ながら、俺は不満顔だ。

「なんでだよ!?　なんで俺だけ心が汚れてるみたいにいわれなきゃならねーんだよ」

――その理屈でいうなら、有紗だって相当汚れてるって話だからな！

いいたいことは山ほどあったが、長嶺の語った真相が、俺や有紗にとって好都合だったことは間違いない。これなら竹本理奈が事実を知っても、ショックを受けることはないだろう。

そこで俺はすっくと席を立った。

「とにかく判った。それだけ聞かせてもらえりゃ充分だ。あんがとよ、長嶺」

隣の有紗も一緒に席を立つ。だが長嶺は椅子に腰を下ろしたままで、「おや、もういくのか、橘。いちばん大事な報せがあるんだがな」

「いちばん大事な報せ!?　なんだよ、犯人逮捕より大事なことか」

「ある意味な」と長嶺は意味深な笑みを浮かべた。「竹本洋輔氏だがな、意識が回復したらしいぞ。さっき病院から連絡があった。どうやら峠は越えたらしいな」

「え、そうなのか！」咄嗟に俺は驚きの声。

有紗も両手を叩きながら、「良かった！　理奈ちゃん、きっと大喜びしてるね」

「そうだね、いまごろ病院に駆けつけてると思うよ。有紗ちゃんもいってみるかい？」長嶺は有紗の頭をポンと叩くと、「おい橘、連れていってやれよ。溝ノ口総合病院だ」

互いに笑顔を見合わせる俺と有紗。

揃って頷いた俺たちは、先を争うように喫茶店を飛び出していったのだった——

第四話

名探偵、笑いの神に翻弄される

1

オトナの事情で社名は伏せるけど、某大手出版社から『○○ウォーカー』っていう雑誌が出てるよな。○○に入るのは「東京」や「福岡」といった都市名、あるいは「関西」とか「東海」というような地域名。要するに特定のエリアにおける人気スポットやグルメ情報などを掲載する地域密着型の情報誌だ。読んだことあるだろ。買ったことはなくても、誰だって本屋で立ち読みしたことくらいはあるはずだ。——ああ、もちろん俺もある。

そんな『○○ウォーカー』シリーズの中から以前、奇妙な一冊が出たことがある。

神奈川県川崎市高津区にある地味な街「溝ノ口」。この狭いエリアに特化した雑誌だ。タイトルはズバリ『溝の口ウォーカー』。ページを開けば、駅前の商業施設『ノクティ』や商店街『ポレポレ通り』に纏わる記事。地元で人気のグルメスポットやお洒落なカフェの紹介。当然、地元民の大切な足である南武線の情報も盛りだくさん。——と、確かそんな内容だったはずだ。

まあ、立ち読みしただけだから、俺もよく覚えちゃいないけどよ。

だが、とにかく溝ノ口の魅力をギュッと凝縮したような一冊だったことは間違いない。凝縮しすぎたお陰で、この雑誌、結構コンパクトなページ数で収まっていた。要するに溝ノ口という街には、ウォーカーたちがウォークすべき場所やイベントがそれほど多くはなかった、ということだろう。

おそらく、いま人気急上昇中の武蔵小杉をフィーチャーして『小杉ウォーカー』を作れば、二倍三倍のページ数で『溝の口ウォーカー』を圧倒するに違いない。ていうか、いまだったら『溝の口ウォーカー』なんて雑誌は、そもそも出るわけがない。この雑誌が出たのは、武蔵小杉が南武線沿線における絶対的覇権を握るより、少し前のこと。溝ノ口君がまだまだ小杉様を相手にタイマン張れたころの話だ（いまじゃ、もう実力差がありすぎて、とてもとても喧嘩《けんか》になりません。最初から降参ですわー）。

ちなみに、そんな伝説の雑誌『溝の口ウォーカー』の、これまた伝説的な表紙を飾った人物といえば、何を隠そう、あの人気お笑いコンビ『オアシズ』の大久保佳代子嬢だ。

誌上のインタビュー記事によれば、どうやら彼女、売れなかった時代に溝ノ口に住み、女芸人とOLの二足のわらじを履いていたとのこと。人に歴史アリってところだな。

しかし、なるほど売れない芸人が住むには、溝ノ口はいい街かもしれない。家賃は東京に比べれば安いし、田園都市線に乗れば渋谷まで一本だ。それに、なにより川崎市っていうのがいい。木造モルタル造りの貧乏アパートに住んで、多摩川の向こうに広がる東京の灯りを毎日眺めながら、「あすなろう、あすなろう、明日は人気芸人になろう……」などと夢を信じ続けていれば、明日は本当に夢が叶って大久保佳代子嬢のようになれるかもだ（でも、それ以上の成功を望むなら、やっぱり武蔵小杉だな）。

まあ、そういう理由かどうかは知らないけれど、実際、俺の周囲にも売れない芸人やってる奴らが何人かいる。いずれも溝ノ口の飲み屋で知り合った連中だ。売れてないといってもキャリアはそこそこあるし、何度かテレビに映ったこともあるから、たぶん名前ぐらいは聞いたことがあるんじゃないかな。ほら、ヤンキー男とイケてる女の二人組『デニム＆ルビイ』だろ。それから揃いのスーツ着た正統派の漫才コンビ『バレット』…………って、おいおい嘘だろ。反応なしかよ。どうやら誰も知らねーみてーだな！

でもまあ、べつにどうだっていいや。

芸人の知名度と殺人事件の謎とは何の関係もないもんな――

そもそもこの俺、橘良太がその事件を知るキッカケとなったのは、いきなり携帯に掛かってきた一本の電話だった。その日は土曜日で、時刻はもう午後二時に近いころだ。俺は繁華街の某人気レストランの前に立ち、腕組みしてショーケースを眺めていた。

「ふむふむ、カツカレーにナポリタン、それにオムライスか。なるほど、昔ながらの洋食屋って感じだな。――で有紗は何が食べたいんだ？　やっぱ、お子様ランチとかか？」

すると、隣に佇む少女は青いロリータ服の腰に手を当てながら、不満げに唇を尖らせて猛抗議だ。

「はあ、お子様ランチですって!?　馬鹿にしないでくれる、良太」

少女は気位の高さを見せ付けるように胸を張りながら、「お子様ランチだなんて、そんなの子供の食べ物じゃないの！」

「そりゃそうさ。お子様ランチは子供の食べ物に決まってるじゃないか」

だから、おまえにちょうどいいんだろ――内心でそう付け加えながら、俺は十歳の少女、綾羅木有紗の姿を横目で見やる。青いワンピースと純白のエプロンドレス。彼女にとっては定番のファッションだが、いまはもう十一月も半ばなので、この恰好では少々寒いらしい。なので彼女はその肩に名探偵が羽織るような格子柄のケープを纏っている。

結果その姿は『不思議の国のアリス』と『名探偵ホームズ』のファッションをピコ太郎が「あぁーん♪」としたような奇妙なものとなっている。敢えていうなら『不思議の国の名探偵』といった装いか。だが、小学四年生でありながら自らを探偵と信じる有紗にとっては、これこそが満足のいくファッションらしい。彼女の服のセンスは、俺には正直よく判らない。

そんな探偵少女は自慢のツインテールを揺らしながら、

「このお店はハヤシライスが絶品なんだって。『溝の口ウォーカー』に書いてあったもん」

「情報源はそこか」意外すぎる真実に、俺は目を丸くした。「まあ、いいや。とにかく中に入ろうぜ。俺もう、お腹ペコペコだよ」

ちなみに便利屋である俺が、土曜の昼間に探偵少女のお守り役を仰せつかっている、という事実は、すなわち彼女の父親である私立探偵、綾羅木孝三郎が出張中だということを意味している。聞くところによれば、噴火した火山に取り残された大学生たちの間で連続殺人事件が発生して、大変な騒ぎなのだとか。そこで全国にその名を轟かせる名探偵に出馬要請があったらしいのだが、いったい噴火中の火山で名探偵に何ができるというのか。

大学生たちは火山のどこかに《取り残されて》いるはず。たとえ名探偵といえども、その《閉ざされた空間《クローズドサークル》》には一歩も入っていけないのではないか——

その点、大いに気掛かりではあったが、便利屋稼業としてはべつに何の問題もない。俺は有紗パパの依頼を快く引き受けた。そして今日の午前中、俺は本好きの有紗に付き合わされる形で、地元の図書館と数軒の書店をハシゴしたのだった。

お陰で棒のようになった両脚を引きずりながら、俺はレストランの扉に手を掛ける。

問題の電話が掛かってきたのは、そのときだった。

俺はジャケットのポケットから携帯を取り出し、慌てて耳に当てる。飛び込んできたのは、聞き覚えのある友人の声。神奈川県警溝ノ口署に勤務する現職刑事、長嶺勇作だ。

長嶺は俺に向かって一方的にこう聞いてきた。「橘、おまえいま、どこにいる？」

「はあ、どこって、いまは溝ノ口の街中だ。これから飯を食うところだけどよ」

「え、溝ノ口にいるのか。そりゃ好都合だ」長嶺の声が瞬間、歓喜の色を帯びる。「だったら、いますぐ会えないか。ちょっと、おまえに聞きたいことができたんだ」

「なんだよ、また何か事件でも起こったのか」

俺の口から飛び出した『事件』という単語を聞き、少女の眸がキラリと輝きを帯びる。

電話越しの友人の声は、普段と変わらない淡々とした口調だ。「事情は会ったときに説明してやるよ。それじゃあ、待ち合わせはホルモン焼きの店『肉三昧』でどうだ？」

「なんで、待ち合わせの場所がホルモン焼きの店なんだよ。それに俺、昨日の夜もその店で飲み食いしたんだぞ。できれば今日は違うホルモンが食いたいんだがなぁ」

「良太ぁ、ホルモン焼きが二日続くことは気にならないのぉ？」

と有紗が細かいツッコミを入れる。そして電話する俺の前を横切りながら、少女はわざとこちらに聞こえる声で、「有紗、そのお店のお子様ランチだったら、食べてもいいなー」

――んなもん、あるかよ。あの店にあるのは《大人様ランチ》だけだっての！　昼食にホルモンをねだる小学生女子を、俺は横目でジロリと睨んだ。彼女が何を期待しているかは歴然としている。長嶺のチラつかせる事件に、自ら首を突っ込みたいと願っているのだ。早くも少女の中では、探偵としての血が騒ぎはじめているらしい。

俺は小さく溜め息をついて、電話の向こうの友人に応えた。「ああ、判った、行ってやるよ。『肉三昧』なら、ここから歩いてすぐだ。――あ、ちなみに聞くが長嶺、『肉三昧』ってお子様ランチあったっけ？　ないよな。いや、なんでもない。気にするな」

じゃあな、といって俺は携帯での通話を終えた。

こうして、この日の昼食は絶品ハヤシライスではなく、なぜかホルモン焼きになった。

それから、ほんの数分後。ランチ営業中の『肉三昧』の入口を入ると、そこは昼間だというのに、すでに濃厚なホルモン焼きの匂いが充満する地上の楽園だ。少女は襲い掛かる煙にムッと顔をしかめて鼻を摘み、俺は極上の肉アロマを胸いっぱいに吸い込んだ。

――ああ、たまらんな、この匂い。この空気。永遠に嗅いでいられるぜ！

すると煙の向こうでスーツ姿の長嶺が立ち上がって俺たちを手招き。俺と有紗はテーブル席に歩み寄り、彼の正面に並んで座った。長嶺は当惑した様子で眼鏡の縁に指を当てる。そして俺と有紗の姿を交互に見やりながら、さっそく不満を口にした。

「おい、橘、おまえは馬鹿なのか。この美少女に牛の臓物料理を食わせる気か」

牛の臓物料理とは、ホルモン焼きのことらしい。その呼び方だと、確かに子供には与えちゃいけない気がするが――「なにいってんだ。この店を指定したのは、長嶺だろ」

「ああ、しかしまさか、有紗ちゃんを連れてくるとは思わなかった」

「俺は有紗のお守りの最中だから、別々に行動するわけにはいかないんだよ。でもまあ、べつに構わないだろ。この店だって、子供が食べても大丈夫なメニューくらいあるさ。普通の焼肉とかなら平気だよ。――な、有紗？」

「うん、有紗、焼肉大好きー」と少女はここぞとばかり馬鹿で無邪気な子供の姿を演じてみせる。本当は肉よりも事件のほうが大好物なくせして、「特に牛タンが好きー」などと可愛らしくのたまう探偵少女。それを真に受けた長嶺は、さっそくこの店でいちばん上等のタンを彼女のために注文した。――まったく、こいつの幼女愛にはマジ引くわー。

心の中でそう呟く俺は、どこの部位だか判らない正体不明のホルモンを数種類、注文する。

さっそく俺たちはロースターの上でホルモンをいくつか焼いた。有紗も自らトングを用いて、自分のタンを焼く。それらを口に放り込みハフハフいいながら食す。たちまち口いっぱいに広がる肉の脂とタレの甘み。――う、美味い。美味すぎる！　いったい、どこの部位なんだ？　いや、もう部位なんてどこだっていいや！

と、謎のホルモンを満喫する俺。やがて長嶺が頃合を見て口を開いた。

「ところで橘、さっき電話でも話したが、実はおまえに聞きたいことがあってな」

「そうか（くちゃ）……そういや、また事件なんだってな（くちゃ）……なんだよ、事件って（くちゃ）……俺の周りじゃ、まだ何も起こってないぞ（くちゃ）……」

「ああ、そうかいそうかい。判ったから、その口の中のホルモン、さっさと飲み込めよ。ガム噛んでんじゃないんだから。――ほら見ろ、有紗ちゃんがドン引きしてるぞ」

隣に座る有紗は耳を塞いで白目を剝いていた。これが有紗のドン引きした顔らしい。

「ああ、悪い悪い――んぐッ」俺はついに噛み切れなかったホルモンの塊を、喉を鳴らして無理やり飲み込む。そして再び尋ねた。「で、何だよ、俺に聞きたいことって？」

すると長嶺は、おもむろに意外な名前を口にした。

「橘、おまえ、『デニム＆ルビイ』って知ってるか」

「デニムアンドルビー？」俺は即座に頷いた。「ああ、知ってるぜ。ジャパンカップで二着した牝馬だろ。その後、宝塚記念でも人気薄で二着に突っ込んできた……」

「ボケるのはよせ、橘。俺がおまえをわざわざ『肉三昧』に呼びつけて、競馬の思い出話を語るとでも思うのか。――ほら見ろ、今度は有紗ちゃん、キョトンとしてるぞ」

実際、有紗は初めて聞いた英単語であるかのように「デニム、アンド、ルビー？」と、その名を口の中で繰り返している。まあ、十歳の女の子には馴染みがないのも無理はない。デニムアンドルビーはＪＲＡに所属する牝のサラブレッド。もちろん溝ノ口署の現職刑事が、いま敢えて話題にする対象とも思えない。ということは——「長嶺がいってるのは、ひょっとして漫才コンビの『デニム＆ルビイ』のほうか？」

「そう、そっちだ。やっぱり知ってるみたいだな」

「ああ、知ってる。この店で一緒になったこともあるぜ。俺が最初に会ったのも、この店だった。あの二人がどうした？　男と女で殴り合いの喧嘩でもやらかしたか？」

冗談っぽくいう俺の前で、長嶺は「違う違う」と右手を振る。そして、いきなり真顔で聞いてきた。「橘、おまえ最近、その『デニム＆ルビイ』と会ったことは？」

何を聞かれるのかと思ったら、そんなことか。俺は迷うことなく答えた。

「あの二人組なら、俺、昨夜も見かけたばかりだぜ」

「そうか」テーブル越しに身を乗り出した長嶺は、手にした箸を俺に向かって突き出しながら、「俺が聞きたいのは、まさにその話だ。おまえ昨日の夜、本当に会ったんだな、『デニム＆ルビイ』の二人組に」

「ああ、会った。いや、正確には少し違うか……」俺は焼きあがったホルモンを口に放り込みながら、「会ったというより、見た。二人を見かけたんだ。道を歩いていて偶然にな」

「それって、どんな状況だ。詳しく話せよ。いいから話せ。理由は後で教える」

そうまでいわれては黙秘権行使というわけにもいかない。俺はおもむろに口を開いた。

「そうだな……あれは昨夜の九時過ぎだった（くちゃ）……俺は便利屋としての仕事を終えて（くちゃ）……そのまま飲みに出掛けるところだったんだ（くちゃ）……」

「ちょっと、良太ッ」隣に座る有紗が両耳を塞いで叫ぶ。「話をする前に口の中のホルモン、飲み込んでよね。ガム嚙んでんじゃないんだから、くちゃくちゃ、いわせないで！」

「ああ、悪い悪い——んぐッ」再び喉を鳴らして、嚙み切れないホルモンを飲み込む。

そして俺は、あらためて昨夜の記憶をたどりはじめた——

2

話は昨日、金曜日の夜へと遡《さかのぼ》る。この日の俺は、とある人物からの依頼を受けて、溝ノ口の某スーパーで『万能野菜カッター』なる調理器具の実演販売に従事した。といっても実演販売をおこなうのは、依頼人であるベテラン販売員のほう。彼は手にした商品を用いてキャベツ、キュウリ、ニンジン、ゴボウ……とさまざまな野菜を片っ端からスライスしていく。

その様子を最前列で眺めながら「え、ちょっと、ちょっと！　おじさん、プロだから、そんなにスパスパ切れるんじゃないの？　俺みたいな滅多に料理しない素人《しろうと》でも同じように切れるのかい？」と茶々を入れるのが、便利屋たる俺の役目だ。

するとベテラン販売員が「そんなにいうなら、お兄さん、やってみるかい？」と、こちらにその商品を差し向ける。続く俺の台詞はこうだ。「おう、いいぜ。ふん、どーせ見掛け倒しだろーけどよ――って、おいおい、何だ、これ!?　全然力入れてねーのにスパスパ切れるじゃんか。いやもうスパスパどころじゃない。こりゃスッパスッパ切れるぜ。よお、おじさん、これ幾らだい？　ええッ、た、たったの三九八〇円だってえ！」

てな感じの、実になんというか華やかな仕事だ。秋にもサクラって咲くんだな。

そうして夜まで咲き続けたサクラの俺は、ベテラン販売員から約束の日当をゲット。おまけに「『万能野菜カッター』も一個進呈するよ」といわれたが、この現物支給は丁重にお断りした。正直、あの程度の切れ味なら「包丁のほうがマシ」と思ったからだ。

そんなこんなで俺はバイト先のスーパーを出た。

時刻は午後九時を回ったころだ。武蔵新城のアパートに真っ直ぐ帰るのも味気ない。どこかで一杯やっていこうか。そう思う俺の頭に真っ先に浮かんだのが『肉三昧』だった。溝ノ口で仕事があった際に、ときどき立ち寄る行きつけの店だ。繁華街の片隅にあるその店までは、住宅街を横切っていけば結構近い。

「よーし、今夜はビール片手にホルモン焼きだな……」

夢のような夕食を思い描きながら、俺は迷うことなく住宅街へと足を踏み入れた。

夜の住宅街は人通りもほとんどなくて閑散としている。街灯の明かりに照らされた狭い道を縫うようにして、俺は繁華街を目指した。道の両側に建ち並ぶのは、サイコロを並べたような没個性的な住宅、もしくは低層のアパート。そんな中で唯一、異彩を放つのが自動車修理工場の建物だ。『高橋モータース』という看板を掲げたこの町工場には、以前お世話になったことがある。俺の愛してやまない軽ワゴン車がまさかの不調に陥ったとき、ここで修理してもらったことがあるのだ。

しかし、なぜわざわざ溝ノ口の町工場に頼んだのか。武蔵新城にも自動車修理工場ぐらいあるだろうに——と、その点、不思議に思われるかもしれない。だが、そこにはちゃんとした理由があるのだ。キッカケは三ヶ月ほど前に遡る。あれ、また遡るのか。さっき前日に遡って、そこからさらに三ヶ月遡るってことは、いったい俺はいつの話をしてるんだ？

まあいい、要するにそこそこ前の出来事だ。

そのとき俺は『肉三昧』でホルモン焼きをくちゃくちゃいわせながら「最近、愛車の調子が悪くてさ……」と店主相手に嘆いていた。すると近くのテーブルに座るTシャツ姿の三十女が寄ってきて「だったら修理してやるから、うちに持ってきなよ」といきなり声を掛けてきたのだ。

森恭子《もりきようこ》と名乗るその女性は、一見すると鼻筋の通った美人顔。だが、よく見ると不自然なほどに化粧が厚く、かなり無理したベッピンさんだと判る。身体は痩せ型で髪は黒くて長い。だが手入れを怠っているのか、それとも栄養状態が悪いのか、せっかくの黒髪は色艶ともイマイチで、必ずしも魅力的とは言い難かった。

そんな森恭子ではあるが、「あたし、この近所の自動車修理工場でバイトしてるの。特別に安くしとくよ」と話の内容はなかなか魅力的だ。ならば、ここで会ったのも何かの縁。ひとつお願いしてみるか――と話はトントン拍子に進んで、俺は彼女のバイト先に愛車の修理を依頼した、というわけだ。

その森恭子が『ルビイ恭子』という名前で芸能活動をおこなっていることを知ったのは、愛車の調子がすっかり良くなった後のこと。彼女はお笑い芸人をやりながらも、それだけでは食べていけないため、町工場で経理事務のアルバイトに従事していたのだ。

それから三ヶ月ほどが経過したのだが――

彼女のバイト暮らしは、いまもなお続いている。ルビイ恭子がツッコミを担当するお笑いコンビ『デニム&ルビイ』の人気が、いまだ上昇の気配を見せないからだ。

「まあ、お笑いで食っていける人間なんて、ほんの一握りだもんな……」

そんな独り言を漏らしながら、俺は『高橋モータース』の前を通る。トタン屋根と鉄の壁で囲まれた倉庫のような無粋な建物。前面のシャッターはピッタリと閉まっている。この時間だから、修理工場としての営業はすでに終了しているはずだ。しかし、そのわりには一階の窓に煌々《こうこう》とした明かりが見える。建物の中に誰か居残っているらしい。

「ひょっとしてルビイ姐《ねえ》さんか？」——いやまあ、俺は芸人の後輩でも何でもないから、彼女のことを『ルビイ姐さん』って呼ぶ必要は全然ないんだけどよ。

とにかく、なんとなく気になった俺は、路上から顔だけを建物のほうに向けて、数メートル先の明るい窓を見やった。透明なガラス窓から、中の様子が丸見えだ。スポットライトのような明かりの中に、男女の二人組の姿がくっきりと浮かび上がっている。

ひとりは青いデニムパンツを穿いた、真っ赤なスカジャンの男。『デニム内藤《ないとう》』こと内藤祐輔《ゆうすけ》だ。一方、女のほうはグレーのスカートに紺色の事務作業服という地味な装い。こちらが森恭子だ。耳を澄ませば、建物の壁越しに二人の声が漏れ聞こえてくる。

「こんにちはー、デニム内藤でーす……」

「こんにちはー、ルビイ恭子でーす……」

まさに二人合わせて『デニム&ルビイ』。どうやら二人は誰もいない工場の建物を借りて、漫才の稽古中らしい。路上に佇む俺は、窓ガラス越しに漫才の成り行きを見守った。

「あのよ、ルビイちゃん、実は俺、ラーメン好きなんだよね」

「へえ、そうなの、デニム。見かけによらないわね」

「それで、この前も行列のできる人気のラーメン屋に食べにいったんだけどよ」

「あら、いいわねえ。だけど、そんなに人気なら待たされたでしょう？」

「そりゃもう待ったのなんのって、店に入るまで十七分だぜ」

「なんか微妙な時間ねえ！　もっと待たせる店、いっぱいあるわよ！」

「うん、意外とその店、人気のピークは過ぎててよ」

「なによ、それ。——で、美味しかったの、そこのラーメン？」

「それが全然、駄目。すっかり麺が伸びててさ。なんせ十七分も経《た》ってるから」

「どういうシステムよ、その店！　ラーメン、作り置きすんの？」

「らしいな」

「らしいな、じゃないでしょ！　よくそれで行列できるわね、その店！」

「それでよ、ルビイちゃん、実は俺、ラーメン屋になりたいんだよね」

「急になに言い出すのよ、デニム、いま漫才の途中よ」

「俺がラーメン屋の主人やるから、ルビイちゃん、店頭の自動販売機やってくんないか」

「なによ、それ！　あれは自動販売機じゃなくて、自動券売機でしょ！」

「ん、なんか、ツッコミのポイント違くね？　まあ、いいや。とにかく頼むわ」

「判った、じゃあ、あたしが自動券売機ね――って、できるか！」

「やっぱ、無理か」

「当たり前でしょ！　そもそも、こんな美人に券売機やらせる男が、どこにいんのよ！」

「ああ、俺も美人にはやらせねえよ」

「ムカつく、この男――」

二人の会話はテンポ良く続く。オーソドックスなしゃべくり漫才だ。

それにしても――

こんな時間に極秘訓練のような真似をしてまで芸の上達を目指すとは、さてはこの二人、来年の『M－1グランプリ』でも狙っているのだろうか。それとも近々、単独ライブでもやる気なのか。いずれにしても、ホルモン焼きの店でホッピー片手に飲んだくれているルビイ姐さんの、普段とは違った一面を見た気がして、俺はある種の感慨を覚えた。

ルビイ恭子こと森恭子は、ただの飲んだくれ女ではなかった。化粧厚めのバイト事務員でもない。彼女は確かな芸人魂を内に秘めた、正真正銘の漫才師だったのだ。

と、そのときライトを浴びる森恭子が、路上に佇む俺の姿に気付いたらしい。彼女は光の中から抜け出すと、ひとり窓辺に歩み寄る。俺は近づいてくる彼女に対して手でも振ろうかと思ったのだが、その暇はなかった。次の瞬間、窓辺にたどり着いた彼女が「覗かないで！」といわんばかりの勢いで、窓のブラインドを一気に下ろしたからだ。

「あれ!?」一瞬訳が判らず、俺は路上で立ち尽くした。――なんだ、いまの冷たい反応？　しかし数秒後、「ああ、そうか」と納得した俺は、再び夜の道を歩き出した。

建物の中には眩いほどの明かりがあった。それに引きかえ夜の路上は暗い。俺の目からは森恭子の姿がハッキリ見えても、彼女の側から俺を見れば、それはボンヤリとした人影としか認識できなかったに違いない。知らない誰かに稽古場面を覗かれている。そう勘違いした彼女は、相手が誰か確認もせずに慌ててブラインドを下ろしたのだ。

「うーん、残念。あの漫才がどう展開していくのか、もう少し見たかったのに……」

そんなことを呟きながら、俺は住宅街の道を『肉三昧』へと歩き続けたのだった。

3

「――で、俺はそのまま住宅街を抜けて、この店にたどり着いた。店に入ったのは、確か午後九時十分ぐらいだ。どうだ長嶺、いままでの話で何か気になること、あるか？」

長めの回想シーンを語り終えた俺は、『肉三昧』のテーブル席で長嶺勇作を見やる。

するとは端整な顔を僅かに傾けながら、「うーむ、その『万能野菜カッター』ってやつが、どうも気になって仕方がないな。たぶん事件とは関係ないだろうが——なんで一個、貰《もら》ってこなかったんだよ。馬鹿だな、向こうがタダでくれるっていってるのに！」

意味不明の暴言を吐く長嶺の前で、なぜか有紗も「そうだよ、馬鹿だよ」と同調する。

「馬鹿、馬鹿って、おまえらなぁ」まさか、この二人があのインチキ調理器具にここまで食いつくとは思わなかった。俺はロースターの煙の向こうに見える友人の顔を正面から見据えていった。「マトモな質問がないなら、俺のほうから聞くぞ。長嶺が追ってる事件って何だよ？　こっちの話は済んだんだ。そろそろ教えてくれたっていいだろ」

俺の言葉を後押しするように、有紗は「うんうん、そうだね、そっちが大事」と頷き、期待に輝く眸で目の前の刑事を見やる。長嶺はあらためて真剣な表情で頷いた。

「ああ、判ってるよ。どうせ、いまごろはニュースになってるだろうしな」

そういって眼鏡を指先で押し上げると、彼は淡々とした口調で衝撃的な事実を告げた。

「実はな、橘、おまえの話に出ていた『デニム&ルビイ』の男のほう、デニム内藤こと内藤祐輔氏、三十二歳が何者かに殺害されたんだ」

「なんだって！」あまりの意外さに、俺は唖然とするしかない。「う、嘘だろ……」

隣で有紗も目を丸くしている。事件大好きの探偵少女も、こういう展開は予想していなかったらしい。シンと静まり返ったテーブルの上で、網の上のホルモンがジュワッと音を立て、パッと白い煙が上がる。俺はまるで実感が湧かないまま、友人に尋ねた。

「デニム兄さんが死んだ。しかも殺されたって……それ本当なのか、長嶺」

「ああ、本当だが……」頷いた長嶺は不思議そうに俺の顔を見やった。「しかし橘、おまえ、内藤祐輔氏のことを『デニム兄さん』って呼んでたのか？　いったいどういう関係性だよ。彼が兄貴分で、おまえが弟分なのか。おまえ、いつから芸人になったんだ？」

「うむ、考えてみりゃ、彼とはそこまで深い仲じゃなかったな」もちろん、芸人になった覚えもない。「森恭子さんのことを冗談めかしてルビイ姐さんって呼んだりしてるから、なんとなくデニム内藤はデニム兄さんって呼ばなくちゃ駄目かなと、そんな気がしただけだ。でも実際には、ルビイ姐さんと違って、デニム内藤とはそこまで親しくはなかった。この店でときどき顔を合わせただけだ。だが、やっぱり信じられん。なんたって昨日の夜、俺はデニム内藤が元気に漫才している姿を、この目で見てるんだから」

「だが残念ながら事実だ。――そんなに信じられないなら、おまえにも念のため、確認してもらおうか。殺されたのは、この男だ。見てもらえるか」

そういって、長嶺は一枚の写真を俺に差し向けた。俺は覚悟して、その写真を受け取った。

そこに写るのは、色あせた草むらに横たわる若い男性の姿だ。青いデニムパンツに、カーキ色のジャケット。目を閉じた無表情な顔は、俺の知るデニム内藤に間違いなかった。着ている服が、昨夜見たときのものと違うが、あの真っ赤なスカジャンはいわば彼のステージ衣装。普段の彼は、これぐらいの地味な恰好なのだ。俺は静かに口を開いた。

「確かに、これはデニム内藤だ。やっぱり間違いないんだな」

頷く俺の横から、有紗が恐る恐る写真を覗き込もうとする。俺は慌てて長嶺に写真を返した。いくら探偵少女とはいえ、有紗は十歳の女の子。死体の写真は見せられない。すると有紗は不満げな表情。俺の脇腹を小さな肘で二度三度と突《つつ》いてくる。彼女が何を催促しているかは明らかだ。俺は彼女の期待に応えるべく、目の前の刑事に要求した。

「おい長嶺、その事件の話、もう少し詳しく聞かせろよ。デニム内藤はどういう死に様だったんだ。殺害現場はどこだ？　死因は何だ？　殺されたのは何時ごろだ？　なーなー、教えてくれたっていーじゃねーか、なー、俺たち高校時代からの友達だろー」

「急に馴れ馴れしくするな、馬鹿！　友達ってだけで、そんなもん教えてやれるか」

冷たく突き放す友人に対して、俺は肩をすくめて訴えた。

「友達ってだけじゃないだろ。俺は長嶺刑事の良き協力者じゃないか。よーく考えてみろよ。ここ最近、溝ノ口で発生した凶悪犯罪は、大半が俺の周辺で起こってるんだぞ」

正確にいうと、俺と有紗の周辺で起こっているのだが、そのことには触れずにおく。すると長嶺は、「自慢げにいうなよ、橘」といって小さく溜め息を漏らした。「だがまあ、確かに、おまえのいうとおりだ。お陰で溝ノ口署の面々は、おまえのことを疫病神のごとく嫌っている。できれば武蔵小杉あたりに引っ越してくれりゃいいのに！　と溝ノ口署の全員が内心そう思っているんだ。——ま、本人の前では口には出さないけどな」

——畜生、本人の前で口に出しやがって！

俺はムッと口許を歪めながら、即座に反論した。

「しかしだ、その数多い凶悪事件を見事解決に導いたのも、大半は俺の功績だったはずだ。俺が難事件の真相を解き明かし、長嶺がその手柄を自分のものとする。結果的に、俺の存在は長嶺刑事の点数稼ぎのお役に立っていると、俺はそう自負しているんだがな」

「う、うむ、その点は確かに橘のお陰だ……若干、腑に落ちんところもあるが……」

長嶺は屈辱の色を覗かせつつも渋々と頭を下げる。俺は悠然と手を振って「なーに、礼には及ばんよ。俺たち、友達だろ」と恩着せがましく友情を誇示。その隣では、なぜか有紗が怒りで顔を真っ赤にしながら、店の壁を拳でガツガツと殴りつけている。どうやら彼女は自分の手柄を大人たちに横取りされるのが、悔しくて仕方ないらしい。

——だけど有紗、恨むなら俺じゃなくて長嶺を恨めよ。だって、おまえの手柄を横取りしてるのは、最終的には長嶺なんだからな。俺を恨むのは、完全にお門違いだぞ！

と、心の中で正論を吐く俺。その前で長嶺は観念したように首を振ると、

「仕方がない。ちょっとだけサービスしてやるよ。物好きな友人のためにな」

といってスーツの胸から手帳を取り出す。物好きな少女は壁を叩くのをやめて、刑事の言葉に小さな耳を傾ける。長嶺は俺に対して事件の説明を始めた。

「死体が見つかったのは多摩川の河川敷だ。今日の早朝、散歩中の住民が男性の変死体を見つけて警察に通報した。死体発見は今朝だが、どうやら犯行そのものは昨夜のことらしい。おそらく日付が変わるより前に、すでに殺人はおこなわれていたはずだ。死因は頸部《けいぶ》を紐かタオルのようなもので絞め付けられての窒息死。ただし、凶器は現場周辺からは発見されていない。そもそも死体には動かされた形跡があった。どうやら、犯人はどこか別の場所で被害者を絞め殺し、死体だけを河川敷に捨てたらしい。当然というべきか、財布も携帯も奪われていて、身許に繋がる情報がない。お陰で捜査は当初、難航するかと思われたんだが、ここからが意外な展開だ」

「というと？」

「実は、捜査員の中にお笑い好きの男がいてな。そいつが被害者の顔をひと目見るなりいったんだ。『あれ、この男、芸人のデニム内藤じゃないか』ってな。それがキッカケとなって

相方のルビイ恭子の存在や、行きつけの店なんかが次々に判明したってわけだ」

「なるほど。それで長嶺が『肉三昧』に聞き込みに訪れたんだな」

ということは、すでに森恭子のもとには別の捜査員が訪れて、詳しい事情を尋ねているに違いない。相方の突然の訃報を聞かされた彼女は、いったいどんな反応を示したのだろうか。彼女の心情を思うと、なんともやりきれない思いがする。

と、そのとき有紗が子供らしい口調で、子供らしからぬ的確な質問を投げる。

「長嶺さんがこの店に聞き込みにきた理由は判ったー。でも、なんでー？　なんで良太を呼び出したのー？　まるで良太が昨日の晩に『デニム&ルビイ』の二人を見たって、知ってたみたいー」

確かに有紗の指摘するとおりだ。なぜ長嶺は俺を電話で呼びつけたのか。

「それはね、有紗ちゃん、そういう証言があったからだよ」と長嶺は少女に対して優しい笑顔で答えると、一転して厳しい表情を俺に向けた。「おい、橘、おまえ、昨夜この店に着くなり、さっきの話をしただろ。話した相手は『バレット』だ」

「ああ、そういや、そうだったっけ」俺は再び昨夜の記憶をたどった。「ちょうど店に入ったとき、そこに『バレット』の片方がいたんだ。そこで何の気なしに話しかけた。『ここにくる途中、自動車修理工場で〈デニム&ルビイ〉の二人を見たぜ』――ってな」

俺たちの会話を聞いて、有紗はキョトンとした顔。そして小首を傾げて尋ねてきた。

「ねえねえ、良太ぁ、その『バレット』って何？」

「ああ、有紗には判らねーよな。バレットっていうのはフランスパンのことだぞ」

「違うぞ、それはバゲットだ！」慌てて長嶺が訂正する。「十歳の子に間違った知識を植えつけるなよ。バレットっていうのは英語で『弾丸』って意味だ」

「………」な、なんだって！　ではパンとはいっさい関係ないのか！

密かに衝撃を受ける俺の隣で、有紗は「うん、有紗も、それぐらい知ってるー」とアッサリ頷いた。「有紗が聞きたいのは、その『バレット』が何者かってこと。やっぱり、お笑いコンビか何かなの？」

「ああ、そうだ」俺は気を取り直して再び説明した。「『バレット』は男二人の正統派漫才コンビだ。ボケ担当が村上俊樹《むらかみとしき》っていうイケメンで、ツッコミ担当がこれといって華のない宮原信夫《みやはらのぶお》って奴。で、俺が店に着いたとき、村上俊樹のほうがひとり焼肉の最中だった。俺が話しかけると、一緒に飲もうって話になって、それで結局、村上と俺とで一緒に飲んだんだ。『〈デニム＆ルビイ〉の二人、やけに熱心に稽古していたけど、来年の〈Ｍ－１〉でも狙ってるのかな？』みたいな話をしながらさ。結局、終電まで二人で飲んだんだが。――じゃあ、そのとき村上にした話が長嶺の耳にも入ったってことか」

「そういうことだ。この店の大将が、おまえたちの会話を覚えていた。その情報を得た俺は、さっそく橘に電話を掛けて、ここに呼び出したってわけだ。だが、どうやらきてもらった甲斐は、あったようだ。おまえの話、なかなか参考になったよ。おそらく橘が目撃したのは、殺害される少し前の被害者の姿とみて間違いない」

「てことは、デニム内藤が殺されたのは午後九時以降、そして日付が変わるまでの三時間程度ってことか。いや待てよ、ルビイ姐さんに話を聞けば、さらに時間帯は狭まるな」

「その可能性もあるが、むしろそれよりも……いや……」

といって長嶺はなぜか言葉を濁す。その意味深な態度を見て、俺はハッとなった。

「おい長嶺、まさかおまえ、『ルビイ姐さんこそがデニム内藤を殺した犯人だ』――なんて、馬鹿げたことをいうんじゃないだろうな？」

「そうは、いわない。そもそも俺は森恭子のことを『ルビイ姐さん』とは呼ばない」

「まあ、そりゃそうだろーけどよ……」

肩透かしを食って、俺は口ごもる。長嶺は眼鏡を指で押し上げていった。

「しかしまあ、可能性は否定できないと思うぞ。なにせ森恭子は内藤祐輔氏とコンビを組む仲だ。長年、一緒に仕事してりゃ、お互い感情の縺れも生じるだろう。特に『デニム＆ルビイ』は男女コンビだからな。いろいろ複雑な背景があったのかもだ」

「そ、そんなわけ、ないだろ」俺は長嶺のいう『複雑な背景』の意味するところを察して、即座に反論した。「俺の印象からすると、あの二人は男女の仲ではなかったはず……」

すると長嶺は一瞬、泡を食った表情。そして眼鏡越しに鋭い視線を投げつけながら、

「おいこら橘、子供の前で『男女の仲』とかいうんじゃない！」

――はあ!? そんなの全然平気だろ。コイツ結構、耳年増《みみどしま》だからよ。

内心で呟きながら、俺は隣を見やる。

すると有紗は純真無垢な少女のごとく、あどけない顔を斜めにしながら、

「んー、有紗、なんのことか、よく判んない！」

4

それから、しばらく後。店を出て長嶺と別れた俺たちは、溝ノ口の街を二人並んで歩いていた。有紗は格子柄のケープやロリータ服の袖などに顔を近づけ、鼻をクンクンいわせながら、「やだぁ、大事なお洋服がホルモン臭くなってるぅ」とゲンナリした顔だ。

隣を歩く俺は「子供は服の臭いとか、気にしなくていいの！」と少女の不満には取り合わない。そのまま真っ直ぐに道を進む。目指すは森恭子の住むアパートだ。

それは溝ノ口の中心街から離れた住宅地にある。前に一度、大量の日本酒で酔っ払った挙句、骨が砕けたマグロみたくなった彼女を、軽ワゴン車で彼女の部屋まで「配達」したことがあるので記憶にある。確か二階建ての古びたアパートだった。窓から東京の灯りが見えたかどうかは定かではないが、森恭子がその部屋でひとり暮らしながら、「あすなろう、あすなろう、あすは大久保佳代子様のようになろう……」と念じ続けていたことは確かだろう。べつに本人に確認したわけではないけれど、まず間違いない。

「――で有紗、ルビイ姐さんに会って、なにしようっていうんだ。単なる好奇心だけで事件に首を突っ込んだりしたら、むしろ彼女のほうが迷惑するぞ」

「そう？　だけど良太だって、自分の証言のせいで、世話になってるお姐さんが容疑者扱いされたり逮捕されたりしたら、嫌なんじゃないの？」

「そりゃあ、そうなってもらっちゃ困る」俺はただ単に見たままのことを友人の前で喋ったに過ぎないのだから。「でも、まさか長嶺だって、本気で彼女のことを疑ったりしないさ。そもそもルビイ姐さんは、大事な相方を殺すような人じゃない」

「だから、そのことを確かめるために、本人に会ってみたいっていってるの」

「そういうことか」と俺はいちおう納得しつつも――だけど、それってやっぱり方便で、本音はおまえ、身近なところで起こった殺人事件に首を突っ込みたいだけだよな？

と、そう思わざるを得ない。なにせ自らを探偵と信じて疑わない有紗は、普段から難事件に飢えている。今回の重大事件を、彼女が黙って見過ごすはずがないのだった。

そうこうするうちに、俺は見覚えのあるアパートを発見。二階に上がると、そこに『森』と書かれた部屋があった。呼び鈴を鳴らしてみると、中から女性の応える声。やがて玄関扉を薄く開いて姿を覗かせたのは、灰色のスエットを着た髪の長い三十女。まさしくルビイ恭子こと森恭子、その人だった。

「や、やあ、恭子さん」と俺はぎこちなく微笑む。

彼女は突然の来客にビックリした様子で「あら、橘君」と意外そうな声。直後には俺の背後に佇むツインテールの少女を見付けて「ん、その子は、ひょっとして橘君の……？」と判りやすい勘違い。

俺は苦笑いしながら「違う違う」と首を振り、有紗は真っ赤な顔で「違う違う、違うったら違うの！」と合計四度も首を振る。俺は密かに傷ついた。――俺の子に間違われるのって、そんなに嫌か？ 嫌なのか？ まあ、嫌だよな。うん、そりゃそうだ！

俺はひとり静かに納得せざるを得なかった。

森恭子は、こちらの来訪の意図はさておきながら、「とにかく中に入んなよ」といって、俺と有紗のことを快く室内へと迎え入れた。

入ってすぐの部屋が、小さいながらもダイニングキッチンになっている。隣がベッドのある部屋らしいが、そちらは見せてもらえないようだし、べつに見たいとも思わない。俺たちは食卓の椅子に並んで腰を落ち着けた。

森恭子は二杯の珈琲と一杯のオレンジジュースをテーブルに並べ、俺たちの前に座る。そして開口一番、こう聞いてきた。

「橘君、ニュースで見たんだね？　内藤君が亡くなったって。それで心配して様子を見にきてくれたんでしょ？」

「…………」だったらいっそ、そういう話にしてしまおうかとも思ったが、ここはやはり事実を伝えたほうが賢明だろう。俺は首を振って、彼女の言葉を訂正した。「実は、さっき俺のところに刑事がきて……いや違うな、正確には俺が刑事に呼び出されたんだけれど、そこで内藤さんが亡くなったことを知ったんです。殺されたそうですね」

ご愁傷様です、とか何とか適当な言葉を口の中で転がしてから、俺は再び顔を上げた。

「で、そのとき俺、刑事の質問に答えて、知っていることを喋ったんだけど、ひょっとしたら恭子さんの迷惑になる話だったのかもと思って、それで気になってしまって……」

「ああ、そういうことだったの」納得した様子の彼女は、長くて艶のない髪を右手で掻き上げながら、「警察なら、さっきあたしのところにもきたよ。怖い顔したベテランの刑事さんがね。あたしも、その刑事さんに知ってること全部、喋ってやった。こっちは後ろめたいことなんか、なにもないからね。実は昨日の夜、あたし、内藤君と一緒にいて二人でネタ合わせしていたんだ。バイト先の自動車修理工場の建物を借りてね」

「そうそう、その話です」俺は指を一本立てて、食卓から身を乗り出す。「恭子さん、その稽古の最中、窓の外に誰かいるのに気付きませんでした？　あれはたぶん午後九時ごろだったと思うんだけど」

「ああ、そういや誰かいたよ。路上に立ってジーッとこちらを覗いている気味の悪い男がさ。あたし気付いた瞬間『気色悪ッ！』って思って、慌てて窓のブラインドを下ろしたもん。あれって、いったい誰だったんだろ？　きっと変質者か何かだと思うけど」

「………」俺ですよ、俺！　姐さんの目の前にいますよ、その気色悪い変質者が！

気恥ずかしさに身を小さくする俺。隣で有紗が堪えきれずに「ププッ」と失笑を漏らす。

お陰で俺は真実を明かさざるを得なくなった。

「実は、あのとき外から覗いていたの、この俺なんです……」

事実を伝えられて、森恭子は「あ、そうだったんだ」と気まずそうな表情。狭いダイニングに一瞬、重苦しい雰囲気が漂う。呑気《のんき》に笑ってくれる観客は十歳の少女だけだ。

しかし同時に俺はホッとした気分でもあった。俺は長嶺の前で、事件の夜に森恭子と内藤祐輔が一緒だったことをウッカリ喋ってしまった。だが彼女は彼女で、自分と相方とが一緒だったことを、別の刑事に包み隠さず話していたわけだ。その証言を警察がどう判断するかは判らない。しかしとにかく、俺のお喋りのせいでルビイ姐さんが不利な状況に陥るかも、という懸念は払拭された。どうやら一安心といったところだ。

とはいえ、森恭子の容疑そのものが拭い去られたわけではない。彼女の容疑が一気に晴れるような、何か決定的な事実があればいいのだが——

そう思う俺の隣で、有紗が例によってあどけない口調で質問を投げる。

「ねーねー、おねーさんは、その町工場で何時ごろまで、漫才のお稽古していたの？」

「んーと、確か午後八時ごろに始めて、十時ぐらいまで続けたかしら。稽古が終わった後は一緒に工場を出て、二人別々の方角に別れていった。それが彼を見る最後になるなんて、そのときは思いもしなかったけどね」

森恭子の口調にしんみりしたものが混じる。無理もない。相方との突然の別れが彼女にとってどれほどの衝撃であるか、俺には見当もつかない。十歳の女の子にとっては、なおさら理解しづらいことだろう。あまりにも理解しづらいせいか、少女はこんな失敬な問いを悪びれもせず口にした。「ねー、おねーさんとその男の人って、仲良かったのー？　その人、おねーさんの恋人だったのー？」

「ば、馬鹿、有紗ッ、なに言い出すんだ！」俺は椅子から腰を浮かせて、彼女の質問を無理やり遮った。「ドサクサ紛れに、おかしなこと聞くもんじゃない。し、失礼じゃないか。――ねえ、恭子さん？」

ぎこちない作り笑顔を向けると、彼女はむしろ不審そうな目で俺を見やりながら、

「なに慌ててんのさ、橘君。可愛い質問じゃん」

とサバサバした態度。さすがはルビイ姐さんだ。そんな彼女は真っ直ぐに有紗のことを見詰めてキッパリと断言した。「内藤君とあたしはね、仕事で漫才をするだけの関係だったの。あくまでも仕事仲間ってことね。コンビ仲は、そうだなあ、良いときもあれば悪いときもあったって感じかしらね。どのコンビもそうだと思うけど」

「ふーん、そーなんだー」と素直に頷いてはいるが、有紗が森恭子の言葉を信じたかどうかは、見た目では判断できない。少女は曖昧な表情を覗かせるばかりである。

そこで俺は何食わぬ顔で、「たぶん刑事さんからも聞かれたと思うけど」と前置きして、気になる質問を口にした。「誰が内藤祐輔さんを殺したか。恭子さんに心当たりみたいなものはないんですか。内藤さんが誰かとトラブルを起こしていた、とか」

すると彼女は腕組みしながら、しばし思案顔。やがて腕を解くと、長い髪を揺らして左右に首を振った。

「いいや、あたしにも心当たりはないね。内藤君は、見た目はヤンキー風だけど根は善人だったもの。誰かとトラブルを抱えていたなんて、あたしは聞いたことなかった」

「そーなんだー」と再び有紗が横から質問を挟む。「じゃあ、おねーさん、『デニム＆ルビイ』にはライバルとか、いなかったのー？　他の芸人さんの中で——うーん、例えば『バレット』の二人とかー」

なぜ、ここでそのコンビ名を出すのか。俺は思わず眉根を寄せて、有紗を見やる。

一方の森恭子も一瞬戸惑った様子。だが、すぐに元の表情に戻ると、むしろ感心した口調でいった。

「お嬢ちゃん、よく『バレット』なんて売れない漫才コンビのこと知ってたねえ。でも、あの二人はライバルっていうよりは、むしろ友達だよ。同じ街に住んでて、一緒に飲んだりもするしね。——うーん、あたしたちにとってのライバルかあ」

森恭子はあらためて腕組みしながら考える。やがて顔を上げると、こう答えた。

「敢えていうなら『千田万田《せんだまんだ》』かしら。ほら、知ってるでしょ、『デニム＆ルビイ』と同じく男女コンビの『千田万田』。太った男の子の千田君と、あたしほどじゃないけどまあまあイケてる女の万田ちゃんの凸凹コンビ……って、ねえ、ちょっと嘘でしょ！　まったく反応ないみたいだけど、まさか全然知らないとか？」

「センダ……？」知ってるの、良太？
「……マンダ？」知ってるか、有紗？
俺と有紗はキョトンとした顔を見合わせるばかりだった。

5

翌日の日曜日。俺と有紗は南武線の電車に揺られながら首都川崎を訪れた。――え、川崎は首都じゃないって？　いやいや、我ら『南武線共和国』の住民にとっては、川崎こそが首都だろ。東京とか横浜とかは、いわば外国だな。外国の主要都市。いまの俺にはほとんど関係のない街だ。

それに比べれば、川崎は随分と馴染み深い。ＪＲ川崎駅に降り立った俺と有紗は、地図など見ることなく広大な地下街へと突き進む。有紗は今日も青いロリータ服で、肩に格子柄のケープを羽織った『不思議の国の名探偵』スタイル。そんな有紗が地下街を歩けば、当然ながら買い物客たちの注目の的だ。自分に向けられた好奇の視線を、有紗はむしろ心地よく感じている様子。一方の俺は「この子、全然知らない子ですから。ただ俺の前を歩いているだけの女の子ですから」といった雰囲気を出しながら、黙って少女の後に続いた。

やがて地下街を通り抜けて再び地上へ出ると、目の前に現れるのは昔ながらのアーケード街。それを京急川崎駅方面に少しいったところに、俺たちの目指す店はあった。

入口に掲げられた看板を、俺は声に出して読み上げる。

「ふーん、『倶楽部きゃわさき』か――なんていうか、ふざけた名前だな」

「そんなことないよ。結構キャワイイ名前じゃない」

と、有紗はちょっと気に入った様子。まあ、キャワイイかキャワイクナイかはともかくとして『倶楽部きゃわさき』は、この界隈《かいわい》では老舗《しにせ》のライブハウスだ。普段は主に《売れないロックバンド》《纏まりのない演劇集団》《華のない地下アイドル》などが過酷な現実を相手に奮闘する異次元空間。だが、この日おこなわれているのは『笑劇場カワサキ』というタイトルのお笑いライブだ。出演予定の中には、数々の無名芸人たちに交じって『千田万田』の名前も見える。さっそく俺は異次元空間への入口を指差した。

「とにかく中に入ってみようぜ。つまんないなら途中で出ればいいんだからよ」

「そうだね」と有紗も深く考えることなく頷く。「途中で出ればいいよね」

だが、これが大間違い。入場料を払って会場の中に足を踏み入れてみると、舞台の上では知らない男性コンビが漫才を熱演中。にもかかわらず百人は余裕で入るはずの客席に、観客はほんの数名程度。俺と有紗を含めても野球チームにはならない数だ。舞台の上の二人組を加えれば、かろうじて一チーム結成できるが、汗だくになって懸命の漫才を披露する二人にしてみれば、おそらくいまは野球チーム結成どころではないだろう。

その途端、『つまんないなら途中で出ればいい』という当初の考えが、いかに甘っちょろいものだったかに気付く。会場の中央の席に座った俺と有紗は、演者たちの熱い視線にさらされて、もはや出るに出られない状況だ。こうなった以上、目の前のお笑いイベントを最後まで見届けるしかない。俺は腹を括って目の前の漫才に集中することにした。

舞台の上の二人組は、明らかに俺たち二人を笑わせようと必死になっている。だが、その必死さが重すぎて、俺はまったく笑えない。隣の有紗も無表情のまま、まるで正しい笑顔の作り方を忘れたかのようだ。結局、静まり返った会場が沸く瞬間は一度もなく、彼らの演目は終わった。男性コンビはがっくりと肩を落として舞台を去る。二人の背中が舞台袖に消えるのを待って、有紗が口を開いた。「うーん、55点だね。――良太は？」

「…………」やめてあげてくれ、有紗！　これ以上、敗者を鞭《むち》打つような真似は！

俺は隣の少女を横目で睨み、そして名も知らぬ漫才コンビの将来に幸あれと願った。

それから、さらに三組の漫才あるいはコントが繰り広げられた（ちなみに綾羅木審査委員長の採点によれば順に《58》《62》《51》なのだとか。鬼だな、鬼！）。

そうこうするうちに、いよいよ『千田万田』の出番がやってきた。

軽快な出囃子《でばやし》とともに舞台袖から飛び出してきたのは、ともに二十代後半と思《おぼ》しき男女コンビだ。男のほうはかなりの大柄でビヤ樽《だる》のごとき立派な胴回り。それを派手なスーツで無理やり包み込んだルックスは、なかなかインパクト大だ。一方、女のほうは何をどう勘違いしたのか女優が着るような（ていうか、女優しか着ないような）真っ赤なドレス姿。だが小動物を思わせる顔立ちには愛嬌《あいきょう》があり、華やかな笑顔は魅力的だ。体形はスリムで背は低い。そんな彼女が大柄な相方と並ぶ姿を見れば、なるほど森恭子がいったとおり、凸凹コンビという称号がまったく正しいように思われた。

このコンビ、いったいどんな漫才を見せるのだろうか。

期待と不安を両方抱く俺の目の前で、二人はセンターマイクの前に立った。

「どうもー、『千田万田』の千田アキラでーす」

「万田ユキコでーす。ところで千田君、ちょっと聞いてほしいことがあんねんけど」

「ほう、どないしたん、万田ちゃん？　まさか改名の話やないやろな」

「え、改名の話って何？」

「いや、千田万田やなくて万田千田にしようっていう話。ようしてたやろ」

「せえへんよ、いまさら、そんな話！」

意外なことに二人の漫才はコテコテの関西弁。しかし万田ユキコの放った最初のツッコミは、いまひとつキレがなくて観客の爆笑を誘うには程遠い——と思ったその直後、俺の隣で突然「キャハハハッ」と軽やかな笑い声。見ると、有紗はツインテールを揺らしながら、やんやとばかりに手を叩いて大爆笑だ。瞬間、舞台の上の二人は暗黒世界に一筋の光明を見出《みいだ》したかのごとく、揃って表情を明るくする。その顔には極太の文字で「よし、摑みはOK！」と書いてある。一方、隣を見ると、有紗の顔にも満足そうな表情。彼女は視線を舞台に向けたまま、「うん、これで摑みはOKだね……ふふッ」と邪悪な笑みを漏らす。俺は有紗のしたたかさに、若干の恐怖すら覚えた。

そうとは知らないまま二人の漫才は続く。有紗は千田アキラのボケで笑い、万田ユキコのツッコミでさらに笑う。やがて漫才は終了。二人が舞台袖にハケるのを待って、俺はそっと聞いてみた。「いまの二人、面白かったか？」

すると有紗は「べつに」と素っ気ない答え。「56点ってとこかしら」

——この辛口審査委員長め。笑いの神に祟《たた》られても知らねーからな！

その後もライブは続き、俺たちはさほど笑いもせずに、舞台の様子を見守った。そして最後は出演者全員が登場するカーテンコールだ。あらためて数えてみると、舞台に勢揃いした芸人の数は、客席にいる人たちの二倍ほどもあった。俺たちは、ひとり頭二人分の拍手を要求されている気がして、必死でそれに応えなくてはならなかった。

それからしばらくの後。俺と有紗は『倶楽部きゃわさき』の出入口の前でジッと待機。やがて階段を上って、大きな鞄を抱えた男女が姿を現した。『千田万田』の二人だ。さっきまでステージ衣装だった二人も、出番を終えたいまは、ぐっと地味な恰好。千田アキラは茶色いブルゾンにカーキ色のチノパン。万田ユキコはベージュのセーターにマキシ丈の青いスカートを穿いている。脱いだステージ衣装は大きな鞄の中なのだろう。

そんな二人は俺たちの姿、というか主に有紗のロリータ服姿を目にするなり、ハッとした表情。だが無理もない。彼らの漫才を観ながら手を叩くほど爆笑していたのは、観客の中で有紗ただひとりだったのだ。その少女が出入口で待っている。この状況を売れない芸人たちが、どう解釈したかはいうまでもないだろう。

「うう、嘘やろ。ここ、これって、もしかして、万田ちゃん！」

「出出出、出待ちや、千田クン。ウチらに出待ちのファンが！」

「ううッ、東京に出てきてホンマ良かったなあ、万田ちゃん！」

「ていうても、ここ東京やなくて川崎やけどなあ、千田クン！」

その点は、どうでもいいと思うのだが、とにかく俺たちの待機策は、売れない芸人たちをやたらと喜ばせてしまったらしい。しかし歓喜の場面に水を差すようで悪いが、俺たちはサインや握手を求めるために、彼らを待っていたのではない。二人に聞きたいことがあるのだ。

そのことを俺の口から告げると、二人は揃って笑顔を引っ込め、代わりに怪訝そうな表情を覗かせた。口を開いたのは千田アキラのほうだ。「え、デニム内藤が殺された事件について話を聞きたいって？　まさか、あんたら探偵かいな？」

聞かれて俺は、迷うことなく事実を伝えた。「ええ、その『まさか』ですよ」

――もっとも、探偵なのは俺じゃなくて、隣にいる女の子のほうですけどね！

心の中で舌を出す俺の横で、当の探偵が援護射撃をおこなう。「このお兄ちゃんはね、ルビイ恭子さんとは仲のいいお友達なんだよ。だから、この事件を調べているんだって」

「へえ、そうなんやぁ」と万田ユキコが膝を折って、有紗に視線を合わせた。「ほんなら、お嬢ちゃんは、いったいなぜここに？」

「え!?　んーっとねえ、有紗はねえ、頼りない探偵の頼れる助手ってとこかな……」

有紗の言葉に俺は思わず苦笑い。せいぜい頼りない探偵のフリをしながら、神妙に頭を下げた。「どうか少しだけ、お時間いただけませんか」

すると千田アキラは一瞬考えた後、「よっしゃ、ほんなら俺が相手したる」といって相方へと向き直った。「そういうことやから、万田ちゃんはひとりで帰りや。ほな、またな！」

万田ユキコには聞かれたくない話でもあるのだろうか。半ば無理やりに千田アキラは相方の帰宅を促す。万田ユキコは「うん判った」と頷いて右手を振った。「ほなねー」

「ほなー」千田アキラは遠ざかる相方を見送ると、再び俺に向き直った。「――ほんなら、そこらのサテンで茶ァでもしばきながら、ゆっくり話そか」

そんなわけで俺と有紗は千田アキラとともに『そこらのサテン』に飛び込み、店内のボックス席に腰を落ち着けた。俺と千田は珈琲を、有紗はオレンジジュースを注文。そこで初めて有紗は『サテンで茶をしばく』の意味を理解したらしい。ようやく腑に落ちたようにボソリと呟く。「なんだ、要するに『喫茶店でお茶する』ってことか……」

そのとおりだけど、いままで何だと思ってたんだ？　その点、気になったが深く追及はしない。やがて注文した飲み物がテーブルに並ぶと、俺よりも先に千田が口を開いた。

「あんた、俺とデニム内藤とが仲悪いって聞いて、それで俺のところにきたんやろ。誰に聞いたん、その噂？　ははん、さてはルビイ姐さんやな。そやろ、探偵さん？」

「ううん、恭子さんは『仲が悪い』とまでは、いってなかったよ。ただ『デニム&ルビイ』のライバルは、『千田万田』の二人だって、そういってただけ」

小さな名探偵が率先して答えると、千田は首を傾げながら――なんで、この子が答えとんねん？　という顔をした。俺は慌てて横から口を挟んだ。「えッ、仲悪かったんですか、千田さんとデニム内藤さんって。それはまた、どんな理由で？」

「なんや、何も知らんのかいな」一瞬シマッタという表情を見せてから、千田は手にした珈琲カップを傾けた。「まあ、ええわ。痛くもない腹を探られるんも不愉快や。正直なところを話したる。俺はデニム内藤のことが嫌いやった。憎んでいたといってもええ」

「殺したいほどに？」

「殺したろか、と思ったことはある。けど思っただけや。実際には、俺は殺してない」

「そうですか」まあ、ここでいきなり『俺が殺《や》りました』という衝撃の告白が聞けるなんて、こちらも思っていない。俺は詳しい事情を聞くことにした。「いったい何があったんですか、お二人の間に？　ライバル関係以上の対立があったようですけど、原因は？」

「万田ちゃんや」

「へえ、万田ユキコさんが何か？」

「デニム内藤はな……」といった直後、千田は目の前に座る十歳の少女をチラリ。そしてテーブル越しに俺の耳元に顔を寄せると、小さな声でこう囁いた。「デニム内藤は以前、万田ちゃんに手を出しよったんや。甘い言葉で万田ちゃんをたぶらかしてな。そしてアッサリ捨てよった。ショックを受けた万田ちゃんは一時期、舞台に立てへんほどやった。それやのに、あいつは知らん顔や。絶対、許せへん」

「うーん、それは許せないねー、まさに女の敵だねー」

腕組みしながら、少女が怒った河豚のようにプーッと頬を膨らます。千田は「わッ」と驚いて、俺の耳元から慌てて顔を離した。「き、聞こえてたんかいな、お嬢ちゃん?」

有紗は二つ結びの髪を揺らしながら「うん、全部」と頷く。俺は申し訳ない思いでポリポリと頭を掻いた。「すみませんね、この子、信じられないほどの地獄耳で……」

「そ、そうか。まあ、ええわ」

気を取り直すようにいうと、千田はあらためて俺に顔を向けた。「実際、お嬢ちゃんのいうとおり、デニム内藤は女の敵や。要するに女グセが悪すぎんねん。ルビイ姐さんも、あんなのと長年コンビ組んどるんやから、相当我慢強いんやろな。俺やったら、とっくに解散や。いや、そもそも、あんな奴とはコンビ組まれへん。あの女ったらしのゲス野郎！　お笑い界の恥さらし！　落第芸人の水虫野郎！」

千田アキラの口からは、デニム内藤に対する辛辣《しんらつ》な言葉が次々とあふれ出す。だが、さすがに千田自身も言い過ぎたと感じたのだろう。「水虫野郎！」といった後に続けて「いや、しかしまあ、ホンマはええ奴やったけどな」と無理やりなフォローの言葉を添える。

――それで、いままでの罵詈雑言《ばりぞうごん》がチャラになるとでも？

俺は冷ややかな視線を目の前の男に向ける。千田は何かを誤魔化すように、慌てて珈琲をひと口啜る。一瞬の静寂の後、俺はここぞとばかりに重要な質問を投げた。

「ちなみに聞きますけど、事件のあった夜、千田さんはどこで何を？」

「ほう、アリバイ調べかいな。まるで容疑者扱いやな。けどまあ、ええわ。幸い、その夜やったらアリバイの証人がおる。あんた、漫才コンビの『バレット』って知ってるか」

「ええ、実は知り合いですけど」

「ほな、宮原信夫さんのことも知っとるんやな」

「ええ、知ってます。『バレット』のブサイク担当ですね」

正確にはツッコミ担当と呼ぶべきだが、ボケを担当する村上俊樹がイケメンなので、宮原信夫はどうしてもそう呼ばれることが多い。

「そうや、その宮原さんや。いや、『そうや』って俺が頷くのも変か。向こうが事務所の先輩やし、世話になってるし、ブサイク芸人としても俺より遥かに格上やし……」

そう思いたいのなら、そう思わせておこう。「ブサイクの宮原が、どうかしましたか」

「デニム内藤が殺された夜、俺は宮原さんと一緒やった。その日、宮原さんは川崎に遊びにきてはった。で俺のほうは、もともと自宅が川崎にある。それで携帯で連絡取り合って合流したんや。夜の九時ぐらいから居酒屋で飲みはじめて、終電ギリギリまで飲み続けた。デニム内藤が夜の何時に殺されたんか知らんけど、どうせ遅い時刻なんやろ？」

「ええ、ルビイ恭子さんの話によれば、午後十時以降とのことです。その時刻から深夜零時までの二時間程度、それがデニム内藤の死亡推定時刻なのだとか」

「ほな、完璧やん。川崎で午後九時から深夜まで飲んでた俺が、同じ夜の遅い時間に溝ノ口でデニム内藤を殺せるわけがない。あんた、俺のこと疑っとる暇があったら、他の連中のこと調べたほうがええんちゃうか。デニム内藤のこと恨んどった奴なんて、ぎょうさんおったはずや。少なくとも、あいつがおらんようになって、俺は正直せいせいしたわ。他にもおると思うで、そういう奴が――」

「せいせいした奴が？」俺は犯罪者を見詰めるような目で、彼を見やる。

「あ、いや、せいせいってこともないけどな……」

千田は少し言葉が過ぎたと感じたのか、目の前の珈琲を一気に飲み干すと、

「ほな、俺はこれで失礼させてもらうわ」と慌てて席を立つ。そのまま引き止める間も与えずに、千田はひとり喫茶店を出ていった。ボックス席には俺と有紗と三人分の伝票だけが残された。

俺は千田が立ち去った方角を見やりながら、「どうだ、有紗、彼の印象は？」

「随分と口の悪い男ね、千田アキラって。きっとデニム内藤に嫉妬してるんだわ。だってデニム内藤のほうが体形もスリムだし顔だって全然いいもん。たぶん、お笑いの才能も千田より上だったんじゃないかしら。千田はそれが悔しくて、もともとデニム内藤のことを嫌っていた。そのデニム内藤が相方の万田ユキコを傷つけた。当然ながら千田は怒り心頭ってわけ。

それでとうとうデニム内藤殺害を企んだ。あり得る話でしょ？」

「仮にそうだとしても、奴にはアリバイがあるっぽいぞ」

「でも証言してくれるのは芸人仲間でしょ。そんなの信用できないよ。そもそも完璧なアリバイを主張するような奴に限って、真犯人だったりするもの。やっぱり千田アキラは怪しいと思う。彼はいわば嫉妬の塊。劣等感に囚《とら》われた駄目男。典型的なヤキモチ野郎。永遠に売れない三流芸人。犯罪に手を染める可能性は充分ある」

「…………」おいおい、そこまでいって、いいのかよ？

思わず黙り込む俺の隣で、有紗は可愛く付け加えた。

「でもまあ、本当はいい人なんでしょうけど――ねッ！」

なにが『ねッ！』だよ。完全に手遅れだぞ、そのフォローは！

6

「とにかく千田アキラがアリバイを主張する以上、いちおう裏を取る必要があるよね」

綾羅木有紗がそういうので、俺は携帯を使って『バレット』の片割れと連絡を取った。

例のブサイク、いやツッコミ担当の宮原信夫だ。聞けば、どうやら『バレット』の二人組もまた、現在この川崎で仕事中とのこと。だったら直接会って話を聞きたい、ということで話は纏まり、さっそく俺たちは川崎競輪場へと足を向けた。――え、十歳の女の子を、そんな鉄火場に連れていくんじゃないって？

だけど、これは仕方のないこと。『バレット』クラスの芸人にとって、競輪場でのお笑いイベントは重要な収入源。たまたま今日が、そういうイベントの日だっただけだ。それに俺たちはべつにギャンブルしにいくわけじゃない。漫才コンビに話を聞きにいくだけだ。

そう、話を聞きにいくだけ。競輪なんてやりませんから。ええ、もちろんですとも。やるわけないじゃありませんか。こっちは小学生の女の子連れてんですから。だいいちギャンブルなんて時間とカネの無駄遣いですよ、いやホントにホント――

そう自分に言い聞かせながら、勇躍乗り込んだ川崎競輪場。そこで約一時間を費やした俺は、二レースを終えて綺麗に三千円を失うことで、自らの言葉が真実であることを完璧に証明した。――ほらね、やっぱりギャンブルなんて時間とカネの無駄遣いでしょ！

「……で、でも大丈夫。まだレースは残っている。一挙に挽回《ばんかい》してやるぜ」

予想紙を覗き込みながら拳を握る俺の袖を、有紗が無理やりグイッと引っ張った。

「やめときなよ！　良太には才能ないんだってば。――そんなことより」有紗は車券売り場の傍に設置された、仮設のステージを指差しながら、「ほら、あそこで何かイベントやってるよ。あの人たちが『バレット』なんじゃない？」

見ると、小さな舞台の上には揃いのスーツに身を包む男性二人組と、元競輪選手らしい中年男性の姿があった。中年男性の正体が《ミスター競輪》中野浩一《なかのこういち》だったかどうかは判然としなかったが、男性二人組のほうは、まさしく漫才コンビの『バレット』だ。

どうやら今日のイベントは漫才ではなく、レース予想を中心としたトークショーらしい。舞台の周辺に群がるのは、予想紙を手にしたオヤジたちだ。

そんな中、『バレット』の二人はそこそこ真面目な予想を展開。その一方で時折、芸人魂が騒ぐのだろうか、村上俊樹が無駄なボケをかまし、宮原信夫がそれにツッコミを入れる。だが沸き起こるのは爆笑ではなくて苦笑い、あるいは咳払い、そして舌打ちの音。所詮、レース場で求められているのは笑いではなく、予想に役立つ情報なのだ。静まり返る観客を前に、村上俊樹の二枚目顔は強張り、宮原信夫のブサイク顔には大粒の汗が浮かんでいた。

それからしばらくの後——

俺と有紗はようやく念願叶って『バレット』の二人と対面を果たした。場所は最終レース直前のスタンド席だ。すでに本日の仕事を終えた村上俊樹と宮原信夫は、今回の営業で手にしたギャラを、さっそく紙屑《かみくず》に変える気らしい。——正気かよ、コイツら！

「まあ、稼いだカネをどう使おうが、おまえらの勝手だけど、貯金しといたほうが今後のためなんじゃないのかなあ」と精一杯の忠告を口にする俺は、自分の買った車券をポケットの中で密かに握り締めながら、宮原信夫に簡単な事情を説明した。「ところで話は変わるが、実は俺たち、デニム内藤殺害事件について調べてんだ」

「――ん、俺たちって⁉」宮原信夫は顔を左右に向けて、もうひとりの姿を周囲に探す。

その目の前で有紗もキョロキョロと首を振って、誰かを探す素振り。「――俺たち？」

俺はゴホンとひとつ咳払いをして言い直した。「いや、俺たちじゃなかった。俺だ。俺が個人的な興味で調べているんだ。それで千田アキラについて聞きたいんだけどよ」

それからしばしの間、俺の話に耳を傾けた宮原信夫は、「なるほど、判った」と大きく頷くと、キッパリと答えた。「千田アキラのいってることは本当だ。俺はデニム内藤が殺された夜、確かに千田と一緒だった。川崎駅前の居酒屋で飲んだんだ」

答える宮原信夫の表情には曇りがない。嘘をついている気配は微塵も感じられなかった。

「ちなみに何時から何時まで飲んだんだ？」

「午後九時から深夜までだな。南武線の最終電車が出る直前まで一緒だった。それから俺は南武線で溝ノ口へ帰った。千田は歩いて自宅のアパートに戻ったはずだ」

「そうか、じゃあ、やっぱり無理なんだな、あの夜に千田アキラが溝ノ口にいるデニム内藤を殺害するなんてことは。う―ん、結構怪しいと思ったんだがな」

ゆるゆると首を振る俺。それを見て宮原信夫が、逆にひとつの考えを提示した。

「だったら、ひょっとして犯行が午後九時以前っていう可能性はないのかよ。千田アキラは午後八時に溝ノ口でデニム内藤を殺害して、その後、電車だかタクシーだかで川崎にやってきて、午後九時に俺と合流した。それなら千田が犯人でもおかしくないだろ。――なあ、そうだよな、村上？」

「確かにそうだが、宮原おまえ、千田の味方なのか？　それとも敵なのか？」

と村上俊樹は呆れた表情。

すると宮原信夫はそのブサイク顔に意地悪な笑みを覗かせながら、「もちろん、千田はかわいい弟分さ。とはいえ、彼も芸人。そして、この世界、自分以外の芸人は全員が敵だからな。特に『千田万田』はヤバイ。ここだけの話だが、いまのうちに潰しておくほうがいいんじゃないかと、俺は本気でそう思っている。みんなが万田ちゃんの魅力に気づいていない、いまのうちに千田のほうを潰すべきだと……」

「万田ちゃんのほうは潰さなくていいのかよ？」

「あの娘は可愛いから、むしろ愛人にしたい！」

どこまで本気か判らない冗談みたいな会話だが、少なくとも十歳の子供に聞かせる話ではない。そろそろ有紗の耳を塞ぐべきだろうか。そんなふうに思案していると、村上俊樹が二枚目顔を俺へと向けた。

「でもよ、確か橘は、午後九時ごろにルビイ恭子と漫才しているデニム内藤の姿を見てるんだよな。事件の夜に『肉三昧』で俺に会ったとき、そう話してたじゃないか。『あの二人、M－1でも狙ってるのかな』って」

「そう。つまり、いま宮原がいったような可能性はないってことだ。あの夜、デニム内藤は確かに午後九時の時点で生きて溝ノ口にいた。同じ時刻に千田アキラが川崎にいたのなら、指一本だって触れることは不可能。やっぱり千田のアリバイは成立だな」

俺が断言すると、隣で有紗が無邪気な顔でいった。

「――てことは、『バレット』のアリバイも成立ってことだね」

その発言を聞いて、宮原信夫は「ん!?」という表情。何事か有紗に尋ねようと口を開きかけたのだが、その直後、最終レースの発走を告げるピストルの号砲。それで宮原は口を噤んでしまい、村上とともに目の前のレースに集中。俺もまた事件の話どころではなくなってしまい、会話は中断。そのまま有紗の発言はうやむやになったのだった。

その最終レースは落車アリ失格アリで大波乱の決着。当然、当たるわけがない。結果、営業での稼ぎの大半を失って、村上は啞然、宮原は呆然。ガックリ肩を落とした二人は、秋風

が吹くスタンド席で石膏像のごとく硬直している。そんな二人を見やりながら、

「やれやれ、だからいわんこっちゃない。せっかくの稼ぎを紙屑にしちまってよ。まったく馬鹿だな、おまえら」などとカラ元気でうそぶく俺は、そっとポケットに手を突っ込み、当たれば数万円になったはずの《紙屑》をギューッと握り締めた。——畜生、まったく馬鹿だぜ。大馬鹿だぜ。俺って奴はまったくよお！

「ねえ、なにブルブル震えてんの、良太？　間違って大穴でも当てちゃった？」

すべてお見通しの有紗は、愉悦に満ちた眸を向ける。俺は作り笑顔を浮かべながら、

「は、はは、べつに、なんでもねーや。それより俺たち、そろそろ溝ノ口に帰ろうぜ。こいつら、あと二時間ぐらい立ち上がれねーみたいだから」

「二時間は大袈裟だと思うけどね」そういって有紗は座席から立ち上がり、うなだれた『バレット』の二人にいった。「ねえ、そんなにガッカリしている暇があるなら、漫才の稽古でもしたら？　漫才が上手くなってM－1で優勝したら賞金一千万円だよ」

「いや、そう簡単にいうけどね、お嬢ちゃん」と苦笑いを浮かべたのは宮原信夫だ。「俺たちレベルの芸人が、ちょっと頑張ったからって、M－1なんてとてもとても……」

「うん、まあ、現実はそうだと思うけどさ」

——こら有紗、そこは嘘でもいいから『そんなことないよ』って励ますところだぞ！

ハラハラする俺の隣で、有紗はなおも続ける。「でもさあ、『デニム&ルビイ』はM－1目指していたんでしょ？　だったら『バレット』だって同じ目標を……」

「いや、それ間違ってると思うよ、お嬢ちゃん」宮原が有紗の言葉を遮っていった。「たぶん『デニム&ルビイ』の二人が稽古していたのは、M－1目指すとか、そういう理由じゃなかったと思う。ルビイ姐さんは、何もいってなかったのかい？」

「うん、恭子さんは、べつに何も。——M－1が目標じゃないの？」

「ああ、M－1じゃないよ。あの二人は近々、単独ライブをやる予定だったんだよ。まあ、ライブっていっても、『倶楽部きゃわさき』でやる、こぢんまりとしたイベントだけどね。それでも『デニム&ルビイ』にとって初めての単独ライブだ。当然、気合も入るし、演目も揃える必要がある。それで二人の稽古に熱が入っていたんだろう。最近は毎晩のように漫才の稽古をしているって、ルビイ姐さんから聞いた記憶がある。そういや、何か変わったネタをやるんで、それを覚えるのが大変だってボヤいてたっけ……」

「変わったネタ!?　珍しい出し物ってことね」

「ああ、そうらしいね。もっとも、俺が『どう変わってるの？』って聞いても、ルビイ姐さん、詳しくは教えてくれなかったけど。でも、いちおう漫才は漫才らしいよ。確か、ラーメン屋がどうしたこうした、みたいな漫才だっていってたけど……おい、村上、おまえ何かルビイ姐さんから聞いたことないか？」

相方の問いを聞いた村上俊樹は、ゆっくりと席から立ち上がる。そして「いいや、俺は何も聞いてない」とアッサリ首を振った。「そんなことより俺たち、そろそろ帰ろうぜ」

村上俊樹はスタンドの出口を指差していう。最終レースを終えて随分時間がたった競輪場。そのスタンド席には、もうほとんど俺たち四人の姿しか残っていないのだった。

競輪場を出たところで、俺と有紗は『バレット』の二人と別れた。そのまま徒歩でＪＲ川崎駅へ向かい、南武線の快速電車に乗り込む。ロングシートに並んで座りながら、俺は先ほどの宮原信夫の発言の意味を考えていた。「ラーメン屋……ラーメン屋か……」

すると俺の呟きが気になったのだろう。有紗が不思議そうな顔を俺に向けた。

「良太、なにブツブツいってんの？」

「ああ、実は気になることがあってな。ほら、さっき宮原信夫がいってただろ。『デニム＆ルビイ』が珍しい漫才をやるんで稽古していたって話」

「ああ、ラーメン屋がどうしたこうした、みたいな漫才ね。それがどうかしたの？」

「俺が事件の夜に自動車修理工場の窓から覗き見た漫才、それがまさしくラーメン屋の話だった。デニム内藤が『俺、ラーメン屋になりたいんだよね』って突然言い出す、そんなネタだったはずだ」

「ふうん、じゃあ、きっと宮原信夫がいっていたのは、その漫才のことだね」

「いや、ところがだ……」俺は納得できないものを感じて首を傾げた。「俺が見た、あの漫才って、べつに珍しい漫才じゃなかった。途中でブラインドを下ろされちゃったから最初のほうしか見ていないけれど、どっちかっていうと正統派の漫才だったと思うんだよな。あれのどこが変わった漫才なんだ？　どうも、そこがよく判らない」

「じゃあ、良太が見たやつとは別に、もうひとつラーメン屋を題材にした珍しい漫才があった、とか？」

「いや、それはないだろう。二人は単独ライブに向けての稽古をしていたらしい。同じライブでラーメン屋に関する漫才を二本演じるなんてことは、通常あり得ないからな」

「ああ、それもそうだね」有紗は顎に手を当てながらいった。「そもそも変わった漫才って何のことだろ？　たとえばWボケとかWツッコミとか、そういうやつかな？　それともボケ役がボケても、ツッコミ役がツッコマない漫才、とか？」

「それじゃあ、漫才が成立しない気がするが……」俺は事件の夜に見た漫才の記憶を手繰《たぐ》りながら首を振った。「いいや、そんな斬新な漫才じゃなかった。俺が見たのは、デニム内藤がボケてルビイ姐さんがツッコミを入れる、いままでどおりの『デニム&ルビイ』のスタイルだった。その意味では、どこといって新しいところはなかったはずだ」

「でも恭子さんは、変わった漫才をやるって、宮原信夫にはそういってたんだよね。うーん、変わった漫才か……変わった漫才……変わった……ん、待って！」

瞬間、有紗は重大な何かに気付いた様子。ツインテールを振り回すようにして俺のほうを向くと、突然こんなことを尋ねてきた。

「ねえ、事件の夜、自動車修理工場の前を通りかかった良太は、窓ガラス越しに『デニム＆ルビイ』の漫才を覗き見たんだよね。すると、その途中で恭子さんが、覗かれている気配を察したか何かで、いきなり窓のブラインドを下ろした。つまり恭子さんはいったん漫才を中断して、窓辺に歩み寄ったってことだよね」

「ああ、そういうことだ。それが、どうかしたか」

「じゃあ、漫才を中断している間、デニム内藤はどうしていたの？」

「デニム内藤!?　さあな……」俺はアッサリ首を左右に振った。「たぶん彼はルビイ姐さんの背後にいたんだろ。でもその姿は、窓辺に歩み寄る彼女の身体に隠れて、俺の立つ位置からは、よく見えなかった。ルビイ姐さんが窓辺に歩み寄ってブラインドを下ろすまで、ほんの一瞬のことだしな」

「てことは要するに、窓辺に歩み寄ったのは、恭子さんだけなんだね。一緒に漫才していたデニム内藤は、窓辺に近寄ったりはしなかった。そういうことなんだね？」

「ああ、そのとおりだ。でもデニム内藤の声は、ルビイ姐さんの背後から聞こえていたと思うぞ。ルビイ姐さんは何も喋らずに、いきなりブラインドを下ろしたけどな。それが、どうかしたのか。――おい、有紗！」

俺は少女の顔を覗き込むようにしながら小声で尋ねた。

「おまえ、ひょっとして何か判ったのか。判ったんなら教えろよ」

すると彼女は答える代わりにニンマリとした笑み。とぼけるように電車の天井を見上げると、生意気な口を開いた。「いまは教えてあげられない。まだ自分の推理に確信が持てないからね。でも……」

「でも、何だ？」

問いただす俺に対して、有紗はいつになく真剣な口調でいった。

「今回の事件、カギを握っているのは、やっぱりルビイ恭子ねーさんだと思うよ」

7

やがて南武線の電車は武蔵溝ノ口駅に到着。あたりはもうすっかり夜の闇に覆われている。

子供は自宅に帰って宿題をやる時間だ。ところが有紗は、この期に及んで例の自動車修理工場を見たいと言い出す。よっぽど事件に興味があるのか、あるいはよっぽど宿題をやりたくないのか、そのどちらかとしか考えられない。

だが、いずれにしても自動車修理工場は歩いていける距離なので、俺は探偵少女のために、少しだけ遠回りすることにした。「工場を見たら、おとなしく家に戻るんだぞ」

俺は繁華街を進み、やがて住宅街へと出る。暗い路上を歩くこと数分。そろそろ『高橋モータース』の看板が見えるというころ、俺はハッとなって足を止めた。有紗は怪訝そうな顔を俺に向けながら、「どうしたの、良太？　ひょっとして工場の場所、忘れちゃった？」

「そんなんじゃない」俺は声を潜めて前を指差した。「ほら、茶色いセーターにジーンズの女性が歩いているだろ。あれ、たぶんルビイ姐さんだ」

「ふうん、いわれてみれば、そうかもね」前方を進む髪の長い女性のシルエットを見やりながら、有紗は首を傾げた。「いったい、どこにいくんだろ？」

「判らん」俺は足音を殺しながら、前をいく背中を追った。

すると意外なことに、女性の向かった先は俺たちと同様、自動車修理工場だった。女性は無粋な建物に歩み寄ると、玄関の扉を自分の持つ鍵で開錠。扉を開けて、ひとり建物の中へと滑り込んでいく。その扉を閉めようとする間際、ようやく俺は女性の横顔を覗き見ることができた。やはり間違いない。ルビイ恭子こと森恭子だ。

「こんな時間に、なにしにきたんだ、ルビイ姐さん？　いまさら漫才の稽古か？」

「んなわけないでしょ。相方が死んでるのに、稽古なんてやるわけないよ」

「じゃあ、なんだ？　忘れ物でも取りにきたのか」

揃って首を傾げる俺たち。その目前には道路に面したガラス窓があった。「ほら、この窓が事件の夜、俺の覗いていた窓だ」

「ふうん」といって窓に歩み寄る有紗。爪先立ちしながら、中を覗き込む。「工場の作業場みたいだね。結構ガランとしてるよ。ふうん、ここで漫才の稽古してたのかぁ……」

そのとき再び建物の玄関に人の気配。嫌な予感を覚えた俺は、少女に呼び掛けた。

「有紗、隠れろ。ルビイ姐さん、意外とすぐに出てくるかもだ……」

俺と有紗は建物の角に身を潜めて、しばし様子を窺った。すると案の定、玄関扉が開かれ、森恭子が姿を現した。扉に施錠しなおして、何食わぬ顔で路上へと出る。そして彼女は先ほどきた道を戻るのではなく、逆方向に歩きはじめた。

俺と有紗は阿吽《あうん》の呼吸で建物の陰から飛び出し、再び彼女の背中を追った。前を歩く森恭子が、どこに向かっているのかは正直判らない。だが少なくとも自宅のアパートに向かっているのではない。方角が全然違うのだ。俺は前方を歩く森恭子の背中から目を離すことなく、隣の少女に命じた。

「おい有紗、おまえ俺の真後ろを歩け」

「えー、なんでよ?」

「なんでって……おまえのその恰好は、尾行にはちょっとな……」ていうかハッキリいって、この世の中でもっとも尾行に相応しくないファッションだと思う。「ルビイ姐さんが振り向いたら一発でアウトだろ」

「うーん、そっかー」有紗は自らの青いロリータ服を恨めしそうに見やりながら、「あーあ、こういう展開になると判っていたなら、今日だけゴスロリにしたんだけどなあ」

——おまえ、そういう服も持ってんのかよ。意外だな。

漆黒のゴスロリ・ファッションに身を包む有紗の姿を想像する俺。その背後に青いロリータ服の有紗がピタリと続く。

幸い、森恭子がいきなり後ろを振り向くようなことはなかった。俺たちの尾行は順調に続く。やがて住宅街を抜けると、前方にやや背の高い建物が見えてきた。六階建てのその建物は古びた雑居ビルだ。各階の窓には歯科医院や飲食店、カラオケスナックなどの店名が大書されている。森恭子はそのビルの前でピタリと足を止めた。

俺たちはギクリとして、咄嗟に電柱の陰に身を潜める。

森恭子はそこで初めてキョロキョロと周囲を窺う素振り。そして次の瞬間、ビルの側面に設置された鉄製の非常階段を上りはじめた。

俺と有紗はすぐさま非常階段へと駆け寄る。頭上からカンカンカンと響く甲高い音。階段を上る森恭子の足音だ。俺たちは慎重に階段を上りはじめた。しかし頭上で響く足音は、なかなか止まない。三階四階を通過して、森恭子はさらにその上を目指す。

有紗は頭上を見やりながら小声でいった。「さては屋上までいく気だね」

おそらく、そうなのだろう。五階や六階にいきたいのなら、普通にエレベーターを使えばいいだけの話。敢えて非常階段を使うのは、屋上に用があるからに違いない。

やがて頭上から聞こえていた足音が、ピタリと途絶えた。どうやら森恭子は屋上に到達したらしい。俺たちは少し速度を上げて、屋上までの残りの階段を上りきった。

そこは胸の高さほどの手すりに囲まれた長方形の空間。空調設備や円筒形の給水タンクなどが確認できるが、ざっと見渡したところ人の姿はどこにも見当たらない。

キョロキョロと周囲を見回す俺。それをよそに、有紗は小動物のような機敏な動きで屋上に足を踏み入れる。俺は慌てて彼女の背中に呼び掛けた。「お、おい、待てよ、有紗！」

だが有紗は構うことなく暗がりを進み、給水タンクの陰へ。少し遅れて俺は彼女に追いつくと、「こら、勝手な真似するんじゃ……」

「シーッ！」

有紗は唇に人差し指を当てるポーズ。そして、その指先を給水タンクの向こう側へと向けた。覗いてみろ、という意味らしい。要求どおり、給水タンクの陰から顔を覗かせる俺。すると次の瞬間、俺は思わず「あッ」と声をあげそうになった。

給水タンクから数メートル離れた場所。屋上の手すりの傍に二つの人影があった。

ひとりは茶色いセーターの女性。森恭子に間違いない。問題は彼女と向き合っている、もうひとりの人物だ。どうやら黒いジャケットを着た男性らしい。だが、その顔を確認することはできない。男は目深に帽子を被っており、なおかつ口許に大きなマスクを装着している。

二人は何事か会話を交わしているらしい。しかし秋風の吹き抜ける屋上では、その声を聞き取ることは不可能だった。

暗がりで息を殺しながら、俺は二人の姿を見詰める。俺の背後からは有紗も目を爛々《らんらん》と光らせて、成り行きを見守っている。

森恭子がジーンズのポケットを右手で探る。取り出したのは、ごく小さな物体だ。彼女はそれを男に手渡す。男の右手がそれを受け取り、すぐさまジャケットの右のポケットへと仕舞い込む。男の表情は判らない。森恭子は微かな笑みを覗かせたようだった。

と次の瞬間——

突然、男はその態度を豹変させた。いきなり森恭子の身体に掴みかかる。

「きゃあッ！」屋上に響き渡る悲鳴。

男は彼女の身体を両腕で抱え込むようにして、手すりの間際まで追い詰める。森恭子は両手を振りながら必死の抵抗。あまりの唐突な展開に、俺は身を隠していることも忘れて、思わず「――わあッ」と大きな声を発してしまう。だが俺の叫び声は、いっとき男をひるませる程度の効果はあったらしい。男が驚いた様子でこちらを見やる。帽子の庇《ひさし》から覗く目許の表情が一瞬、歪んだように見えた。すると、そのとき――

「なにしてんのよ、この不届き者めえぇぇ――ッ！」

屋上全体に響き渡ったのは、有紗の叫び声だ。

でも『不届き者』って？　いや、まあいいか。言葉のチョイスは人それぞれだ。とにかく男を激しく糾弾する叫び声とともに、有紗は勢いよく俺の背後から飛び出した。そのまま一直線に男のもとへと駆け寄り、右足を振り上げる。

だが彼女の赤い靴が相手の股間を打ち抜こうとする寸前、男は身を翻して少女の一撃をかわす。結果、少女の右足は鉄製の手すりを蹴り上げ、靴底は甲高い金属音を奏でた。もんどりうって尻餅をつく有紗。その口から頼りない悲鳴が漏れた。

「――アイタタタッ」

「大丈夫か、有紗！」遅ればせながら飛び出した俺は、少女のもとに駆け寄ると、「無茶すんな。危ないから、おまえはどこかに隠れてろ」

そして俺はすぐさま謎の男へと向き直り、有紗に代わって怒りの叫びを発した。

「おいこら、なにしやがんだ、この不逞《ふてい》の輩めぇ！」

『不逞の輩』って!?　いやまあ、何だっていいや。「とにかくルビイ姐さんを放しやがれ！」

だが、もちろん要求に素直に応じる相手ではない。男は左腕一本で、森恭子の身体を捕えたまま、右手を素早くポケットに滑らせる。一瞬の後、男が取り出したのは一本のナイフだ。と同時に、彼のポケットから何かが飛び出し、彼の足許にポトリと落ちた。

だが男は俺に気を取られるあまり、そのことに気付いていない。男は取り出したナイフを森恭子の喉もとに当てて、威嚇《いかく》するポーズを示した。女芸人の顔に恐怖の色が滲む。

こうなると俺は手出しができない。そこで――

「近づくんじゃない。それ以上近づいたら、女の命はないぞ――って、どうせそういいたいんだろ！」謎の男に成り代わって、俺が叫んだ。「何か喋ってみろよ、この野郎！」

男はひと言も喋らない。いや、喋れないのか。そこで俺はピンときた。

「ははん、さてはコテコテの関西弁を聞かれたくないんだな！」

だが男はイエスともノーとも反応しない。ただ人質の喉もとにナイフを向けながら、ジリジリと後退していく。どうやら、このまま非常階段に向かおうとしているらしい。

するとと、そのときだ。

俺はふと気付いた。円筒形の給水タンクの上に、いつの間にやら小さな人影のあることに。その小さな人影は月の浮かんだ夜空をバックに、二つ結びの長い髪をなびかせている。有紗だ。そう気付いた瞬間、俺は様々な理由から思わず叫んだ。

「危なあぁぁぁ――い！」

すると俺の叫び声に驚いたのだろう。男の身体が一瞬ビクリと硬直する。その隙を見て、森恭子が男の右手首にガブリと食らいつく。男の口から小さな悲鳴が漏れ、手にしたナイフがコンクリートの上に落ちる。カツンと響く金属音。それを合図にして、命知らずの少女は給水タンクの端から捨て身のジャンプを敢行した。

「とりゃあああぁぁぁ――ッ」

少女の叫び声を背中で聞き、慌てて男が振り返る。その目前に、少女の突き出す右足があった。赤い靴底が男の顔面をまともに捉える。男の口から「ぐえッ」という呻き声。少女は男の顔面を蹴った弾みを利用して、後方に一回転。片膝を突きながらスタッと綺麗な着地を決める。

蹴られたほうの男は、数メートル後方まで吹っ飛ばされていった。

「く、くそッ――」叫び声をあげた男は、しかしすぐに体勢を立て直す。そして蹴られた顔を押さえながら、よたよたと非常階段へ向かって駆け出した。

「畜生、逃がすか！」当然、俺は男の後を追おうとしたのだが、

「待って、良太！」有紗の声が俺を制止した。「あんな奴、追いかける必要ないよ」

「えッ」と声をあげて立ち止まる俺。

その隙に、謎の男はけたたましい足音を響かせながら非常階段を駆け下りていった。

「おい、いいのかよ、追わなくて……？」

「うん、大丈夫」有紗は自信ありげにいった。「だって彼の正体は、もう明らかでしょ」

「そうなのか？　てことは、やっぱり、あいつは千田アキラ？」

「ブーッ！」と有紗は自分の口で不正解のブザーを盛大に鳴らした。「千田アキラはひと目でそれと判るほど太ってますー。あんなにスリムじゃありませんー」

「ん、それもそうか。じゃあ、いったいあれは……？」

しかし有紗は俺の問いには答えることなく、コンクリートの上に落ちた小さな物体に視線を留めた。それは先ほど森恭子が男に手渡した物体。それが乱闘のさなか、男のポケットから飛び出したのだ。有紗の小さな指が、その物体を摘みあげる。

それは銀色に輝くＵＳＢメモリだった。

有紗は満足げに頷くと、それを持ちながら森恭子へと歩み寄る。そして少女は、ショックでしゃがみこむ女芸人にUSBを示しながら、こう尋ねた。

「ねえ、おねーさん、いまの男、『バレット』の村上俊樹だよね？」

有紗の言葉に、森恭子は観念したように静かに頷いた。

8

それから、しばらく後。場所は『高橋モータース』の建物の中。そこはいかにも修理工場らしく、様々な工具や工作機械、作業台やパイプ椅子などが雑然と置かれた空間だ。中央には自動車が二台ほど停められそうなスペースがぽっかりと空いている。

明かりの乏しい空間を見やりながら、俺はいまさらのように素朴な疑問を口にした。

「村上俊樹が今回の事件の犯人だっていうのか。だけど、それって無理だろ。だって事件の日の午後九時、俺はデニム内藤がルビイ姐さんとここで漫才している姿を、ハッキリ見てるんだぞ。その直後、俺が『肉三昧』にいってみると、そこにもう村上俊樹はいた。いただけじゃない。もう焼肉を何枚か焼いて食いはじめているところだった。それから俺と村上は深夜まで一緒に飲んだんだ。てことは村上がデニム内藤を殺しに出掛けるチャンスは、全然ないじゃないか。他ならぬ、この俺が証人だから間違いない」

だからこそ、俺は村上俊樹のことをデニム内藤殺しの容疑者と考えたことは、いままで一度もなかったのだ。ところが、有紗は村上こそが真犯人だと主張する。おまけに森恭子も、そのことを認めているらしい。俺にはサッパリ意味が判らない。

首を捻る俺の前で、有紗はあらためて屋上で拾ったUSBメモリを取り出した。

「おねーさん、ここにはアレがあるはずだよね。アレが――ビデオプロジェクターが」

ビデオプロジェクター!? 有紗の唐突な言葉に、俺はキョトン。しかし森恭子は黙って頷くと、片隅のロッカーから迷わずそれを取り出した。

白いボディのビデオプロジェクターだ。

彼女はそれをコンセントに繋ぐと、窓側のパイプ椅子の上に置いた。

「これ、工場の備品なの。全然、使われていないけどね……」

一方の有紗は、作業台の上に置かれた誰かのノートパソコンを勝手に操作。そのパソコンとビデオプロジェクターをケーブルで繋ぎ、USBをパソコンの端子に差し込む。少女の指先が滑らかにキーボードの上を動き回る。やがて操作を終えた有紗は、

「いくよ、見ててね」

といってビデオプロジェクターの電源をオン。たちまち薄暗い空間に煌々とした明かりが

灯る。眩いばかりの光は正面の薄汚れた壁を鮮やかに照らし出した。

すると次の瞬間、そこに現れたのは真っ赤なスカジャンの男——デニム内藤だった。

唖然とする俺の前で、映像の中のデニム内藤が喋りはじめた。

「こんにちはー、デニム内藤でーす」

「あのよ、ルビイちゃん、実は俺、ラーメン好きなんだよね」

「それで、この前も行列のできる人気のラーメン屋に食べにいったんだけどよ」

「そりゃもう待ったのなんのって、店に入るまで十七分だぜ」

「うん、意外とその店、人気のピークは過ぎててよ」

「それが全然、駄目。すっかり麺が伸びててさ。なんせ十七分も経ってるから」

「らしいな」

「それでよ、ルビイちゃん、実は俺、ラーメン屋になりたいんだよね」

——なんだ、これは！

俺は奇妙な映像を眺めて愕然となった。映し出されているのはデニム内藤の姿だけ。ルビイ恭子の姿も声もいっさいない。そして映像の中のデニム内藤は、なぜか奇妙に間を空けながら台詞を喋っている。その映像の意味するものを徐々に理解した俺は、やがて驚嘆の声を発した。

「そうか、そういうことだったのか……」

あの事件の夜、俺がこの工場で目撃した漫才。あれはデニム内藤とルビイ恭子のものではなかった。あれは映像の中でボケるデニム内藤に対して、生身のルビイ恭子がツッコミを入れるという、極めて実験的で高度な漫才だったのだ。そのルビイ恭子のツッコミのタイミングがあまりに完璧だったために、窓越しに眺める俺の目には、生身の人間同士が息のあった漫才を披露しているように見えたのだ。

しかも俺は、ルビイ恭子が漫才の途中で窓際に歩み寄ってブラインドを下ろす姿を見ている。そのルビイ恭子が間違いなく生身の人間だったことから、まさか隣にいるデニム内藤だけが二次元の映像だなどとは、夢にも思わなかったのだ。

事実を知った俺は、ワナワナと唇を震わせた。「そ、そうか、『デニム&ルビイ』がライブで披露しようとしていた珍しい漫才って、これのことだったんだな」

「そういうこと」と有紗が深く頷いた。「ちなみに、これと同じような漫才を、すでにやっている漫才師がいる。それは日本一面白い漫才コンビ『ナイツ』よ。映像の中でボケる塙《はなわ》さんに対して、リアルな土屋さんがツッコミを入れるの。これは、それのパクリね」

「いや、パクリっていっちゃ悪いだろ。こういう芸なんだから」――それとあと、『ナイツ』が日本一面白い漫才コンビかどうかは、観る人の主観によるんじゃないのか？

そんな疑問を抱く俺の前で、ルビイ恭子こと森恭子は躊躇《ためら》うことなく頭を下げた。

「ええ、パクリよ。日本一面白い『ナイツ』の漫才をパクったの。ごめんなさい」

「そ、そうですか……」

ルビイ姐さんが認めるのなら仕方がない。やはり『ナイツ』こそが日本一なのだろう。そんな彼らの実験的な漫才を『デニム＆ルビイ』が真似したとしても、べつに不思議はない。

そして俺はその漫才を覗き見て、そこに生身のデニム内藤が存在すると錯覚してしまったのだ。

「つまり事件の夜の九時に、デニム内藤はこの工場にはいなかったわけだ。てことは、ひょっとしてその時点で、デニム内藤はすでに殺害されていたのか？」

「たぶんね。少なくとも、殺害されたのが午後九時以降と考える根拠は、これでなくなった。実際の犯行は午後八時ごろだったのかもしれない」

「なるほど、犯行時刻を実際よりも遅い時刻だと思わせることで、偽りのアリバイを作る。これは、そういうアリバイトリックだったんだな。――いや、しかし待てよ」

俺は根本的な疑問を覚えて、顎に手を当てた。

「やっぱり無理じゃないか、そんなトリック。だって事件の夜の九時に、俺がこの工場の前を通りかかって窓から中を覗くなんて、誰にも予想できないことだ。俺自身、思い付きの行動だったんだからな。その俺に、わざとデニム内藤の映像を見せつけることでアリバイを捏造するなんて、そんなの不可能だろ」

「そうだね。てことは、こう考えるしかないと思わない？」有紗は顔の前で指を一本立てながらいった。「これは計画されたトリックではない。つまり偶然の産物なんだよ」

「偶然の産物!?　どういうことだ」

「良太は事件の夜に偶然、デニム内藤の映像を見て、それを彼の生きている姿だと勘違いした。そして犯人は良太の勘違いを活《い》かせば、自分に完璧なアリバイができることに偶然気付いた。けれど、そのためには条件がひとつあるよね。それは森恭子さんにも一緒に嘘をついてもらわなくてはならないってこと。そこで犯人は、後から恭子さんに話を持ちかけたんだと思う。『頼むから自分の共犯になってくれ』ってね」

「な、なんだって！　それって、つまり事後従犯ってことか」

「そういうこと。でなきゃ、こんな贋アリバイは作れないよ」そういって有紗は森恭子の横顔をチラリと見やった。「犯人に頼まれた恭子さんは、そのことを受け入れたんだね。彼女は警察の前でも、有紗たちの前でも、嘘の供述をした。『事件の夜にバイト先の工場でデニム内藤と一緒に漫才の稽古をしていた』っていうふうにね。実際には、漫才の稽古をしていたのは恭子さんだけ。そのときデニム内藤は、すでに殺されていたんだよ」

「なるほど。で、彼を殺したのが村上俊樹なんだな？　だが、なぜ村上だといえる。千田アキラや宮原信夫ではなくて、村上俊樹だと決め付ける根拠は？」

「そんなの当たり前じゃない。真犯人は、良太が事件の夜の九時にデニム内藤の姿を偶然、見かけたことを知っている。そして良太がそれを生きたデニム内藤の姿だと信じ込んでいることを知っている。だから真犯人は恭子さんに事後従犯の話を持ちかけることができた。そうでしょ？　だったら、それは誰？　村上俊樹しかいないよね。良太がその話をした相手は、『肉三昧』で出会った村上だけなんだから」

「ああ、そうか、そういうことか……」俺は納得せざるを得なかった。

確かに俺は、その話を村上だけにした。自分の見たデニム内藤の姿が、壁に映る映像だとも知らずに『あの二人、M－1でも狙ってるのかな』などと軽口を叩いたのだ。

「その夜、村上俊樹はデニム内藤を殺害し、死体を河川敷に捨てた後、何食わぬ顔で『肉三昧』を訪れていた。そこに良太がやってきた。良太の話を聞いて、村上は内心密かに首を捻ったはず。だって、自分が殺したはずのデニム内藤が、ついさっきルビイ恭子と漫才の稽古をしていたなんて、まるで怪談だもの。だけど村上俊樹も漫才師だから、すぐに気付いたんだね。良太の見た『デニム＆ルビイ』の姿が、実は『映像＆ルビイ』だってことに」

「なるほど。そこで村上は考えたわけだ。――ルビイ姐さんさえ味方につければ、自分に完璧なアリバイが転がり込むぞ、というふうに」

「そういうこと」と頷いて、少女はこの奇妙なトリックの説明を終えた。

俺はあらためて森恭子に顔を向けた。「いま有紗がいったこと、当たっていますか」

「ええ、間違いないわ」森恭子は悲しげな顔を縦に振った。「村上俊樹は事件の日の夜がまだ明けないうちに、あたしのアパートの部屋にやってきた。そして内藤君を誤って殺してしまったことを、あたしの前で打ち明けたの。ポロポロと涙を流しながらね」

「村上は具体的になんといったんですか。デニム内藤を殺した動機などについて」

「それは、その……」といったきり、森恭子は言葉を濁す。

あたりに舞い降りる深い沈黙。それを打ち破るように、再び有紗が口を開いた。

「おねーさんのために殺したって、村上俊樹はそういったんじゃないの？」

少女の鋭いひと言に、森恭子は一瞬ハッとした表情。そして静かに頷いた。

「え、ええ、そのとおりよ。内藤君について根は善人だって、この前そう話したでしょ。それは間違いじゃないけれど、一方で彼、女にはだらしないタイプでね。それであたしが迷惑を被ることも多かったの。そのことを見るに見かねた村上俊樹が、内藤君に注意したんだって。『恭子さんの身にもなれ』ってね。内藤君は当然『おまえには関係ないだろ』って怒るわよね。それで二人は言い争いになった。場所は多摩川から程近いところに停めた、村上の車の中だったそうよ。言い争ううちに、二人は感情的になった。挙句の果てに、カッとなった村上はネクタイで内藤君の首を絞めてしまった。気が付いたら、内藤君が助手席でぐったりしている。それで我に返った村上は、その死体を慌てて河川敷に捨てにいった。村上は、そんなふうに説明したわ」

どこまで信用していいのやら。というより、いまとなってはまったく信用できない村上の言葉だが、聞かされた森恭子はおそらく信じたのだろう。あるいは、信じたかった、というべきだろうか。二枚目顔で女性からも人気の村上俊樹が、売れない女芸人である自分の身を案じるあまり、殺人まで犯してしまった。そんな話を涙ながらに聞かされては、森恭子としても、村上を殺人犯として糾弾することはできなかったはず。むしろ彼を庇《かば》いたい気持ちのほうが勝ったとしても不思議ではない。もちろん、それこそが村上の狙いだったに違いないのだが――

「事後従犯の話を持ちかけたのは、村上のほうですね？」

「ええ、そうよ。そして、あたしは共犯になることを受け入れた。彼を救いたいって、真剣に思ったの。彼は何度も何度も感謝の言葉を口にしたわ。だけど所詮、すべては自分の身を守るための方便だったみたい。あたしは警察の前で嘘の供述をして、彼の贋アリバイの片棒を担いだ。村上は警察に疑われずに済んだ。すると今度は、秘密を共有するあたしという存在が邪魔になったのね。村上は、あたしのことを殺そうとした」

「それが今夜の出来事ですね。村上は雑居ビルの屋上に恭子さんを誘い出した」

「そうよ。贋アリバイの証拠の品であるUSBは、あたしがこの工場のデスクの引き出しに保管していた。それをそろそろ処分したいから、持ってきてくれないか。突然の電話で、村上はそんなふうにいってきたの。あたしはいわれるままに、USBを持って指示されたビルの屋上へと向かった。あたしを待つ村上は優しい目をしていたわ。でも証拠の品を受け取るや否や、彼は態度を豹変させた。そのときになって、初めてあたしは、この男に騙されていたことに気付いたの。橘君や有紗ちゃんがいなければ、あたしはビルから突き落とされて、いまごろアノ世行きだったでしょうね」

たぶん、そうだろう。だが、そればかりではない。おそらく村上俊樹はデニム内藤殺害の罪を、その相方である森恭子に擦《なす》り付けようとしたのではないか。転落死を遂げた森恭子の身体に、ワープロ書きのそれらしい遺書でも持たせておけば、警察やメディアもその結論に飛びつくはず。事件は犯人の自殺という形で幕引きになった可能性が高い。

そうならなかったことは何よりの僥倖《ぎょうこう》といえる。だが問題はこれからのことだ。

「村上俊樹は現在も逃走中だ。まさかとは思うが、また恭子さんを狙いにくる危険もゼロじゃない。これから、どうすりゃいいんだ？」

不安を覚える俺の前で、有紗は意外にも平然とした顔。森恭子のほうを向いていった。

「大丈夫だよ。だって、おねーさんは自首するんでしょ？　これ以上、あの悪党に協力してやる必要、どこにもないもん。ねえ、そうだよね、おねーさん？」

無邪気に問い掛ける有紗。その言葉に森恭子はドキリとした表情。だが一瞬、強張った彼女の顔は、やがて本来の穏やかさを取り戻して静かに頷いた。「そうね。これ以上、嘘をつく必要なんて、どこにもないわね。お嬢ちゃんのいうとおりよ」

よし、そういうことなら善は急げだ。俺は自分の携帯を取り出して、彼女にいった。

「俺の友達に長嶺って刑事がいます。彼をここに呼びましょう。後のことは全部、そちらにお任せします。――それでいいですね、ルビイ姐さん！」

冗談っぽくそう呼ぶと、森恭子ことルビイ姐さんは自分の胸を拳で叩きながら、

「ええ、任せといて。このオトシマエは自分でつけるから」

と威勢の良い声。そして、ようやくその疲れた顔に安堵の笑みを覗かせるのだった。

9

森恭子が自首したことでデニム内藤殺害事件は急転直下、解決に向かった。逃走した村上

俊樹は親しい女性芸人の自宅に潜伏中のところを、捜査員に発見されて緊急逮捕となった。

ちなみに《親しい女性芸人》とは、『千田万田』の万田ちゃんこと万田ユキコのこと。どうやら売れない芸人同士が殺し殺されるに至った火種は、このあたりにあったらしい。

その詳しい事情について長嶺が説明してくれたのは、事件解決から数日が経った、とある放課後のこと。いや、もちろん放課後っていっても、それは有紗の放課後だ。俺にとっては単なる平日の昼間。場所はポレポレ通りにある古い喫茶店だった。

「要は芸人同士の愛憎劇なんだよ。デニム内藤は以前、万田ユキコと深い関係にあってだな……あ、お嬢ちゃん、深い関係っていうのは、要するに、その……」

「男女の仲でしょー。有紗、ちゃんと知ってるー」

オレンジジュースをストローで啜りながら、小学校のセーラー服を着た有紗が答える。長嶺はドギマギした様子で眼鏡を指先で押し上げた。「ああ、そう、そのとおり。――二人は男女の仲だった。けれどデニム内藤は一方的に万田ユキコを捨てたらしい。その結果、万田ユキコはステージにも立てないほどの精神的なダメージを受けた」

「ああ、その話なら千田アキラから聞いたぜ」俺は珈琲カップを片手に頷いた。「千田はそのことでデニム内藤のことを酷く憎んでいたようだったが……」

「その千田アキラと『バレット』の二人は仲が良かった。いわば芸人世界における兄弟関係ってとこだな。『バレット』の二人が兄貴分で、千田は弟分だ」

「そういや事件の夜も、千田は『バレット』の宮原信夫と飲んでたっていってたな」

「そうだ。その一方で、村上俊樹はデニム内藤と密かに会っていたんだな。多摩川沿いに停めた村上の車の中だ。べつに最初から殺そうと思って会ったわけではないらしい。村上はただ『弟分の千田に謝れ』ということを訴えたかっただけのようだ。ところがデニム内藤は素っ気ない態度で村上に言い放ったそうだ。『そんなの関係ねえ』って……」

「おい、ちょっと待て、長嶺！　そのフレーズは誤解を招くだろ！」

念のためにいっておくが、デニム内藤は一発屋芸人として有名な小島よしおとは、いっさい何の関係もない。デニム内藤は単に溝ノ口で燻《くすぶ》っていただけのゼロ発屋芸人なのだ。

「それがきっかけで、二人は車中で諍《いさか》いとなったってわけか？」

「そういうことだ。そういった経緯を除けば、後は村上が森恭子に語った話で、ほぼ間違いはない。村上はカッとなるあまりネクタイでデニム内藤の首を絞めてしまった。そして、その死体を多摩川の河川敷に捨てたんだ。その後、村上は焼肉店で橘と遭遇。橘が『さっき〈デニム&ルビイ〉を見た』と話すのを聞いて、彼は橘の勘違いに気付いた。そこで村上は森恭子を事後従犯者とするべく、彼女の部屋を訪れた。その際、彼女の協力が得られるように、村上は動機の点で嘘をついたんだ。『あの女たらしのデニム内藤のせいで、ルビイ姐さんが苦労している姿を、俺は黙って見ていられなかったんです』とかなんとか上手いことをいってな。そして森恭子はそんな村上の嘘を信じたってわけだ」

「そういうことか……」俺はやりきれない思いで溜め息をついた。やはり村上の犯行動機は、森恭子とはいっさい関係のないものだった。それを、あたかも彼女のための犯行であるかのように、村上は言葉巧みに演じたのだ。「恭子姐さんも男運が悪いな……」

肩を落とす俺の隣で、有紗が幼い口調で質問した。

「ねえねえ、長嶺さん、恭子さんは重い罪になるのー？」

すると長嶺は表情を緩めて首を左右に振った。「いいや、それほど重くはないと思うよ。あくまでも主犯は村上俊樹だからね。彼女はむしろ騙されて協力させられた立場。その点は情状酌量の余地もある。あ、お嬢ちゃん、情状酌量っていうのはねえ……」

長嶺は少女を前にしながら、嬉々《きき》として『情状酌量』の意味について語る。有紗はその程度の言葉の意味はよく判っているくせに、「うんうん」と頷きながら長嶺の説明を聞いてあげている。やがて長嶺は説明を終えると、俺と有紗を残して、ひとり席を立った。

「じゃあ、俺は残った仕事があるから、このへんで失礼する。おい橘、今回もおまえには世話になったな。いちおう感謝するが、ひとつだけ忠告しておくぞ」

「なんだよ？」

「おまえが事件に首を突っ込むのは構わん。だが有紗ちゃんを危険な場所に連れていくのは、よせ。容疑者を尾行するとか屋上で犯人と格闘するとか、そういうことはおまえがひとりでやれ。万が一、有紗ちゃんの身に何かあったら誰が責任取るんだ。――判ったな」

「ああ、判った判った」

うるさい蠅《はえ》を追い払うがごとく片手を振りながら、俺は心の中で叫んだ。――俺が連れていってるんじゃねえっての！　俺が有紗に連れていかれてんだってーの！

何も知らず店を出ていく長嶺の背中に向かって、俺はベーッと舌を出す。そんな俺のことを駄目な大人の見本であるかのように横目で見やりながら、有紗はオレンジジュースをストローでくるくると掻き回した。「――にしてもさあ、良太」

「ん、なんだよ？」

「酷い奴だと思わない、村上俊樹って男？　自分勝手で短気。計算高くて抜け目ない。甘い言葉で女を騙し、邪魔になったらアッサリ捨てる。芸人の風上にも置けない男――」

「でも本当はいい人なんだけどね――とか、まさかいわねーよな？」

「うん、そんなこといわない」

有紗は二つ結びの髪を揺らして首を振る。

そしてどこまでも真剣な眸を俺に向けながら、

「ただ、もう二、三発、蹴っ飛ばしてやればよかったなーって、そう思うけどね！」

不満げにいうと、少女はグラスの中のジュースを一気に飲み干すのだった。

この作品は二〇一七年十二月小社より刊行されたものです。

探偵少女《たんていしょうじょ》アリサの事件簿《じけんぼ》

今回《こんかい》は泣《な》かずにやってます

東川《ひがしがわ》篤《とく》哉《や》

令和2年10月10日 初版発行

発行人――石原正康
編集人――高部真人
発行所――株式会社幻冬舎
〒151-0051東京都渋谷区千駄ヶ谷4-9-7
電話 03(5411)6222(営業)
03(5411)6211(編集)
振替00120-8-767643
印刷・製本―中央精版印刷株式会社
装丁者――高橋雅之

幻冬舎文庫

ISBN978-4-344-43031-0 C0193 ひ-21-2